कहानियाँ दूसरी दुनिया की

कहानियाँ दूसरी दुनिया की

अनुवादक

गोपीकृष्ण गोपेश

सम्पादन

अनीता गोपेश

लोकभारती प्रकाशन

लोकभारती प्रकाशन
पहली मंजिल, दरबारी बिल्डिंग, महात्मा गांधी मार्ग
प्रयागराज-211 001
वेबसाइट: wwW.lokbhartiprakashan.com
ईमेल : info@lokbhartiprakashan.com

शाखाएँ : 1-बी, नेताजी सुभाष मार्ग, दरियागंज
नई दिल्ली-110 002
अशोक राजपथ, साइंस कॉलेज के सामने
पटना-800 006
1, अनमोल सोराबजी सन्तुक लेन, मरीन लाइंस
मुम्बई-400002

प्रथम संस्करण : 2024

ग्राफिक क्रिएशन्स प्रा.लि.
प्रयागराज द्वारा मुद्रित

KAHANIYAN DUSARI DUNIYA KI
Translated by Gopikrishna Gopesh
Edited by Anita Gopesh

ISBN : 978-81-19996-23-0

मूल्य : ₹ 500

अनुक्रम

प्राक्कथन

प्रणय कृष्ण
अनामिका
अनीता गोपेश
गोपीकृष्ण गोपेश

सदी पूर्व देखे गए सपनों की जीवन्त झलकियाँ : कहानियाँ दूसरी दुनिया की

गोपेश जी नवम्बर, 1956 से मई, 1962 तक सोवियत संघ में रहे। इस दरम्यान उन्होंने रचनात्मक साहित्य (उपन्यास, कहानी, कविता आदि) ही नहीं, बल्कि सोवियत विज्ञान, शिक्षा व्यवस्था, ट्रेड यूनियन, श्रम और मजदूरी सम्बन्धी अनेक महत्वपूर्ण दस्तावेज़ों का भी रूसी से हिन्दी में अनुवाद किया। चूँकि वे स्वयं एक रचनाकार थे, उनके अनुवाद भी एक रचनाकार के किए हुए अनुवाद हैं, जिसमें एक गहरी सांस्कृतिक सजगता है। गोपेश जी के इन अनुवादों में सोवियत संघ की सांस्कृतिक विविधता में एकता दर्शनीय है। अनूदित कथाकारों में शोलोखोव कज़ाक जीवन के रचनाकार हैं, तो फ़ातिह नियाज़ी ताजिक जीवन को और ओल्गा मार्कोवा यूराल क्षेत्र के जीवन को उकेरती हैं। लेकिन इन कथा-कृतियों को एक में बाँधनेवाला तत्व वह सोवियत संस्कृति है, जो संघ के अनेक गणराज्यों में साथ-साथ आकार ले रही थी।

जिस समय में गोपेश जी वहाँ रहे, वह खुद सोवियत संघ में भारी राजनीतिक उलट-पलट का समय था। 1956 में ही ख्रुश्चेव रूसी कम्युनिस्ट पार्टी की 20वीं कांग्रेस में स्टालिन के कथित 'अपराधों' का खुलासा करते हुए सोवियत संघ के सर्वोच्च नेता के पद पर आसीन हो चुके

थे। 1964 में वे सत्ता से हटाए गए। गोपेश जी, इस प्रकार सोवियत संघ में 'ख्रुश्चेव काल' में रहे। उनके द्वारा किए गए जिन अनुवादों को यहाँ संकलित किया गया है, उनका रचनाकाल सम्भवतः यही रहा होगा, लेकिन इन रचनाओं के घटनाक्रम का समय 1930 के बाद से लेकर दूसरे विश्वयुद्ध के तुरन्त बाद का लगता है, जब स्टालिन जीवित थे और उनकी प्रतिष्ठा सोवियत जन-मन में पितातुल्य थी। इन अनुवादों में खुश्चेव के आगमन के साथ राजनीतिक उलट-फेर का कोई संकेत शायद इसीलिए नहीं मिलता। इन कथा-कृतियों के अधिकांश स्त्री और पुरुष पात्र मेहनतकश तबकों से हैं। ओल्गा जीव की कहानी 'सुहागरात' की पात्र क्लावा दरजी की दुकान में जूनियर कटर का काम करती है, वहीं मीत्या (उसका प्रेमी) एक टैक्सी ड्राइवर है। 'कुँवारी धरती ने अँगडाई ली' (शोलोखोव) के उपन्यास अंश का मुख्य पात्र दाबिदोव एक किसान है और उसे प्रेम करनेवाली लड़की वार्या जो उससे उम्र में बहुत छोटी है, किसानी में उसकी मदद करती है। 'ताज़ी हवा का झोंका' कहानी का पात्र वसीली गिलहरियों का शिकार करता है और उसकी खाल को फ़र के उस व्यापार केन्द्र में बेचता है जहाँ उसकी होनेवाली पत्नी सोन्या काम करती है। फ़ातिह नियाज़ी की ताजिक कहानी 'तीसरी बेटी' का पात्र मुख्तार एक कुम्हार है। उसकी पत्नी नूर बीबी सिलाई की दुकान में काम कराती है। इन कथाओं के ऐसे पात्र जो स्वयं मजदूर नहीं हैं, वे भी श्रमजीवियों के बीच घुले-मिले उनकी तरह की ही मेहनत करते दिखाई देते हैं। इन्होंने मज़दूर वर्ग की चेतना को अपना लिया है। तात्याना तेस के उपन्यास 'प्राणी प्राणी की माँ' की पात्र मिलादा एक डॉक्टर है जो श्रमिकों के जीवन में मातृस्थानीया बन चुकी है। युद्ध में अपने परिवार के सब लोगों को खो देने के बाद वृद्धा

होने के बाद भी वह जनता की अनथक सेवा में व्यस्त है। मिलादा कोई काल्पनिक पात्र नहीं है, उसका वास्तविक नाम डॉक्टर दि —लोत्तिओवा है। लेखिका के साथ उनकी तसवीर 'सोवियत नारी' के उस अंक के पिछले कवर पर छपी है, जिसमें इस उपन्यास का गोपेश जी द्वारा किया गया अनुवाद छपा है। 'तीसरी बेटी' कहानी में मुख्तार और नूरबीबी की तीसरी बेटी पढ़-लिखकर डॉक्टर बनती है, और एक सोवियत डॉक्टर की तरह आम जनता की सेवा करती है। उसका कामगार पिता जिसने तीन बेटियों और पत्नी को छोड़कर बेटे की लालच में दूसरा घर बसा लिया था, कहानी के अन्त में नाटकीय रूप से अपनी ही डॉक्टर बेटी के पास इलाज को पहुँचता है, जिसे वह पहचानता भी नहीं।

इनमें से कई पात्रों ने दूसरे विश्व-युद्ध में अपने प्रिय जनों को खोया है। 'सुहागरात' कहानी के दोनों मुख्य पात्र क्लावा और मीत्या के माता-पिता लड़ाई में मारे गए। 'ताज़ी हवा का झोंका' कहानी के पात्र वसीली ने युद्ध के ज़माने में टैंक चलाए हैं। 'प्राणी प्राणी की माँ' पात्र मिलादा के पति, बेटे और बेटी को युद्ध में नाज़ियों ने मार डाला। इसी उपन्यास के दो अन्य पात्र ओल्गा और सेर्गेई भाई-बहन हैं। दोनों युद्ध के दौरान सेना में भर्ती हुए। सेर्गेई घायल होकर लगभग अपाहिज-सा हो गया। लेकिन उसे वीरता के लिए पदक मिला। इन कथा-कृतियों के अनेक पाठक भी ऐसे थे जो युद्ध में शहीद हुए लोगों के वारिस थे और अपने इन लेखकों, जिनने युद्ध में शहीद हुओं की याद को अमर कर दिया, को बेहद प्यार करते थे। ऐसे ही एक प्रशंसक पत्रकार वारीम सोकोलोव ने 'कुवाँरी धरती ने अँगडाई ली' उपन्यास अंश की भूमिका शोलोखोव के साथ अपने अनुभव का उल्लेख किया है जो कहानी के साथ दर्ज है। उन्होंने

लिखा है कि कैसे यह उपान्यास अंश शोलोखोव ने उन्हें दे दिया था। कहानी के अन्त में अपने वक्तव्य का अन्त उन्होंने शोलोखोव के उस पत्र के शब्दों से किया है जो शोलोखोव ने उनके भाव की बरसी के समय उनकी माँ को लिखे थे। शोलोखोव के शब्द थे— ''अपने बेटे की बरसी के इस दुख-भरे मौके पर एक अपरिचित बेटे की संवेदना स्वीकार करें। इस बेटे के सर से माँ का साया लड़ाई ने उठा लिया।''

युद्ध का असर इन पात्रों पर है, अपनों को खोने का गम इन पात्रों में है, युद्ध ने इन्हें चट्टान-सा मजबूत बना दिया है। 'महान देशभक्तिपूर्ण युद्ध' में भाग लेकर नाज़ियों को हराने का उन्हें गर्व भी है। आगे के जीवन में आशा की कमी नहीं है, अपनी मेहनत का आत्मविश्वास है और काफी हद तक सोवियत व्यवस्था की जन-कल्याणकारी नीतियों और संस्थाओं का सहारा भी है। इन कहानियों में जो यथार्थ है, वह बाहरी ही नहीं, भीतरी भी है। पात्रों के बाह्य जीवन के साथ उनके मानसिक घटना-जगत का, उनके द्वन्द्वों का भी सूक्ष्म चित्रण मिलता है इन कहानियों में।

लक्ष्य करनेवाली बात यह भी है कि इन कहानियों में प्रेम-प्रसंग बडे स्वाभाविक हैं। स्त्री-पुरुष स्वतन्त्र ढंग से, अकुंठ प्रेम करते दिखाए गए हैं। समाज का कोई दबाव नहीं दिखता। ऐसा नहीं कि स्त्री-पुरुष सम्बन्धों में ऐसा खुलापन कोई रूसी या सोवियत संघ के अन्य गणराज्यों की परम्परागत या जातीय विशेषता रही हो। दरअसल, यह क्रान्ति के बाद बदलते समाज का ही एक लक्षण था। उदाहरण के लिए ओल्गा मार्कोवा की कहानी 'ताज़ी हवा का झोंका' में वसीली की बूढ़ी माँ वसीली और सोन्या का सिनेमा और थिएटर जाना पसन्द नहीं। वह कहती है, 'बाबा हमारे ज़माने में ये सारे सिनेमा-ठठेर नहीं थे...। हमारे ज़माने

में तो खिड़कियों के सामने घर का अहाता होता था...। क्या मज़ाल थी कि किसी की आँख तो पड़ जाए...। इस सिनेमा-ठठेर से तो कहीं अच्छा है कि तुम अपने घर में रहो, और अपनी कसीदाकारी करो...। "जाहिर है कि वसीली की माँ जिस अपने ज़माने की बात कर रही है वह सोवियत क्रान्ति के पहले का ज़माना था। क्रान्ति के बाद जिस नए ज़माने की शुरुआत हो गई थी, उसने स्त्री-पुरुष सम्बन्धों और परिवार के ढाँचे में बड़े परिवर्तन लाना शुरू कर दिए थे, जिनसे पिछली पीढ़ी मुक्त नहीं हो पा रही थी और नए बदलावों से संघर्ष कर रही थी। ऐसा ही दो पीढ़ियों (सास-बहू) का मूल्यगत संघर्ष 'सुहाग रात' कहानी में क्लावा और उसकी चचिया-सास के बीच भी है।

'कुँवारी धरती ने अँगड़ाई ली' उपन्यास का गोपेश जी द्वारा अनूदित अंश एक प्यारी सी प्रेम-कहानी है जिसमें उम्र की सीमा टूटती है। दाबिदोव किसान है अधेड़ उम्र का। जबकि वार्या तरुणी है जो बैलों को हाँकने में, जुताई में उसकी मदद करती है।

शोलोखोव ने इस सुन्दर सी प्रेम कहानी को जिस सूक्ष्मता से उकेरा है, अनुवादक ने उतनी ही संवेदनशीलता से उसे अपनी भाषा दी है। एक उदाहरण लें। बावर्चिन प्रेम में गिरफ्तार वार्या के आँसू देख, उसे समझाते-दुलारते हुए प्रेम और तरुणाई की एक देशज व्याख्या देती है, "बात यह है कि अपने मन की रानी के लिए जब तक एक लड़का दूसरे लडके को उठाकर दे नहीं मारता, तब तक वह असली लड़का नहीं होता। ठीक इसी तरह जब तक कोई लड़की खीसें बाती और आँखें नचाती रहती है, तब तक वह लड़की नहीं रहती, वह रहती है स्कर्ट में लिपटी हवा की एक झकोर, लेकिन जब उसकी आँखें प्यार से रिसने लगती हैं, और तकिया हर दिन रात को आँसुओं से तर रहने लगता

है—तो वह उठती है सचमुच की लड़की। समझीं बुद्धू कहीं की...।''

क्रान्ति ने स्त्री-पुरुष सम्बन्धों में आज़ादी ला दी है। 'सुहाग रात' कहानी का एक चित्र देखें—''घाट के सिरे पर पड़ी एक छोटी सी बेंच पर बैठ गए। जगह एकान्त थी। सूरज ऊपर चमकता रहा, और नीचे बैठे वे एक दूसरे को चूमते रहे।'' यह 30-40 के दशक के सोवियत संघ में दिखता है, जबकि हमारे देश में आज भी सामन्ती रूढ़ियाँ युवा-मन की स्वाभाविक प्रेम-तरंगों को कुचल डालने को हर क्षण आतुर हैं।

सोवियत नारियों ने जो अभूतपूर्व क्षमताएँ और उपलब्धियाँ हासिल कीं, वे पितृसत्ता का अभाव भले न सूचित करती हों, लेकिन निश्चय ही समाजवादी रूस की पितृसत्ता सामन्ती और पूँजीवादी पितृसत्तात्मक रूपों से बहुत भिन्न रही होंगी। आम तौर पर इन कथा-कृतियों के नारी पात्र पुरुष पात्रों से ज़्यादा सशक्त हैं। वे समाजवादी मूल्यों की पुरुष पात्रों की अपेक्षा अधिक सशक्त वाहिकाएँ हैं। स्त्री-पुरुष प्रेम के साथ-साथ स्त्री और पुरुष के बीच मूल्यों का संघर्ष भी कम नहीं है, जो अनूदित लगभग सभी कथा-कृतियों में मिलता है। 'ताज़ी हवा का झोंका' में पति वसीली को नए इलाके में जाने से झिझक है, लेकिन उसे 'वहाँ बड़ी रकमें बनाने की अफवाह' एकमात्र चीज़ है जो खींच रही है। लेकिन सोन्या वसीली को उसके मुनाफे की कामना और पिछड़े मूल्यों से छुड़ाकर एक श्रमसाध्य किन्तु नैतिक समाजवादी मूल्यों के जीवन की तरफ खींचकर सामूहिक फ़ार्म में काम करने को ले जाने में सफल होती है, उसी तरह 'सुहाग रात' कहानी में मीत्या से क्लावा के बीच समझदारी न बन पाने का कारण भी मूल्यों का संघर्ष है। बकौल क्लावा, वह कहता है— ''क्या है। एक या दो

ड्रेस अलग से तैयार कर लो और टेलीविज़न सेट खरीद लो। यही नहीं वह गराज मैनेजर की मुट्ठी गरम करता है, वह घूस देता है कि सब कुछ ढंग से चलता रहे, किसी तरह की कठिनाई कहीं न आए। और अब स्वयं मुझे भी ऐसे ही कामों के लिए तैयार होना है, और इनकी हिमायत करना है। क्या कोम्सोमोल हमें यही सिखाता है।'' लेकिन, आखिरकार क्लावा भी मीत्या को समझौते के रास्ते से अपने यानी सिद्धान्त, जो कि निजी पूँजी के खिलाफ है, के रास्ते पर खींच ही लाती है। दोनों कहानियों में कम्युनिस्ट जीवन-मूल्य पुराने अर्ध-सामन्ती और पूँजीवादी मूल्यों से टकराते हैं, कम्युनिस्ट मूल्यों की वाहिकाएँ सोन्या और क्लावा है, जबकि पूँजीवादी मूल्यों के वाहक दोनों पुरुष वसीली और मीत्या तथा अर्ध सामन्ती मूल्यों की वाहिकाएँ पिछली पीढ़ी की स्त्रियाँ यानी वसीली की माँ तथा मीत्या की चाची हैं। मज़े की बात है कि कथा-लेखिकाओं ने इन पात्रों को भी सहानुभूति दी है, उनमें भी मेहनत का जज़्बा है और भावुकता भी, उन्हें स्वयं अपराधी न मानकर उन विचारों के वर्चस्व का शिकार दिखलाया है जो कि पुराने और प्रतिक्रियावादी हैं।

इन कहानियों में सोवियत युग की कुछ ऐसी संस्थाओं के महत्वपूर्ण सन्दर्भ मिलते हैं, जिन्होंने स्त्री-पुरुष समानता, सामाजिक न्याय और समाजवादी मूल्यों के विकास में बड़ी भूमिकाएँ निभाईं। ये संस्थाएँ है बाल भवन और किंडरगार्टन, सामूहिक फ़ार्म और कोम्सोमोल। बच्चो के लिए बाल भवन बनवाए गए थे। क्लावा ('सुहाग रात' कहानी) 15 साल की उम्र में सात वर्ष बाल भवन में बिताकर सिलाई का काम सीख गई और बाल भवन ने ही उसे दरजी की दुकान में काम दिला दिया। 'तीसरी बेटी' कहानी में नूरबीबी पति द्वारा परित्यक्त होने के बाद खुद काम पर जाने के लिए

बच्चियों को किंडरगार्टन में डाल देती है। यहाँ पढ़ाई-लिखाई, खेल-कूद और खाने-पीने की पूरी व्यवस्था होती। इस संस्था ने बच्चों के पालन-पोषण के भार से स्त्रियों को बहुत हद तक मुक्त किया।

सरकारी सामूहिक खेती के बारे में शीत-युद्ध के दौरान अकसर अमरीकी खेमे से यह प्रचार किया गया कि इन-फार्मों पर जबरन खटाने वाला श्रम कराया जाता था। बेशक, मार्कोवा ने सरकारी फार्मों पर काम करनेवालों की बेहद ज़रूरी समस्याओं पर भी अपनी कहानियों में लिखा, लेकिन 'ताज़ी हवा का झोंका' शीर्षक मार्कोवा की कहानी सरकारी सामूहिक खेती को उम्मीद की तरह, ताज़ी हवा के झोंके की तरह प्रस्तुत करती है। दो वर्षों तक अपनी सास की असंवेदनशीलता और उसके द्वारा सोन्या के मन में हीनभावना भरते रहने के हालात से निकलकर वह पूरब के उस सरकारी फ़ार्म-हाउस पर काम करने के लिए अपने पति के साथ रवाना हो जाती है। यह पूर्व का दलदली इलाका सरकारी फ़ार्म में बदला जा रहा है, यहाँ सरकार ने 77 कम्बाइनें और सौ ट्रैक्टर उपलब्ध कराए हैं, लेकिन गाँव में मकान सिर्फ पचास हैं। यानी श्रमिकों की कमी है। इसी सरकारी फ़ार्म में काम करने की इच्छा, उम्मीद और आह्लाद वह ताज़ी हवा का झोंका है जिसे सोन्या ही नहीं, बल्कि द्वन्द्ध में फँसा वसीली भी महसूस कर रहा है। 'कुँवारी धरती' (शोलोखोव) के उपन्यास अंश का किसान पात्र दाबिदोव और उसे प्रेम करनेवाली लड़की वार्या भी सामूहिक खेती के फ़ार्म पर काम करते हैं। इन सहकारी/ सामूहिक खेतों में किसान ही बैठकर तय करते कि 'खेतिहरों को (सरकारी) सहायता कितनी चाहिए और जुताई पूरी तरह ख़त्म कब हो जाएगी।'

कोम्सोमोल कम्युनिस्ट मूल्यों पर आधारित युवाओं का ऐसा संगठन था जो पूरे सोवियत संघ में फैला था। गोपेश जी द्वारा अनूदित इन कथा-कृतियों की अनेक स्त्री पात्र कोम्सोमोल में दीक्षित दिखाई गई हैं। लेनिन के नेतृत्व में नई सोवियत सरकार की विचारधारा ने सामाजिक एकता के लक्ष्य के लिए हानिकारक मानी जानेवाली सामाजिक बाधाओं को तोड़ने का प्रयास किया। विशेष रूप से, वे महिलाओं को पुरुषों के साथ समानता के स्तर तक बढ़ाने की उम्मीद करते थे। कोम्सोमोल ने युवा महिलाओं को भर्ती करने और उन्हें इस नई चेतना में बढ़ाने के लिए कड़ी मेहनत की। 1920 के दशक की शुरुआत में, महिलाएँ मुख्य रूप से घर पर रहती थीं और अधिकांश घरेलू काम करती थीं। कोम्सोमोल की सदस्यता उस समय की महिलाओं द्वारा पहले के मुकाबले कल्पनातीत स्तर पर सार्वजनिक जीवन में प्रवेश का एक द्वार प्रदान करती थी। युवा महिलाएँ उत्साह से शामिल हुईं क्योंकि उन्हें अन्ततः पारम्परिक पितृसत्तात्मक संरचना से खुद को अलग करने का मौका दिया गया। इसके अलावा, वे कोम्सोमोल के लिए इसलिए भी तैयार थीं क्योंकि इसने उन्हें एक ऐसे समय के दौरान शिक्षा का वादा किया था जब युवा लड़कियों को घरेलू कर्तव्यों के लिए शिक्षा से वंचित किया जाता रहा था। सोवियत संघ ने महिलाओं को नई व्यवस्था में सक्रिय भूमिका निभाने और उन्हीं गतिविधियों में भाग लेने के लिए प्रोत्साहित किया जिनमें वे अपने पुरुष समकक्षों के बराबर दक्षता प्राप्त कर सकें।

'कुँवारी धरती ने अँगड़ाई ली' उपान्यास के लिए मिखाइल शोलोखोव को लेनिन पुरस्कार प्राप्त हुआ था और 'धीरे बहो दोन रे' (हिन्दी में गोपेश जी द्वारा अनूदित शोलोखोव की कृति का शीर्षक) के लिए उन्हें नोबल

पुरस्कार मिला था। 'कुँवारी धरती ने अँगड़ाई ली' के एक सर्ग का अनुवाद करने के बाद गोपेश जी ने खुद लेखक शोलोखोव एक प्रशंसक पत्रकार की टिप्पणी का अनुवाद किया है। इसमें शोलोखोव ने सोवियत स्त्रियों की महिमा इन शब्दों में बयां की है—'सन् तीस को आज एक ज़माना हुआ, पर इसी सन् तीस के आसपास की खेतिहर लड़की वार्या के व्यक्तित्व में हमें रूसी नारी की आत्मा की शोभा, और कोम्सोमोल —लड़कियों के सीधे-सादे, अटल सिद्धान्तों की गंगा-जमुनी मिलती है। यही तो वे गुण हैं, जिनसे पहली हवाई उड़ान के समय ग्रिजोदूबोवा, रस्कोवा और ओसीपेंको प्रभावित हुईं (30 के दशक में सोवियत रूस की चन्द महिला पायलट जिन्होंने बाद में दूसरे विश्वयुद्ध में भाग लेते हुए अभूतपूर्व वीरता का परिचय दिया)। यही तो वे गुण हैं, जिनसे प्रभावित होकर कोस्मोदेम्यांस्काया, लीजा चाईकीना और उल्याना ग्रोमोवा (दूसरे विश्वयुद्ध में हिटलर की जर्मन सेना से लड़ते हुए शहीद हुईं रूसी वीरांगनाएँ) जैसी वीरांगनाओं ने सत्य को सत्य माना और अपनी जान दे दी, और सचमुच यही वे गुण हैं जो वलेन्तीना गगानोवा (सोवियत स्त्री मजदूर नेता, आन्दोलकारी जो रूस की कम्युनिस्ट पार्टी क़ी केंद्रीय कमिटी की सदस्य रहीं), यूलिया वेचेरोवा (स्त्री अधिकारों की सोवियत नेत्री) और हज़ारों-हज़ार दूसरी लड़कियों को परम्परा के रूप में मिले हैं।"

सोवियत संघ को बिखरे अब तीस वर्ष से ज्यादा हुए। तबसे दुनिया बहुत बदल चुकी है। गोपेश जी द्वारा उनके कागजातों में मिली इन अनूदित कहानियों ने एक सपने की याद दिलाई है जिसे मनुष्यता ने एक सदी पहले न केवल देखा, बल्कि कुछ हद तक साकार भी किया। एक अनुवादक के रूप में गोपेश जी ने दो महान संस्कृतियों के बीच संवाद की वह भूमिका निभाई जो सांस्कृतिक

राजदूत की ही हो सकती थी। उनके द्वारा अनूदित कहानियों में सोवियत संघ के बारे में कुछ गलतफहमियों का भी निराकरण होता चलता है। मसलन, यह कहा जाता है कि चूँकि कम्युनिस्ट नास्तिक होते हैं, पहले कम्युनिस्ट राज्य यानी सोवियत संघ में धर्मों का दमन किया गया। लेकिन गोपेश जी द्वारा अनूदित ताजिक कहानी का पात्र मुख्तार न केवल मस्जिद जाता है, बल्कि उसकी दूसरी शादी में एक इमाम की प्रमुख भूमिका भी है।

गोपेश जी की अनुवाद सामर्थ्य का इससे बड़ा प्रमाण क्या होगा कि उन्हें खुद सोवियत भूमि नेहरू पुरस्कार से सम्मानित किया गया। आरम्भ करने के अर्थ में 'श्रीगणेश' शब्द का इस्तेमाल इन कहानियों के अनुवाद में कई बार मिलता है। 'गंगाजमुनी', 'चरर-मरर' (धीमे चलती-घिसटती रेलगाड़ी की आवाज़), "जगर-मगर" जैसे अनेक पद-प्रयोग गोपेश जी द्वारा अनुवाद को गहरे संस्कृति-कर्म के रूप में अपनाए जाने की गवाही देते हैं।

गोपेश जी के इन अनुवादों का हमारे आज के भारतीय जीवन के लिए भी बड़ा महत्व है। उनके इन अनुवादों का घटना-समय (रचनाकाल नहीं) स्टालिन-युग है। कहते हैं कि स्टालिन के समय से ही सोवियत संघ में लोकतन्त्र का ह्रास दिखाई देने लगा था। बहुदलीय संसदीय लोकतन्त्र भले ही वहां न रहा हो, भले ही राजनीतिक सर्वसत्तावाद का आरोप गलत न हो, लेकिन इस व्यवस्था में पूँजी की सत्ता, धर्म की सत्ता, वर्ण-जाति की सत्ता से लोग आज़ाद थे और पितृसत्ता अपनी तमामतर ताकत खोती जा रही थी। सोवियत संघ आज न हकीकत है, न ही सपना, लेकिन एक फ़साना ज़रूर है जिसे फिर से लिखा जाना चाहिए, तमाम गलतियाँ सुधारते हुए जिसमें सबसे बड़ी गलती थी राजनीतिक लोकतन्त्र को स्थापित न कर पाना। लेकिन

सोवियत क्रान्ति ने सदियों से इस धरती के एक बड़े भारी हिस्से के अभागों को दुख-दैन्य से अपरिवर्तनीय रूप से बाहर खींच लिया। आज खंड खंड हो चुके सोवियत संघ के तमाम बिखरे राष्ट्रों के शासक चाहकर भी ज़ारशाही की जीवन-स्थितियों में इस भाग के रहनेवालों को वापस नहीं लौटा सकते। इन राज्यों के तानाशाह दुनिया में आज भी जो ताकत रखते हैं, वे इन्हें उसी सोवियत संघ से विरसे में मिली है जिसके ढहाए जाने में इन्होंने लोकतन्त्र की स्थापना के नाम पर योग दिया। गोपेश जी के अनुवाद-कर्म की सार्थकता उन स्मृतियों को सँजोने में भी है जिन्हें ये अनुवाद प्रक्षेपित करते हैं। आज के भूमंडलीय स्मृति-युद्धों की दुनिया में इन अनुवादों में प्रक्षेपित स्मृतियाँ बेहद बहुमूल्य हैं। इसलिए मैं इस संकलन का स्वागत करता हूँ।

26 जनवरी, 2024 —**प्रणय कृष्ण**

प्रयागराज

सोवियत रूस की अन्तःसलिला : कवि के अनुवादों में स्त्री-मन

हर संस्कृति एक कहानी सुनाती है और वह जो कहानी सुनाती है, वह सुनाई तो जाती है एक भाषा में, पर कुछ जादुई जुलाहे उसे अन्य भाषाओं में भी उसी महीनी से कात लेते हैं और इस तरह मौखिक साहित्य भी एक भाषा की धरोहर, सब भगिनी-भाषाओं का साझा धन बन जाता है। सांस्कृतिक राजदूतों के रूप में अनुवादकों की भूमिका का सही आकलन किसी को करना हो तो उसे गोपीकृष्ण गोपेश द्वारा अनूदित इन रूसी कहानियों के जीवन्त, उत्फुल्ल, फिर भी सधे हुए और प्रांजल अनुवाद पढ़ने चाहिए, जो उन्होंने रूस के अलग-अलग भाषिक समूहों का चप्पा-चप्पा छानकर चुने होंगे। अच्छा अनुवादक बहुधा अच्छा आलोचक भी होता है। उसके सजग आलोचनात्मक विवेक का ही नतीजा होता है अच्छा चुनाव। कितनी मिट्टी को कोड़ने पर, व्यर्थ ही कोड़े चले जाने पर, जल का कल-कल सोता कहीं अचानक फूटता है—यह तो मजदूर की कुदाल ही जानती है। इसी तरह आलोचक की थकी हुई आँखें ही जानती है कि कितनी अच्छी-बुरी कहानियाँ पढ़ने के बाद अचानक मुँह से निकलता है—"यूरेका"।

अनुवादक का आलोचनात्मक विवेक ही है जो भाषा की मुहावरेदारी बरक़रार रखने के लिए सांस्कृतिक पर्याय भी

उसी कोमल सजगता से उठाता है जिससे बिल्ली अपने दाँतों से नवजात शिशु मार्जार को उठाकर एक जगह से दूसरी जगह, दूसरी जगह से तीसरी जगह ले जाती है। गोपेश जी के अनुवाद कदम-कदम पर ऐसा करते हैं क्योंकि कहानियाँ ही उन्होंने गाँव और बस्ती के उन कामगारों के कोमल पलों की उठाई है जो माटी से जुड़ी हुई जीवन्त, मुहावरेदार भाषा बोलते हैं।

ऐसी भाषा की त्वरा दूसरी भाषा में बरकरार रखने के लिए जिस तरह का 'टोनल वेरिएशन्स' या 'फोकल शिफ्ट' (तान-वैविध्य या केन्द्र विचलन) साधना पड़ता है, उसके लिहाज से भी ये अनुवाद महाप्राण है। पात्रानुकूल भाषा का वितान अनुवाद में भी दमकता चला जाए, ऐसा कम ही होता है। सोलह-सत्रह बरस की मेहनतकश मुग्धा (वार्या) कैसे आश्चर्य विह्वल होकर बोलती है, कैसे दौड़ती हुई-सी चलती है, अपने से दुगुनी उम्र के मेहनतकश किसान (दबीदोव) की कैम्प में छूटी हुई जैकेट लाने को, उसके प्रति उसकी अनुत्तरित आसक्ति उसको कितना आन्दोलित करती है, कैसे वह उम्र के आधिक्य के कारण उसके सहज आकर्षण से अपना मुँह फेर रहा है! इसकी कशमकश एक नए भाषिक परिवेश में पकड़ना इतना आसान नहीं रहा होगा—

"दबीदोव ने उँगलियाँ ढीली कर दीं। लड़की का बड़ा, धूप से तराशा हाथ घुटने पर आ रहा था। वह आँखे बन्द कर दिल की तेज धड़कनों की गूँज सुनने लगी। उसे इंतजार अब भी रहा। वह किसी चीज की आशा अब भी करती रही, पर दबीदोव सन्न खींचे रहा। उसका सीना एक ढंग से उठता-गिरता रहा। चेहरे की किसी मांसपेशी में किसी तरह की कोई हरकत न हुई। फिर वह उठा, दाहिना पैर नीचे दबाकर कायदे से बैठा और सुस्ती से जेब में हाथ डालकर थैली ढूँढ़ने लगा। इस समय दोनों के सिर एक दूसरे से लगभग छू-छू जाने

लगे। दबीदोव की नाक में वार्या के महकदार बालों की बास गई तो नथुने सिकुड़-से उठे। वार्या के शरीर का अंग-अंग दोपहर की धूप, तपती घास की पत्तियों, तरुणाई की ताजगी और सुगन्ध से मह-मह करता रहा। तरुणाई की महक में तो वैसे भी एक जादू होता है जिसे आज तक तो कोई शब्दों में नहीं बाँध पाया।''

'सन्न खींचना', 'सुगन्ध से मह मह करना' आदि मुहावरे साँसों की यति-गति छूते-पकड़ते हुए आपको जैसी अन्तर्यात्रा पर ले जाते हैं, वह दोनों भाषाओं में उसी तरह की गहन पैठ से ही सम्भव है जैसी गहन पैठ मूल लेखक की है, मानव-हृदय के गहनतम एहसासों में!

एक और उदाहरण—

''पहले? पहले तू थी हवा का झकोर और अब है असलियत में लड़की! जब तक कोई लड़की खीसे बाती और आँखें नचाती रहती है, तब तक वह लड़की नहीं रहती। रहती है स्कर्ट में लिपटी हवा का झकोर! लेकिन जब उसकी आँखें प्यार से रिसने लगती है और तकिया हर दिन, रात को आँसुओं से तर रहने लगता है—तो वह हो उठती है सचमुच की लड़की। समझी, बुद्धू कही की ....''।

('कुँवारी धरती ने अँगड़ाई ली' उपन्यास अंश—मिखाइल शोलोखोव)

रूसी साहित्य जिन अलग-अलग नैतिक-सांस्कृतिक भूखंडों का समुच्चय था, उन्हें अपने अलग-अलग रंग-रुतबे के साथ पकड़ने की कला भी गोपेश जी के चयन और सजग अनुवाद में साफ झलकती है। सबसे बड़ी बात है पाठ के भाषिक अवचेतन की आन्तरिक लय से संगति बिठाए रखना और तत्कालीन रूस के जनजीवन की महीन से महीन आहटों के साथ स्थानीय चरित्रों के सरल हृदय में व्याप्त दुविधाओं,

आदर्शचेता उफानों, व्यावहारिक संकटों और उनकी आपसी रफ्त-जप्त की बारीकियाँ पकड़ना—

"नूरबीबी बुरी तरह दुखी हो उठी। दाई की बातों से उसका मन इस तरह डर गया कि तरह-तरह के ख्याल दिमाग़ में आने लगे, कौन जाने उसकी बात मानकर मैंने अच्छा किया या बुरा? मैं किसी दूसरी औरत के साथ चैन से रह सकती हूँ क्या? फिर मुख्तार पता नहीं कैसे पेश आए, कैसे न आए। मान लो वह वहाँ बुलाकर बच्चियाँ छीन ले, और फिर घर से बाहर निकाल दे।" ('तीसरी बेटी', फातिह नियाज़ी)

'ताजी हवा का झोंका' ओल्गा मार्कोवा की कहानी है जहाँ सास की साँसत का चित्रण और उसके पीछे की मनोसामाजिकी का एहसास जितना सघन है, उतना ही स्वाभाविक है नई दुल्हन का अपने दूल्हे से नई जगह काम ढूँढ़ने चलने का मनुहार—"सुनो, तुमने लड़ाई के जमाने में टैंक चलाए हैं, तुम मशीनों के बारे में सब कुछ जानते हो। फिर पहले-पहल जानेवालों को वहाँ जिन मुश्किलों का सामना करना पड़ा, वे तो अब हैं भी नहीं। उस इलाके का श्रीगणेश हुए चार साल हुए हैं, और इस बीच वहाँ अच्छे-खासे शहर बस गए हैं। लेकिन श्रम-शक्ति की कमी वहाँ भी है।"

स्त्रियों का जेनेटिक कोड ही ऐसा होता है कि वे उजड़े दरारों को भी सहज ही बसने-लायक बना लेती हैं, पर किसी भी धौंस के साए में उनका दम घुटता है। उन्हें चाहिए 'ताज़ी हवा का झोंका'—हर पल, हर क्षण। दूल्हे के मन में माँ का डर जितना है, उससे ज्यादा इस बात का है कि नई जगह की असुरक्षा वह झेलेगा कैसे। आधे सफर से ही वह लौट जाना चाहता है, फिर युक्तिपूर्वक उसकी दुल्हन ट्रेन की बोगी में बैठी वृद्धा के फैल गए बीज उठाने के बहाने जो

अपनापा उससे साधती है, उसके कारण दूल्हे में धीरे-धीरे यह भरोसा भी जगता है कि सिर्फ वे ही लोग अपने नहीं होते जिनसे रक्त या यौन-सम्बन्ध बने, आत्मा के रिश्ते जिन अजनबियों से अचानक बन जाते है, वे भी अपने ही होते हैं। एक नया 'श्रीगणेश' कहीं भी किया जा सकता है। इस तरह के सांस्कृतिक पर्यायों से कथा-कहन में जो रवानी आती हैं, बात मैं उसी की कर रही हूँ।

इसी तरह ओल्गा जीव की 'सुहागरात' भी एक कालजयी कथा है जिसमें एक भोली-भाली अनाथ लड़की सुभग नैतिक प्रतिकार के तहत अपने लालची से जान पड़ते दूल्हे से रूठकर कहीं दूर तबादला करा लेती है और हर दिन प्रतीक्षा करती है, बेताबी से, कि वह जैसे-तैसे "अतिरिक्त पैसे बना लेने की अपनी बुरी आदत छोड़कर उसे लिवाने आए, वापस!" इस सोच का लहरिल ताना-बाना उतनी ही तरंगायित भाषा में उतारना गोपेश जी के लिए ही सम्भव था—

"कोस्मोओल मुझे भेज रहा है दूर पूर्व में ... और वह और उसकी चाची—दोनों का जीवन है खाना और सुख भोगना। ... दाशा चाची न तबियत से छोटी है, न बुरी। वह अच्छी है पर किसी भी बात पर, कहीं भी फिसल सकती है! साथ ही यह भी कि उस परिवार में जो कुछ भी किया जाता है, सिर्फ दिखावे के लिए ही किया जाता है। मीत्या है कि वह भी चाची के साँचे में ही ढलता जा रहा है। ... मैंने सोचा था कि मैं उसे बदलूँगी, लेकिन मेरी समझ में नहीं आता कि उसे बदलूँ भी तो आखिर कैसे बदलूँ! खैर, जो भी हो, अब तो मैं जा रही हूँ।"

सोवियत रूस के विघटन के पहले, खासकर आदर्शवाद के प्रथम चरण, परिवेश स्त्री-मन में नैतिक परिष्कार की लौ कितनी ऊर्ध्वमुखी कर गया था। कोई भी सत्ता स्त्रियों के

निजी संसार में कैसे नैतिक आवेग पैदा करती है, इसका हृदयहारी वर्णन गोपेश जी की चुनी हुई कहानियों में है और चूँकि वे मूलतः कवि हैं, संवादों का और बखानों का, चारित्रिक उथल-पुथल का सूक्ष्म ग्राफांकन इन प्रखर अनुवादों में धक-धक बजता सुनाई देता है।

एक साधक पिता की पुरानी पांडुलिपियाँ कम ही उम्र में अनाथ हो गईं उसकी प्राणप्रिय बेटी, वर्षों बाद मन साधकर जिन काँपती उगलियों से छूती है, वे वर्षों बाद उठाई गई रुद्र-वीणा के तारों-सी बज उठे, पाठक उन तारों का गम्भीर राग अपने भीतर निनादित सुनें तो उन्हें यह भी पता चले कि अनीता गोपेश नामक समर्थ कथाकार के अपने भाषिक कोश की अनुगूँजें किस समृद्ध विरासत का सजग दाय है।

—अनामिका

सही आकलन अभी बाकी है : गोपेश का

" फिर तो मैंने कहीं पढ़ा भी अनुवादक का दायित्व बहुत ही महत्वपूर्ण होता है। वह सही अनुवाद तभी कर सकता है जब मूल भाषा के माहौल में अपने को खपा दे। दरअसल उसका काम मूल लेखक के काम से कठिन होता है।"

इस संग्रह में संकलित अनूदित कहानियों के अनुवादक, मेरे पिता श्री गोपीकृष्ण गोपेश ने अपने एक लेख 'साहित्यिक कृतियों में अनुवाद का दायित्व-बोध' (पुस्तक में संलग्न) में बरसों पहले लिखा था, प्रस्तुत कहानियों का अनुवाद उनके इस कथन की कसौटी पर पूरम्पूर खरी उतरती है। रूस के विभिन्न प्रांतों से चयनित इन कहानियों का अनुवाद इस प्रतिमान पर सधा हुआ दिखता है। इसके मूल में पिता गोपेश का अनुवाद का सुदीर्घ अनुभव तथा भाषाओं को जानने और आत्मसात करने की उनकी ललक रही है।

अपने जीवन के 21वें वर्ष में ही, अपने गुरु फिराक गोरखपुरी के उकसाने पर उन्होंने 'वर्ल्ड बुक ऑफ एपिक' का अनुवाद कर डाला था, जो 1946 में 'विदेशों के महाकाव्य' नाम से प्रकाशित भी हो चुका था। इस पुस्तक का पुनर्प्रकाशन उनके मृत्यूपरान्त लोकभारती प्रकाशन संस्थान ने 2008 में सहर्ष किया।

तदन्तर रूस के अपने 6 वर्षों के कार्यकाल में उन्होंने रूसी भाषा सीखी और ऐसी सीखी कि लगातार वहाँ के साहित्य का अध्ययन, मनन और अनुवाद के लिए चयन करते

गए। वहाँ के प्रवास में बराबर रूसी भाषा की कृतियों का अनुवाद करते रहे जो तत्कालीन रूस से प्रकाशित होनेवाली 'सोवियत भूमि' और 'सोवियत नारी' जैसी पत्रिकाओं में छपती रहीं। स्वदेश आने पर उन्होंने मिखाइल शोलोखोव के विश्वविख्यात बृहद उपन्यास 'क्वाइट फ्लोज़ द दोन' का हिन्दी में अनुवाद किया जो चार पन्नों में 'धीरे बहे दोन रे' के नाम से राजकमल प्रकाशन से प्रकाशित हुआ। इस उपन्यास के पुनर्प्रकाशित संस्करण के विमोचन के अवसर पर बोलते हुए सुप्रसिद्ध आलोचक प्रो0 नामवर सिंह ने कहा कि 'इस पुस्तक के शीर्षक के हिन्दी अनुवाद 'धीरे बहे दोन रे' में अन्त में "रे शब्द का इस्तेमाल गोपेश के जन-जीवन से जुड़ी लोक परम्परा और मुहावरों की गहरे पकड़ का परिचायक है। यह किसी ऐसे ही विज्ञान अनुवादक से सम्भव था जिसे दोनों भाषाओं के जन-जीवन की गहरी पकड़ हो। यह कृति गोपेश की अद्भुत अनुवाद क्षमता का जीवित प्रमाण है।

इसी अवसर पर बोलते हुए प्रो0 लाल बहादुर वर्मा ने कहा ''ऐसा प्रवाहमान अनुवाद वही व्यक्ति कर सकता था जिसे दोनों ही भाषाओं की लोकोक्तियों और मुहावरों का गहरा ज्ञान हो।'' श्री गोपेश की दूसरी बड़ी कृति विक्टर ह्यूगो के विश्व विख्यात उपन्यास 'ला मिजराव्ल्स' का हिन्दी अनुवाद 'विपदा के मारे' उनके मृत्यूपरान्त 2006 में प्रकाशित हो सका।

भाषाओं के प्रति उनमें अदभुत ललक थी। फिराक गोरखपुरी प्राय: कहा करते थे कि "गोपेश अंग्रेजों की अंग्रेजी बोलता है। ऐसी ही पकड़ उनकी रूसी भाषा की थी। मैंने उन्हें रूसियों के बीच उन्हीं की तरह रूसी बोलते, वहाँ मास्को में और बाद में यहाँ विश्वविद्यालय में आते-जाते रूसी डेलीगेशन के रूसी साथियों से बोलते देखा-सुना

था। इन दो महाउपन्यासों के प्रकाशन के बाद मैं समझती थी कि अब उनकी अनूदित कृतियों की इतिश्री हो गई। उनके जीवनकाल में डोरियों से बँधी कुछ फाइलों को मैं बराबर देखती सँभालती रही थी। कभी खोलकर देखा नहीं। अभी हाल में गैर जरूरी कागजों के निस्तारण के लिए जब इन फाइलों को खोलकर देखा तो अनूदित यह कहानियाँ हाथ लगीं। इन कहानियों की बाकायदा टाइप्ड कॉपियाँ, सुव्यवस्थित ढंग से रखी मिलीं।

कहानियाँ तो कहानियाँ उपन्यास 'प्राणी प्राणी की माँ' को पढ़ते हुए जैसे पिता की स्त्रियों के प्रति सदय और प्रगतिशील सोच की कुंजी ही हाथ लग गई। मुझे एक प्रगतिशील पिता की वैचारिक बनावट का उत्स का पता मिला। सभी रचनाएँ आज भी प्रासंगिक, बेहद सम्यक और समकालीन लगीं। मुझे लगा मेरा यह भाव सम्भवतः पिता के प्रति अतिरिक्त मोह के कारण हो मैंने इन कहानियों को आज की समर्थ रचनाकार-अनुवादक अनामिका को भेजी, उनकी निरपेक्ष राय जानने के लिए। अनामिका जी ने पहली कहानी पढ़ते ही उत्साहित हो मुझसे फोन पर इन कहानियों के पक्ष में अपनी राय दी तो मुझे लगा ये कहानियाँ और यह उपन्यास पाठकों तक जाना चाहिए। यह पिता के श्रम का समुचित सम्मान और उनके प्रति मेरे दाय का निर्वहन होगा। सखी अनामिका का इस प्रोत्साहन के लिए धन्यवाद कैसे करूँ शायद आजीवन करती रहूँगी।

राजकमल समूह के लोकभारती प्रकाशन का और इलाहाबाद में इस संस्थान कार्यभार देखके सँभालनेवाले अनुभव प्राप्त स्नेही स्वजन आदरणीय श्री रमेश ग्रोवर जी का इसके प्रकाशन के लिए सहर्ष स्वीकृति देने के लिए अनुगृहीत हूँ—यह कार्य इसलिए भी यहीं से होना चाहिए था कि गोपेश की अवार्ड प्राप्त कृति 'धीरे बहे दोन रे' का

प्रकाशन और 'विदेशों के महाकाव्य' का पुनर्प्रकाशन यहीं से हुआ। गोपेश के रचनाकर्म से इस संस्थान का पुराना सम्बन्ध रहा है और इस नाते मेरा भी।

"लोकभारती प्रकाशन ने इसे प्रकाशित करने का दाय स्वीकार कर साहित्यिकों से प्रकाशक के सम्बन्ध निर्वहन का अच्छा प्रमाण दिया है। इसके लिए हृदय से संस्थान का साधुवाद। ये कहानियाँ पाठकों तक पहुँचकर अपनी उपादेयता पाएँगी अपने प्रारब्ध तक पहुँचेंगी ऐसी आशा करती हूँ।

इन दो महाउपन्यासों के अनुवाद के अतिरिक्त गोपेश द्वारा किए गए अनुवादों की एक लम्बी फेहरिस्त है। यद्यपि चार खंडों में प्रकाशित 'धीरे बहे दोन रे' पर 1972 में गोपेश को उनके जीवनकाल में सोवियत भूमि नेहरू पुरस्कार मिला. उनके समूचे अनुवाद कर्म के अनुरूप यथोचित सम्मान और अनुवाद के क्षेत्र उन्हें सही स्थान नहीं मिल सका। उनके रचनाकर्म का सही आकलन अभी बांकी है।

—अनीता गोपेश

साहित्यिक कृतियों के अनुवाद का दायित्व-बोध

बात उन दिनों की है जब मैं मास्को में था और मुख्य रूप से साहित्यिक अनुवाद के कार्य से ही सम्बद्ध था। एक दिन टेलीफोन मिला—गोपेश जी, देखिए, यह आपके मित्र अनुवाद में क्या-क्या लिखते हैं...लिखा है—'दाल में कुछ काला है'... फिर लिखा है—'तोलस्तोइ, किस्मत का सिकन्दर था'...बतलाइए यह कैसे हो सकता है? दाल यानी 'गोरोख', 'काली यानी 'चोरनी' इसका मूल से क्या सम्बन्ध ? और, देखिए, सिकन्दर तो तोलस्तोइ के बहुत पहले हो गया है.. यह क्या लिखा है इन्होंने ? मैंने मुहावरों और कहावतों की कुछ बातें की, और गुत्थी सुलझा दी। मगर, पूरी समस्या दिमाग में कौंध गई कि अनुवादक को या अनुवाद के सम्पादक को अनुवाद के भाषा की सही, सच्ची, गहरी और निकट की जानकारी होनी चाहिए, वरना अकसर गुड़ गोबर हो जाता रहेगा।

उपर्युक्त टेलीफोन करनेवाली उन्हीं महिला-सम्पादिका ने एक दिन बातों-बातों में बताया कि हमारे यहाँ अमृतलाल नागर के 'बूँद और समुद्र' नामक उपन्यास के अनुवाद की योजना स्वीकार कर ली गई है; और, यह कार्य शायद मैं ही करूँ ! मैंने उस दिन तो बात टाल दी, पर दो-चार दिन बाद, एक दिन 'बूँद और समुद्र' की अपनी प्रति लेकर दफ्तर गया,

और प्रस्तावित अनुवाद करनेवाली उन महिला से मिला। मैंने कहा—जरा यह भूमिका देखिए— नागर जी ने इसमें यहाँ लिखा है—उपन्यास के क्षेत्र के रूप में मैंने लखनऊ और उसमें भी खास तौर पर चौक को उठाया है। यह इसलिए किया कि नागरिक सभ्यता की परम्परा देखने में, बोली-बानी का रंग घोलने में मुझे सबसे अधिक सुभीता यहीं हो सकता था।...और, जरा यह देखिए, उपन्यास के पहले पृष्ठ की आरम्भिक पंक्तियों को ही, लिखते हैं—'दोपहर की धूप छतों पर जाड़े का दरबार लगाये चारों ओर पसर रही है। औरतों का सीना-पिरोना चल रहा है, गेहूँ फटके जा रहे हैं, दालें बीनी जा रही हैं, साग बनारे जा रहे हैं!..यही नहीं, उलटिए पृष्ठ, लिखा है—एक जवान दाढ़ीवाले फकीर ने बड़े मौक़े से अपनी ठस आवाज और पंछाई लहजे में छन्द उठाया—

अधेले की बूटी, मिरच दमड़ी की लैलई
मसाला पैसे का रगड़कर गोली कर लई
लाओ साफी-पानी, गबड़कर छानी जहर में
पियेगा जो कोई, हर-हर जपेगा लहर में—

और, यह देखिए—अक्कड़ बक्कड़ बम्बे बौ, अस्सी नब्बे पूरे सौ। और यह गीत—

हम लोगों ने आग जलाई, धुआँ उड़ा आसमान में—
आलू छीले, गोभी काटी, साग बना मैदान में—
आटा गूँथा, रोटी पकाई, घी डाला पकवान में—
बड़े मजे की भूख लगी थी, डटकर खाया शान में—
उछले-कूदे, खेले हम सब, ताकत आई जान में।

यानी, सवाल यह है कि रूसी में हो या जर्मन में, फ्रेंच में हो या इंग्लिश में, इस उपन्यास-विशेष को बोली-बानी के छींटों और देश, समाज, परिवेश, परम्परा और स्थानीयता का अनुवाद कैसे होगा, और इसी का अनुवाद नहीं होगा तो उपन्यासकार के भूमिकावाले कथन के औचित्य का

निर्वाह कैसे होगा?...और सब छोड़िए, 'साग बनारे जा रहे थे' की बारीकी किसी दूसरी भाषा में कैसे आएगी? या, कोई भी अनुवादक यह कैसे जानेगा कि लखनऊ के आगे मुरादाबाद तक साग 'ननारा' जाता है, तरकारी नहीं बनारी जाती, इसलिए कि उधर 'तरकारी' का मतलब लोग प्रायः लगाते रहे हैं 'गोश्त'। दूसरे, काटा जाता है बकरा, साग-भाजी तो बनारी जाती है।...उन महोदया ने उत्तर कुछ यों दिया—'देखिए, हम तो कथा और कथन, चरित्र-चित्रण और मनोविज्ञान के, अन्तर्जगत का वश भर अनुवाद करेंगे, बाकी यह सब तो बड़ा कठिन है—इसका अनुवाद तो हो ही नहीं सकता—हम क्या, आप भी नहीं कर सकते— हिन्दी आपकी मातृभाषा है, और अंग्रेजी आप बखूबी जानते हैं, इन सबका अनुवाद अंग्रेजी में ही आप कर दीजिए।...और, मैं चिन्ता में पड़ गया। साहित्यिक कृतियों का अनुवाद सचमुच है समस्या!

फिर तो मैंने कहीं पढ़ा भी—अनुवादक का दायित्व बहुत ही महत्वपूर्ण होता है। वह सही अनुवाद तभी कर सकता है जब मूल भाषा के माहौल में अपने को खपा दे। दरअसल उसका काम मूल लेखक के काम से कठिन होता है। उसके लिए स्थानीय चुटकियाँ, व्यंग्य, कहावतें तथा लोकोक्तियाँ अतिरिक्त समस्या उपस्थित करती हैं। यहीं उसकी कड़ी परीक्षा होती है। जागरूक पाठक की निगाह से अनुवादक की अक्षमता कभी नहीं बचती। हर देश के अपने कायदे-कानून, रीति-रिवाज होते हैं, कुछ विशेष उच्चारण होते हैं। ऐसे शब्दों के उच्चारणों की पकड़ के लिए गहरा अध्ययन अपेक्षित होता है। कभी-कभी अनुसन्धान या खोज का काम भी करना पड़ सकता है। सन्दर्भों की पड़ताल भी आवश्यक हो सकती है। इतना सब करने पर भी बहुत कुछ करने को रह जाता है। अनुवाद की भाषा में रवानी न हुई, स्वाभाविकता और

मौलिकता की झलकियाँ न मिलीं तो मूल रचना बरबाद और पाठक कष्ट में। इसीलिए बहुत आवश्यक है कि अनुवादक के पेशे को घटिया न माना जाय, और साहित्य के अनुवाद को तो विशेष महत्व दिया ही जाए।

और, मैं यहाँ कहना चाहता हूँ, कि रूस में 'साहित्यिक अनुवादक' को उतना सम्मान दिया जाता है, जितना प्रायः कई लेखकों को नहीं दिया जाता। उसके पास काम इतना रहता है कि सचमुच उसके मिजाज नहीं मिलते। वह हर साहित्यिक अनुवाद की तैयारी काफी मनोयोग से करता है, काफी समय भी लेता है, और उसे अनुवाद करने का पारिश्रमिक इतना मिलता है कि वह अपना काम ईमानदारी से कर सकता है। ऐसा न हो तो अकादिमीशियन बरान्निकोव का 'रामचरितमानस' का अनुवाद इतना यश न पाता, और पास्तरनाक को, तमाम बातों के बावजूद, शेक्सपियर के 'रूसी-प्रस्तुतकर्ता' के रूप में आज भी सम्मान न दिया जाता।

यहीं नहीं, हम बात को रूस की सीमा से निकाल लें। मेरी पीढ़ी के अधि-कांश लोगों ने जो और जितना भी विदेशी साहित्य पढ़ा है, अंग्रेजी में ही पढ़ा है, और हमें अनुवाद, अनुवाद प्रायः ही नहीं लगा है। निश्चय ही रचनाएँ कुशल और सक्षम हाथों में पड़ी होंगी वरना तो उनका कबाड़ा हो जाता, और हमें रस तो कभी मिलता ही नहीं । पूर्ण सफलता या पूरी ईमानदारी की बात मैं नहीं करता, पर, हमें रस मिला, और हमने उन रचनाओं को साहित्यिक रचनाओं की तरह ग्रहण किया, अनुवादकों के सन्तोष के लिए इतना भी कुछ कम नहीं है। उन्होंने अनुवाद करते समय अपना दायित्व निश्चय ही समझा और उसका भरसक निर्वाह किया है।

हमारे यहाँ स्थिति काफी भिन्न रही है, और काफी भिन्न है। यहाँ अनुवाद बहुत ही सामान्य साहित्यिक कर्म माना जाता रहा है, जबकि यह अपने आप में एक पूर्ण

विधा है। इसके लिए प्रतिभा, क्षमता, तैयारी और क्या नहीं चाहिए। अनुवाद रि-क्रिएशन या पुनर्रचना है, ट्राँसलिटरेशन मात्र नहीं। जरा सोचिए कि कालिदास ने, शेक्सपियर ने, गेटे ने या तोलस्तोइ या दस्तायेस्की ने अपने सम्पूर्ण जीवन की अनुभूति, ज्ञान, सामर्थ्य, संवेदना, और चिन्तन के सहारे जो रचना की, उसे आप कलम उठाकर 'मक्षिका स्थाने मक्षिका' का नियम मानते हुए कैसे अपनी भाषा के कलेवर में डाल लेंगे?

इस सिलसिले में मुझे सन् 1946-47 के एक प्रकाशन-विशेष का ध्यान आ रहा है। मेरे एक अभिन्न मित्र ने आस्करवाइल्ड की कुछ कहानियों का अनुवाद किया, और पूरी चिन्ता बरती कि हर वाक्य जैसा अंग्रेजी में है, वैसा ही हिन्दी में भी बने । नतीजा यह हुआ कि वे कहानियाँ हिन्दी में छपी तो मैं तो सिर पकड़कर बैठ गया, इसलिए कि वे न हिन्दी की बनीं, और न अंग्रेजी की रह गईं। उनका अंग्रेजी का जीनियस बाकी नहीं बचा, और हिन्दी के जीनियस में वे ढली नहीं। यह सोचना बहुत बड़ा धोखा है कि नागरी लिपि या किसी भी दूसरी लिपि में बँधते ही, या एक, भाषा-विशेष के साँचे से बाहर निकलकर किसी भी दूसरी भाषा के तत्सम या तद्भव शब्दों के साँचे में प्रवेश करते ही रचना अनूदित हो जाती है। ऐसा प्राय: नहीं होता, और ऐसे में मूल रचना का अस्तित्व अकसर खतरे में पड़ जाता है। वैसे बात समझ में तब आती है, जब पूरे राग के साथ आप कभी मूल रचना पढ़ें, और फिर उसकी तुलना उसके रूपान्तर से करें।

अभी-अभी तत्सम और तद्भव शब्दों की चर्चा मैंने बहुत जान-बूझकर की है। हम अनुवाद करते समय बहुधा तत्सम शब्दों से काम चलाते हैं—बहुत हुआ तो कुछ तद्भव कभी ले लिये। पर इस क्षेत्र में शब्दों के चुनाव का भी एक बड़ा स्थान है यानी, और तो और, बेकन या रस्किन

या स्टीवेन्सन के निबन्धों के अनुवाद में भी प्राण तभी आ पाएगा, जब हम पारिभाषिक शब्दों को छोड़कर बाकी शब्दों के चुनाव की ओर विशेष ध्यान देंगे। ऐसा करने पर ही तो वे निबन्ध हिन्दी के हो पाएँगे, और हिन्दी के लगेंगे; और ऐसा तो उन्हें लगना ही चाहिए । संक्षेप में यह कि यदि वही लेखक अपनी भाषाओं में न लिखकर अनुवाद की भाषा में लिखते तो कैसा लिखते ? इसके साथ ही यह भी है कि उन स्रष्टाओं की सम्पूर्ण विशेषताओं को किसी दूसरी भाषा में ले आने के माध्यम यदि हम हों तो अपनी तमाम सीमाओं के बावजूद, हम अपने दायित्वों का निर्वाह कैसे और किस हद तक करेंगे?

पूरी बात मूल रचना में रस लेकर, अनुवाद के माध्यम से, रस दे सकने की क्षमता पर आकर अटक जाती है, और ऐसा लगता है कि इस दृष्टि से हम, अपनी ओर से, इसका प्रयत्न भर कर सकते हैं, और बस! दूसरी ओर, इस प्रयत्न की सार्थकता के लिए ही आवश्यक है, हमारा वाक्य-रचना अथवा शब्दों के चुनाव के मामले में बहुत ही जागरूक होना। कहना न होगा कि कई बार रचनाएँ अनुवादक या रूपान्तरकार का पूरा इम्तहान ले लेती है। शेक्सपियर के Be or not to be is the question या Too much full of the milk of humankindness, जैसे वाक्यों और टुकड़ों के रूपान्तर जरा भी सहज नहीं हैं।

कथा-जगत के उपन्यासों अथवा कहानियों के रूपान्तर की समस्या तो और भी विकट है। दस्तायेस्की के एक उपन्यास-विशेष की ताबूत बनानेवाली जाहिल औरत अगर छह साल की बच्ची को नौकर रख ले बच्ची सुबह काम से आकर खेल में लग जाए और शाम को लौटे, और वह औरत बेरोक-टोक गालियों की बौछार लगा दे तो रूपान्तरकार क्या करेगा? मूल गालियों का शायद अनुवाद ही सम्भव न हो,

और अनुवाद की भाषा की गालियाँ शायद पूरे प्रसंग को ही अप्रामाणिक बना दें। जरा सोचिए कि काम सचमुच कितनी जिम्मेदारी का है।

इसी प्रकार मानवीय संवेदना के साथ न्याय करने की भी समस्या है, और, यह बहुत बड़ी समस्या है। जीवन के जाने कितने नाजुक पहलुओं और कोमल क्षणों का निजी अनुभव अनुवादक या रूपान्तरकार को भी होना ही चाहिए। जिस उपन्यास के एक पात्र की चर्चा मैंने ऊपर की है, उसमें एक बूढ़ा बाबा आता है। उम्र बूढ़े का दुनिया में कोई नहीं है... जो है सो अजोरका नाम का कुत्ता है। कुत्ता बूढ़े के साथ ही सोता और बूढ़े के साथ ही जागता है। और, एक दिन वह कुत्ता मर जाता है। बूढ़ा और भी बूढ़ा हो जाता है, एकदम निढाल हो उठता है, और कुत्ते की लाश के पास बैठकर सिर थाम लेता है। उसे अकेलेपन का अहसास इस तरह होता है, कि आँसू आँख से एक नहीं निकलता। आदमी एकदम दयनीय हो उठता है। सच मानिए, सहृदय पाठक आगे पढ़ ही नहीं सकता... उसे अपनी जेब से रूमाल निकालना ही पड़ता है। इस पूरे प्रसंग का हिन्दी रूपान्तर मैं दो घंटे बाद ही कर पाया था।

और, इस दायित्व-बोध का निर्वाह कविता या काव्य के रूपान्तर में तो लगभग असम्भव ही होता है। ध्वनि, शेड, अन्तर्ध्वनि, शब्द-शब्द में बँधी हुई विशेष मनःस्थिति, सभी कुछ एक क्रम से रूपान्तर के समय प्रश्न चिह्न बनता जाता है—

घन घमंड नभ गरजत घोरा

या

यहि पार गंगा, ओहि पार जमुना
बिचवा में मड़ैया राजा हमरी छवाये जइहौ...
कैसे दिन कटिहैं, जतन बताये जइहौ !

या

A Power is gone, which nothing can restore!
Oh! no more!

या

My love is like a red-red rose
That blossoms in the month of June.

या

Let me not to the marringe of true minds
Admit Impedlimest
His love is wed
And, fond memors? gather around his heart and head.
As milk comes to a mother
When the child is dead.

या

वस्ल की शब और पर्दादारी
मूली अपने पत्तों भारी...

या

जैसे बानी में खनक आये किरन, क्या कहना।

का सही रूपान्तर किसी भी भाषा में सचमुच हो भी सकता है, कहना कठिन है। अनुवाद या रूपान्तर, सामान्यतः काम बड़े जोखिम का है, और सोच-समझकर ही हाथ में दिया और लिया जाना चाहिए।

—गोपीकृष्ण गोपेश

कहानियाँ

कुँआरी धरती ने अँगड़ाई ली

ताजी हवा का झोंका

सुहाग रात

तीसरी बेटी

कुँआरी धरती ने अंगड़ाई ली

मिखाईल शोलोखोव

(उपन्यास के दूसरे भाग का एक सर्ग)

जीवन के कुछ दिन ऐसे होते हैं जो कभी भुलाए नहीं भूलते।

बात सोवियत संघ की सर्वहच्च सोवियत के चुनाव के ज़रा पहले की है। उपन्यासकार मिखाईल शालोखोव उन दिनों अपने निर्वाचन-क्षेत्र का दौरा कर रहे थे। उनके साथ गया था पत्रकारों का एक दल। इस दल में मैं भी था। मास्को के मेरे समाचार-पत्र ने मुझे अपना प्रतिनिधि बनाकर भेजा था।

दौरा तीन सप्ताह तक चलता रहा कि अन्तिम दिन की शाम आ पहुँची। पर, शोलोखोव ने अपनी सहज उदारता और विशाल-हृदयता का परिचय देते हुए हर एक के साथ रहने और आगे चलने का आग्रह किया। इस लपेट में मैं भी आ गया। मैंने दफ़्तर की बात चलाई, काम की चर्चा की (आखिरकार काम पर लौटना तो था ही), पर बात एक न बनी। शोलोखोव ने मेरे सम्पादक को टेलीफ़ोन करने और मेरे इस दौरे की अवधि बढ़वा देने का ज़िम्मा अपने ऊपर ले लिया। परन्तु, वास्तव में मेरे लौटने का एक दूसरा कारण भी था। अगले दिन मेरे भाई की वर्षी थी। भाई का देहान्त लड़ाई के ज़माने में मोर्चे पर हुआ था। आम तौर पर नियम सा बन गया था, और परिवार के सभी लोग एक जगह जमा होकर वह दिन माँ के साथ बिताने की कोशिश करते थे। इसलिए जब कोई तर्क काम न आया तो मैंने अपने मेज़बान से अन्तिम कारण बताया। कहना न होगा कि यह कारण मेरे लिए जितना महत्व रखता था, उतना कोई और कारण नहीं। सो, भाई

की वर्षी की चर्चा आते ही शोलोखोव की बातचीत का ढंग देखते-देखते बदल गया। हँसी-मज़ाक ख़तम हो गया। वे चुप हो गए। आदतन उनकी उँगलियाँ बालों में गड़ गईं, और नज़रें मेज़ पर।

फिर, वे मेरे पास आ बैठे और हाथ मेरे गले में डाल दिया। उनकी मूँछ के बाल मेरे कान छूने लगे। वे कोमलता से बोले, ''सुनो, बेटे... मेरी उम्र इतनी है कि मैं आसानी से तुम्हारा पिता हो सकता हूँ... तुम जानते हो कि खुद मैंने अपनी माँ को कैसे दफ़न किया?''

मैं इस समय वह सारी दुखभरी कहानी नहीं सुनाना चाहता। इतना ही कहना काफ़ी होगा, कि कहानी में बड़ा दर्द था, और वह ऐसे प्रभावहत्पादक ढंग से कही गई थी जैसे कि कोई लिखित कृति हो। उन्होंने बतलाया कि शान्तिपूर्ण, हरे-भरे, छोटे से व्योश्की नामक स्थान में उनकी माँ अपने मकान की ड्योढ़ी पर बैठी थीं कि पहला नाज़ी बम गिरा और वे सदा के लिए चल बसीं...

इसके बाद वे अपनी पत्नी मरीया पेत्रोब्ना की चर्चा चलाने लगे।

''वे अतामान की बेटी हैं, बड़ी तीखी हैं,'' और विवाह की रजत-जयन्ती के बाद भी ''दोन के इलाके की सबसे सुन्दर नारी हैं।'' फिर, बेटियों का ज़िक्र आया, नतिनी की बात आई।

सारी कहानी पर शोलोखोव की असली छाप महसूस हुई। कहानी कि जैसे अन्तर से उमड़ती चली आई। उसमें नारी की आत्मा के सौन्दर्य और शक्ति का वर्णन रहा और मातृत्व की महत्ता का गुणगान। इस महत्ता का केन्द्र-बिन्दु मात्र उनकी अपनी माँ रही हों, सो बात नहीं। उन्होंने तो दुनिया की सभी माताओं की महिमा बखानी।

संस्मरणों का प्रवाह आधी रात तक चलता रहा। अगले दिन सुबह-तड़के जब मैं उनसे विदा लेने लगा तो उन्होंने कुछ टाइप किए हुए कागज़ मेरी ओर बढ़ायह और कहा, ''यह लेते जाओ... जहाज़ में निगाह डाल लेना इन पर। आज की सुबह तैयार किए हैं... कुछ अदल-बदल दिया है मैंने जहाँ-तहाँ।''

इस प्रकार, सुयोग से मेरे हाथ लग गया 'कुँआरी धरती ने अँगड़ाई ली' के दूसरे भाग का एक सर्ग। उपन्यास पूरा हो चुका है, और सर्ग इस समय आपके सामने है।

—वादीम सोकोलोव

दवीदोव चुपचाप खाता रहा। उसका ध्यान सिर्फ खाने की ओर रहा। वह कटोरे पर झुका तो फिर उसने सिर तक नहीं उठाया। मेज के पास बैठे खेतिहर धीमे-धीमे बातें करते रहे, पर उसने जैसे कुछ सुना ही नहीं। इस पर भी उसे कोई अपनी ओर देखता लगा, और बराबर देखता लगा।

सामने का दलिया खत्म हुआ तो उसने तृप्ति की साँस ली। खाने से इतना सन्तोष तो उसे सचमुच कई सप्ताह बाद मिला। सो, बच्चों बेतरह काठ का चम्मच चाटते हुए उसने नजरें ऊपर उठाईं तो दूसरी तरफ बैठी लड़की की भूरी आँखें अपने ऊपर गड़ी पाईं। उस पर उन निगाहों में उसे इतना गुपचुप प्यार, इतनी प्रतीक्षा, इतनी आशा और इतना समर्पण लहरें लेता लगा कि वह क्षण भर को हिल उठा।

इस सिजिल बदनवाली 17 साल की लड़की का नाक-नक्शा खासा था। हाथ लम्बे-लम्बे थे। दवीदोव की भेंट उससे पहले भी हुई थी—कभी गाँव-गँवई की मीटिंगों में, तो कभी यों ही आते-जाते सड़क-गली में। फिर, लगभग हर बार ही उसे देखते ही वह लजा उठी थी, ममता से मुस्करा दी थी। यही नहीं, बल्कि उसके चेहरे पर लाली दौड़ गई थी और हाव-भाव से परेशानी झलकने लगी थी। पर, आज तो उसकी निगाह में कुछ और ही बात थी। वह कि जैसे प्रौढ़ अधिक हो गई थी, और मन कि जैसे गम्भीर अधिक हो उठा था...।

आज उसके गालों पर गुलाब खिलने लगे तो दवीदोव जैसे खोने सा लगा। मन ही मन बोला, ''छोटी सी, प्यारी-प्यारी बच्ची हो तुम! आखिर तुम कूद कहाँ से पड़ीं? और, मुझे तुम्हारी जरूरत क्या है? और, तुम्हें मेरी जरूरत क्या है? जाने कितने जवान लड़के दौड़ते होंगे तुम्हारे पीछे, और तुम हो कि मुझे देखती हो। इस तरह व्यवहार करती हो जैसे कि तुम्हारे दीदे ही न हों। ठीक है, ठीक ही तो कहता हूँ तुमसे दुगुनी तो मेरी उम्र है। चेहरा भद्दा और दाग-दगीला है। आगे के आधे दाँत गायब हैं। लेकिन, तुम्हें जैसे कुछ नजर ही नहीं आता... नहीं, मुझे तुम्हारी जरूरत नहीं, नन्हीं-मुन्नी वार्या। तुम मेरे बिना ही फूलो-फलो।''

दवीदोव की आँखों से आँखें मिलीं तो लड़की एक ओर जरा सा मुड़ गई और निगाहें नीची कर लीं। उसकी लम्बी, कड़ी उँगलियाँ पुराने, गन्दे ब्लाउज की चुन्नटों से खिलवाड़ करते समय बुरी तरह काँपने लगीं और बरौनियों के बाल फड़फड़ाने लगे।

उसकी इस अभिव्यक्ति में न किसी तरह की कोई बनावट नजर आई, और न किसी तरह की कोई कोशिश। अपने भोले-भाले स्वभाव से उसने भावना पर कोई पर्दा डालने की कोशिश न की। सब कुछ इस तरह स्पष्ट हो उठा कि कोई आँखों का अन्धा ही होता जिसकी समझ में न आता।

... सूरज डूबने का समय हुआ तो दवीदोव ने जुआ उतार दिया, और बैलों को चरने के लिए छोड़ दिया। वह खुद मेड़ के सिरे की घास पर बैठ गया और जैकेट की आस्तीन से माथे पर पसीना पोंछकर काँपती हुई उँगलियों से कागज पर तम्बाकू रखकर सिगरेट रोल करने लगा। अब और केवल अब उसने थकान अनुभव की। उसे लगा कि वह पूरी तरह चूर-चूर हो गया है। उसकी पीठ दर्द करने लगी, घुटनों के पीछे की नसें रह-रहकर थरथराने लगीं, और हाथ बूढ़ों के हाथों की तरह कँपकँपाने लगे।

''सुबह हमारे बैल हमें मिल जाएँगे न?'' उसने वार्या से पूछा।

वार्या उसके सामने की जुती हुई जमीन पर खड़ी रही। फटे-फटायह बड़े-बड़े जूतों से ढके उसके छोटे-छोटे पैर अभी-अभी जुती मेड़ं की लिसलिसी मिट्टी में लगभग छिपे रहे। सो, अपने चेहरे के गर्द से मैला रूमाल खींचते हुए बोली:

''हम ढूँढ़ निकालेंगे ... रात में बैल बहुत दूर नहीं जाते।''

दवीदोव ने आँखें बन्द कर लीं और धुआँ उड़ाने लगा। उसने लड़की की ओर देखना नहीं चाहा। वार्या थकी हुई तो लगी, परन्तु इस पर भी उसका चेहरा खुशी से खिला रहा और होठों पर मुस्कान सजी रही। वह शान्त भाव से बोली:

''तुमने मुझे भी थका मारा और बैलों को भी। मगर तुम हो कि पैर रोकने का नाम ही नहीं लेते।''

''मेरे भी शरीर की हड्डी-हड्डी जवाब दे गई है,'' दवीदोव ने उदासी से कहा।

"तुम्हें जरा आराम और ज्यादा करना चाहिए। कोन्द्रात—चाचा खूब आराम करते हैं, और बैलों को पूरी तरह सुस्ता लेने देते हैं। नतीजा यह होता है कि सदा हर एक से ज्यादा जुताई करते हैं। पर, तुम इस तरह थककर चूर-चूर हो गए हो क्योंकि तुम इस मेहनत के आदी नहीं हो..."

अन्त में वह 'प्यारे' कहने ही जा रही थी यकबयक चैंक गई और होंठ कसकर भींच लिए।

"यह बात सही है। अभी सचमुच मैं इस मेहनत का आदी नहीं हुआ," दवीदोव ने उसकी बात का समर्थन किया।

फिर, जैसे-तैसे उठा और मेड़ के किनारे-किनारे चलता हुआ कैम्प की ओर बढ़ा। पहले तो वार्या जरा पीछे-पीछे चलती रही, पर फिर उसने तेज कदम बढ़ाए और बराबर से आ गई। दवीदोव के बायहं हाथ में जहाजियोंवाली फटी हुई, बदरंग वास्कट झूलती रही। बात यह हुई कि दोपहर के बाद हल में कोई गड़बड़ी हो गई और उसे ठीक करने के लिए दवीदोव नीचे झुका कि वास्कट के कॉलर की पट्टी एकहत्थे में फँस गई। इसके बाद वह झटके से सीधा हुआ कि वास्कट का आगे का पूरा का पूरा पल्ला फट गया। अब सवाल सामने आया कि वैसे तो गरमी काफी है और बिना वास्कट के भी काम चल सकता है, पर अगर कोई लड़की सामने रहे तो कोई कमर का बदन उघड़े काम कैसे करे?

सो, वास्कट के दोनों सिरों को संकोच से हाथों से साधे हुए उसने वार्या से पूछा, "तुम्हारे पास किसी तरह की कोई पिन है क्या?"

लड़की ने उत्तर दिया, "नहीं, मेरे पास कोई पिन-विन नहीं है।"

इस पर दवीदोव ने निराशा से कैम्प की ओर देखा, और सोचा कि कैम्प तो कोई दो किलोमीटर दूर है, जाना पड़ेगा वहाँ तक। इसके बाद खीझते और मन ही मन कुढ़ते हुए बोला,

"वार्या, सुनो, तुम यहाँ इन्तजार करो। मैं अभी आता हूँ, जरा कैम्प हो आऊँ।"

"क्यों, कैम्प किसलिए जा रहे हो?"

"यह चिथड़ा वहाँ पटकना है, और जैकेट पहननी है।"

"जैकेट में बड़ी गरमी लगेगी तुम्हें।"

"इससे कुछ नहीं, मैं सोचता हूँ कि कैम्प तो मुझे जाना ही चाहिए," दवीदोव ने हठ पकड़ते हुए कहा ...।

वार्या ने दवीदोव की भावनाओं का अर्थ अपने ढंग से लगाया, "मेरा दवीदोव बड़ा प्यारा है। बिना कमीज के मेरे साथ काम करने में शर्म आती है उसे। मेरी उम्र का और मेरा कितना लिहाज करता है।"

वह उसके प्रति कृतज्ञ सी हो उठी, और एक संकल्प के साथ जूते उतार फेंके। बोली,

"कैम्प तक जाने में मुझे तुमसे कम वक्त लगेगा।"

और, दवीदोव का मुँह कुछ कहने को खुले-खुले कि वह रवाना हो गई और चिड़िया की तरह उड़ चली कैम्प की ओर। उसने जुता हुआ काला खेत पार किया। उसके सँवरायह से पैर रह-रहकर कौंध-कौंध उठते, और सिर के उजले रूमाल के सिरे पीछे हवा में फरफराते रहे। वह बदन आगे की ओर जरा सा झुकाए, और भिंची हुई मुट्ठियों से कड़े, उभरते हुए सीने दबायह आगे ही आगे दौड़ती गई। इस बीच केवल एक विचार रहा उसके दिमाग में, "मैं दौड़कर जैकेट ले आऊँगी ...। वह खुश हो जाएगा, शायद एक बार ढंग से मेरी ओर देखेगा, और शायद कहेगा, धन्यवाद, वार्या।"

दवीदोव उसे बहुत देर तक देखता रहा। इसके बाद उसने बैलों की गर्दन से जुआ उतारा, उन्हें खोला और जुते हुए खेत से बाहर निकल आया। सहसा ही उसकी निगाह पिछले साल की सूखी घास पर बल खाती, खास किस्म के लचीले पौधे की टहनियों पर पड़ी। उसने एक टहनी लेकर पत्तियाँ अलग कीं और इस लचीली टहनी से अपनी वास्कट की फटी जगह बराबर कर ली, फिर पीठ के बल जमीन पर लेट गया और सो गया, जैसे कि इस तरह वह जहाँ ढह पड़ा हो वह जगह साँवली और मुलायम हो, और वहाँ से रह-रहकर धरती की सोंधी-सोंधी महक आ रही हो ...।

पर, जरा देर बाद मकड़ी या झिनगे जैसी कोई चीज माथे पर रेंगने लगी तो उसकी आँख खुल गई। माथे पर बल पड़ गए, पर उसने चेहरे पर हाथ फिराया, और फिर औंधा गया। लेकिन, फिर कोई चीज ऊपर के होंठ पर रेंगने और नाक के अन्दर सरसराने लगी। दवीदोव छींका और

आँख खोल दी। देखा कि वार्या सामने उकड़ूँ बैठी है, हँसी रोकने की भरसक कोशिश कर रही है, और इसीलिए सारा शरीर काँपा जा रहा है। पता चला कि वह घास का एक तिनका सोते हुए दवीदोव के चेहरे पर फिराती रही कि उसकी आँख खुल गई। नतीजा यह हुआ कि लड़की को झटके से हाथ खींचने तक का मौका न मिला। दवीदोव ने उसकी पतली कलाई कसकर पकड़ ली, लेकिन लड़की ने हाथ छुड़ाने की कोई चेष्टा न की और हँसती रही। वह केवल एक घुटने के सहारे जम गई ओर उत्सुक हो उठी। प्रतीक्षा और समर्पण चेहरे से झलकने लगे।

''मैं तुम्हारी जैकेट ले आई हूँ, उठो।'' उसने फुसफुसाते हुए बहुत ही धीरे-धीरे कहा, और हलके से कलाई छुड़ाने की कोशिश की।

दवीदोव ने उँगलियाँ ढीली कर दीं। लड़की का बड़ा, धूप से सँवराया हाथ घुटने पर आ रहा। वह आँखें बन्द कर दिल की तेज धड़कनों की गूँज सुनने लगी। उसे इन्तजार अब भी रहा। वह किसी चीज की आशा अब भी करती रही ...। पर, दवीदोव सन्न खींचे रहा। उसका सीना एक ढंग से उठता-गिरता रहा। चेहरे की किसी मांसपेशी में किसी तरह की कोई हरकत न हुई। फिर, वह उठा, दाहिना पैर नीचे दबाकर कायदे से बैठा, और सुस्ती से जेब में हाथ डालकर थैली ढूँढ़ने लगेगा। इस समय दोनों के सिर एक-दूसरे से लगभग छू-छू जाने लगा। दवीदोव की नाक में वार्या के महकदार बालों की बास गई तो नथुने सिकुड़ से उठे। वार्या के शरीर का अंग-अंग दोपहर की धूप, तपती घास की पत्तियों, तरुणाई की ताज़गी और सुगन्ध से महमह करता रहा। तरुणाई की महक में तो वैसे भी एक जादू होता है, और ऐसा जादू होता है जिसे आज तक तो कोई शब्दों में नहीं बाँध पाया...।

''कैसी प्यारी बच्ची है।'' दवीदोव ने सोचा। मुँह से एक आह सी निकल गई। फिर वे दोनों लगभग साथ-साथ उठ खड़े हुए और कुछ देर तक चुपचाप एक-दूसरे की आँखों में आँखें डाले रहे। इसके बाद दवीदोव ने जैकेट उसके हाथ से ले ली, और केवल आँखों ही आँखों स्नेह से मुस्करा दिया,

''धन्यवाद, वार्या!''

ठीक, उसने उसे धन्यवाद दिया। यानी, जैकेट लाने के लिए दौड़ते समय उसके दिमाग में जो बात आई, वह पूरी उतरी। लेकिन, फिर उसकी भूरी-भूरी आँखें आँसू क्यों भर लाईं? लेकिन, फिर उसने आँसू पीने की कोशिश की तो बरौनियाँ इतनी तेजी से फड़फड़ाने क्यों लगीं? वह प्यारी-प्यारी सी बच्ची आखिर रोई क्यों?

हाँ, वह रोई और बच्चों की तरह मजबूर होकर, सिर झुकाकर रोई, पर किसी तरह की कोई आवाज नहीं हुई। मगर दवीदोव ने कुछ नहीं देखा। वह तम्बाकू की एक भी पत्ती बरबाद किए बिना, सावधानी से सिगरेट रोल करता रहा। बात यह है कि सिगरेट उसके पास रही नहीं, और तम्बाकू भी खात्मे पर आ गई। यही कारण था कि वह बचत करने के लिए सिगरेट जरा छोटी ही रोल करने लगा। और, छोटी सिगरेट में दम ही कितना-पाँच कश, ज्यादा से ज्यादा छह कश, और फुक्क।...

सोच-विचार आधी रात तक होता रहा, और तब कहीं जाकर यह तय हुआ कि खेतिहरों को सहायता कितनी चाहिए, और जुताई पूरी तरह खत्म कब तक हो जाएगी। लोग अब भी अलाव के चारों ओर बैठे रहे कि दवीदोव ने रजम्योत्नोव के नाम एक चिट्ठी लिखी और दुब्त्सोव तड़के से पहले-पहले उसे लेकर गाँव जाने को तैयार हो गया। बोला, ''मैं जाऊँगा, ल्युबीश्किन की सहायता से अच्छे से अच्छे जुताई करनेवालों का चुनाव करूँगा, तीसरी टीम से हल-बैल लूँगा, और खाने का समय होने-होने तक वापस आ जाऊँगा।''

आग ठंडी पड़ने लगी, पर लोग कुछ देर तक बैठे सिगरेट पीते रहे। इसके बाद उठे और सोने चले गए।

पर, ठीक इसी समय, वैगन के पास बातों का एक दूसरा ही सिलसिला चालू हो गया। टीन के एक पुराने तसले में वार्या बड़ी होशियारी से दवीदोव की वास्कट धोती रही कि उसकी बगल में खड़ी बावर्चिन अपनी भारी, मर्दानी सी आवाज में बोली:

''बच्ची, बेवकूफ है तू, रो क्यों रही है?''

''कपड़े से खार का झझका उठा है...।''

''तो, तो क्या हुआ? हर बदन लचानेवाले आदमी की कमीज पसीने से भीग जाती, और खारी हो उठती है। तूने क्या सोचा था कि इससे इत्र

की महक आएगी? बेकार गला क्यों फाड़ रही है? दवीदोव ने तुझे किसी तरह का कोई नुकसान तो पहुँचाया नहीं... नहीं न?''

''अरे, नहीं, नहीं, चाची।''

''बेवकूफ कहीं की, तो फिर यह ढरका क्यों बहा रही है?''

''पर, मैं किसी ऐरे-गैरे की वास्कट नहीं धो रही। वह तो मेरा अपना है, मुझे सबसे ज्यादा प्यारा है।'' तसले के ऊपर सिर झुकाते और सिसकियाँ साधते हुए लड़की बोली।

दोनों बहुत देर तक चुप रहीं। इसके बाद बावर्चिन ने कूल्हों पर हाथ रक्खे, और परेशानी से कहने लगी:

''अच्छा, बहुत हुआ, मैं ऊब गई। ... सिर ऊपर कर, वार्या।''

बेचारी बैल हाँकनेवाली, छोटी, उम्र सिर्फ सत्रह साल। तरुणाई को अभी किसी के होठों ने स्पर्श न किया था। उसने सिर उठाया और, आँसू से छलछलाती, पर, साथ ही खुशी से खिली हुई आँखों से बावर्चिन की ओर देखा—

''उसकी वास्कट का खार तक प्यारा लगता है मुझे...।''

दार्या कुप्रियानोव्ना का भारी-भरकम सीना हँसी से फूल उठा, ''हूँ। तो बात यह है। मैं समझी। अब तू असली लड़की हो उठी है।''

''और, पहले मैं क्या थी? असली नहीं थी?''

''पहले! पहले तू थी हवा की सिर्फ एक झकोर, और अब है असलियत में लड़की। बात यह है कि अपने मन की रानी के लिए जब तक एक लड़का दूसरे लड़के को उठाकर दे नहीं मारता, तब तक वह असली लड़का नहीं होता। ठीक इसी तरह जब तक कोई लड़की खीसें बाती और आँखें नचाती रहती है, तब तक वह लड़की नहीं रहती, वह रहती है स्कर्ट में लिपटी हवा की एक झकोर। लेकिन, जब उसकी आँखे प्यार से रिसने लगती हैं, और तकिया हर दिन-रात को आँसुओं से तर रहने लगता है—तो वह हो उठती है सचमुच की लड़की। समझी, बुद्धू कहीं की?...''

... बैलों की हँकाई करनेवाली औरतें वैगन के पास ही खुले में सोती रहीं। इस बीच दवीदोव औंघाने सा लगा कि वार्या की ऊँची और कुप्रियानोव्ना की भारी आवाज उसके कानों में पड़ी।

"गाय की बछिया की तरह तू मुझे दबायह क्यों डाल रही है?" बावर्चिन हँसते और हाँफते हुए बोली। "बहुत हुआ लाड़, सुनती है कि नहीं, वार्या? और, भगवान के लिए पीछे हट जरा... तेरी साँस ऐसी गरम है जैसे किसी भट्ठी से चली आ रही है... तूने सुना नहीं मैंने क्या कहा? मन करता है, आगे से तुझे अपने पास कभी लेटने न दूँ ... कैसा झुलस रहा है तेरा बदन। तबीयत तो ठीक है?"

इस पर वार्या धीरे से ऐसे हँसी, जैसे कोई पेड़की कू-कू करे।

दवीदोव औंघा-नींद में भी मुस्करा उठा और कल्पना करने लगा कि दोनों इस तरह अगल-बगल लेटी होंगी, इस तरह! और, नींद में डूबते-डूबते उसने सोचा, "लड़की सयानी हो गई है... दुलहन बनने लायक हो गई है, पर उसका दिमाग बिलकुल बच्चों जैसा है।"

अन्त में बोला, "फूलो-फलो, खुश रहो, प्यारी वार्या।"

और अन्त में :

इस तरह पहली बार मैंने परिचय प्राप्त किया वार्या से।

पर, वार्या के बारे में शोलोखोव ने खुद बहुत कम कहा है। उसके नारी-पात्र संख्या में जितने अधिक हैं, चरित्र की दृष्टि से उतने ही विभिन्न। वार्या उनकी सबसे छोटी मुँहबोली बेटी है। वह अक्सीनिया और नताल्या की तरह जरा भी नहीं है। फिर, चंचल लूश्का से तो उसकी एक भी चूल नहीं मिलती। यह सारे के सारे नारी-पात्र शानदार हैं, कलेजेवाले हैं, पर उन पर पुराने कज्जाकी जीवन की स्पष्ट छाप है, और पुराना कज्जाकी जीवन नारियों के प्रति काफी कठोर रहा है। परन्तु, वार्या तो जैसे स्तेपी के मैदान की, बाहर के आँचल के सहारे, सिर उठाती हुई हरी दूब की पहली पत्ती है। उसमें ताजगी है, चमक है, उमंग है, और उसमें लहरें लेती है नए जीवन की तरुणाई की शक्ति। उसकी मनोहरता का स्रोत है आन्तरिक सौन्दर्य, और इस इलाके के लोग इस आन्तरिक सौन्दर्य से इस जमाने तक परिचित नहीं हो सकते हैं। लड़की इस नूतन आकर्षण से जगर-मगर

करती है। यह नूतन आकर्षण हर शब्द, और हर क्रिया-कलाप में उमड़ उठा है। इतना ही नहीं, बल्कि नए कज्जाकी गाँव की नई पीढ़ी की कल्पना करते समय, स्वयं शोलोखोव तक की भावना इस रंग में रँग उठी है। सन् '30 को आज एक जमाना हुआ, पर इसी सन् '30 के आसपास की इस खेतिहर लड़की वार्या के व्यक्तित्व में हमें रूसी नारी की आत्मा की शोभा, और कोम्सोमोल-लड़कियों के सीधे-सादे, अटल सिद्धान्तों की गंगा-जमुनी मिलती है। यही तो वे गुण हैं, जिनसे अपनी पहली हवाई उड़ान के समय ग्रिजोदूबोवा, रस्कोवा और ओसीपेंको प्रभावित हुईं। यही तो वे गुण हैं जिनसे प्रभावित होकर लड़ाई के जमाने में जोया कोस्मोदेम्यान्स्काया, लीजा चाइकीना और उल्याना ग्रोमोवा जैसी वीरांगनाओं ने सत्य को सत्य कर माना और अपनी जान दे दी, और, सचमुच यही वे गुण हैं जो वेलेन्तीना गगानोवा, यूलिया वेचेरोवा और हजारों-हजार दूसरी लड़कियों को परम्परा के रूप में मिले हैं।

मुझे पूरा विश्वास है कि 'कुँआरी धरती ने अँगड़ाई ली' के सारे पाठक वार्या को उतना ही मोह और प्यार देंगे, जितना कि स्वयं उपन्यास-लेखक ने दिया है। और सच पूछिए तो पहले से इसकी कल्पना करना ऐसा कुछ कठिन भी नहीं। आखिर कोई कारण तो होना ही चाहिए कि केवल अन्तिम सर्गों को पढ़ने के बाद ही पाठकों ने 'लेनिन पुरस्कार' के लिए उपन्यास के नाम का प्रस्ताव कर दिया है।

मैं मास्को पहुँचा तो मुझे माँ की मेज पर एक तार रक्खा मिला। तार था:

''अपने बेटे की वर्षी के इस दुखभरे मौके पर कृपया एक अपरिचित बेटे की संवेदना स्वीकार करें। इस बेटे के सिर से माँ का साया लड़ाई ने उठा लिया।''

—वादीम सोकोलोव

ताज़ी हवा का झोंका

ओल्मा मार्कोवा

पहिये नपे-तुले ढंग से चर्र-मर्र करते रहे। गाड़ी एक लय-तान से हिचकोले खाती रही। गाड़ी लोगों से ठसाठस भरी रही। खिड़की से सटा खड़ा वसीली सिगरेट पीता और बाहर देखता रहा। एक मोटा सा बक्सा उसके पैरों के पास रक्खा रहा और खिड़की से आनेवाली गरम हवा सिगरेट का धुआँ डिब्बे में वापस ठेलती रही।

गाड़ी नौजवानों से भरी थी। सभी किसी कान्फ्रेन्स जैसे आयोजन से लौट रहे थे। लेकिन, खैर, यह तो कोई बात न थी। उनकी मंजिल यानी सरकारी फार्म आने ही वाला था। पर, उसका सिर तो गरमी से बोझिल हो रहा था...

सोन्या अपने पति के पास से जरा दूर हट गई और अपने विचारों में डूब गई—तमाम चीजों के बावजूद आखिरकार हम चल ही पड़े। तीन वर्ष बराबर कोशिश की मैंने इसके लिए। अन्त में कामयाब हो गई।

घर पर सोन्या फ़र के एक व्यापार-केन्द्र में काम करती रही थी। शिकारी कच्चे चमड़े लाते थे, और बदले में तमाम दूसरी चीजें ले जाते थे। सो, उसका काम था इन चमड़ों को देखना-भालना और समझना कि कहीं कोई गड़बड़ी तो नहीं है। किसी शिकारी की क्या मजाल कि उसकी आँख में धूल झोंक दे और खराब चमड़े दे जाए।

पर, वसीली जब भी आता और उसके काउंटर पर खालों से भरा बोरा उलटता तो वह जरा भी चिन्तित न होती, बल्कि पूरी तरह आश्वस्त रहती कि इन्हें बहुत देखने-भालने की जरूरत नहीं। यह खालें तो हर तरह

ठीक-ठाक होंगी ही। यह शिकारी गिलहरियों का शिकार करता तो गोली सीधे आँख में मारता। नतीजा यह कि खालें बेदाग होतीं।

वसीली इन खालों के बदले जो और जिस तरह की चीजें चुनता, उनसे सोन्या हमेशा ताज्जुब में पड़ जाती। वह जो कुछ चुनता वह अच्छे से अच्छा होता।

ऐसे-ऐसे एक बार सोन्या बोली,

''तुम चीजों को चुनने में जैसी होशियारी बरतते हो, अगर ऐसी ही होशियारी तुमने अपनी दुलहिन के चुनाव में बरती तो खाक छानते रहोगे, लड़की नहीं मिलेगी।''

''खैर, यह दिन-दो दिन की बात तो होती नहीं—जिन्दगी भर का मामला होता है—इसमें गलती या भूल-चूक हो जाती है तो आदमी दिक्कत में पड़ जाता है।''

एक बार वहाँ से बाहर आते समय बोला, ''तुम जानती हो, हीरा हो तुम... हीरा!''

... थोड़े समय बाद ही सोन्या को लगने लगा कि वसीली कहीं दूर चला जाता है तो उसका समय काटे नहीं कटता और बड़ी बेचैनी होती है।

... वसीली 14 वर्ष की उम्र में शिकारियों के संघ का सदस्य बना था, और साल-ब-साल उसकी खालों की गिनती बढ़ती गई थी।

पर, वह जब भी आता, सोन्या यों ही उससे पूछ बैठती, ''क्यों, अपने लिए कोई दुलहिन खोज ली या अभी तक कोई मन की लड़की नहीं मिली?''

''अभी नहीं मिली—मामला टेढ़ा है—अक्ल से काम लेना चाहिए''—वह उत्तर देता है।

पर, एक दिन ऐसा हुआ कि सोन्या के सवाल करते ही वसीली ने तत्क्षण जवाब दिया, ''हाँ, दुलहिन खोज ली।''

सोन्या को अपना सारा बदन ठंडा होता लगा। उसके हाथ तक पीले पड़ गए, और दिमाग कहीं और चला गया। बिना मतलब गिलहरी की खाल के रोएँ जहाँ-तहाँ से नोचने लगी। वसीली ने खाल उसके हाथ से ले

ली और बहुत समझदारी के साथ शान्त भाव से बोला, ''पहले इसे मेरे हिसाब में चढ़ा दो। फिर इसे चौपट करो या जो चाहे सो करो।''

लड़की ने छोटी, नीली खाल एक ओर से लोकाई और हाँफते हुए पूछा, ''कौन है वह लड़की?''

वसीली ने अपनी काली आँखें उसकी आँखों में डालीं और दृढ़ता से बोला, ''तुम!'' और, बात खत्म हो गई।

बात सोन्या के साथ काम करने वालियों से सुनी तो एक बोली, ''देख लो, सोन्या, उसकी माँ बड़ी कंकाला है। बड़ी मुसीबत होगी तुम्हें।''

शादी की तैयारियाँ शुरू हुईं तो वसीली ने बस्ती में एक पुराना मकान खरीद लिया और अपनी माँ को गाँव से ले आया। माँ का कद लम्बा और चेहरा बड़ा सूखा-सूखा सा था—गिरजे में बसनेवाली किसी नन के जैसा। काले कपड़े भी वह नन की तरह ही पहनती थी।

सोन्या अपने पति के घर आई तो बुढ़िया ने अपनी गढ़ों में धँसी, सिकुड़ी हुई आँखों से उसे सिर से पैर तक गौर से देखा, और होंठ लगभग भींचे ही भींचे बोली, ''तुम ब्याह कर जिस घर में आई हो, उसमें हर काम बहुत हाथ दबाकर किया जाता है ... याद रखना हमेशा।''

सोन्या के वैवाहिक जीवन का श्रीगणेश हुआ, पर, यह बिलकुल दूसरी ही तरह की जिन्दगी निकली। घर ऊँची, मोटी दीवार से घेर दिया गया और अँधेरी, गीली गली के अन्त में एक सँकरा सा फाटक लगा दिया गया। वातावरण में उमस, और सन्नाटा-घर में तमाम अंगड़-खंगड़, और एक मुँहचढ़ी मालकिन—और ... और, प्यार।

अब वसीली जब भी शिकार के लिए बाहर जाता तो सोन्या उसका बेसब्री से इन्तजार करती और सोचती कि उसके आते ही सब कुछ ठीक-ठाक हो जाएगा, हर चीज बदल जाएगी, और घर हँसी के ठहाकों से भर उठेगा। पर, असलियत में बदलता कहीं कुछ नहीं। वे अकसर ही सिनेमा देखने चले जाते, पर माँ को यह सैर-सपाटे खलते और बुरे लगते। बड़बड़ाती, ''बाबा, हमारे ज़माने में यह सारे सिनीमा-ठठेर नहीं थे... हमारे जमाने में तो खिड़कियों के सामने घर का अहाता होता था ... क्या मजाल थी कि किसी की आँख तो पड़ जाए ... इस सिनीमा-ठठेर

से तो कहीं अच्छा है कि तुम अपने घर में रहो, और अपनी कसीदाकारी करो..."

वसीली अपनी माँ से डरता और पंजों के बल घर से इधर-उधर आता-जाता। अपनी पत्नी से साधारण बातें या प्यार की बातें करता तो ऐसे कि आवाज न हो। उस पर सोन्या कभी आम ढंग से बोलने की कोशिश करती और स्वर चढ़ाती तो वसीली सहम जाता और आशंका से दरवाजे की ओर देखने लगता। दरवाजे पर एक लम्बी, काली छाया हमेशा मँडराती रही।

"यह सूँघासाँघी क्यों कर रही हैं?" सोन्या गुस्से से पूछती।

"चुप रहो... वे मेरी माँ हैं," वसीली जवाब देता है।

मगर, एक दिन सोन्या कमरे में बैठी कसीदाकारी कर रही थी कि सास कमरे में आ गई, कहने लगी, "देवता की मूर्ति के सामने की मोमबत्ती की तरह वहाँ मत बैठा करो ... इधर सुनो ... यह बतलाओ कि तुम्हें इस बात से कोई दिलचस्पी नहीं है क्या, कि हमारे घर में क्या है, और क्या नहीं है?" ... और उसने ऐसे श्रद्धा भाव से पतोहू को सारे घर का चक्कर लगवाया, जैसे कि वह घर न होकर गिरजा हो। यही नहीं, उसने बड़े-बड़े बक्सों, देव-मूर्तियों और शीशों से भरे बड़े कमरों के ताले खोले और सब कुछ उसे दिखलाया।

"पर, यह सारा कुछ है किसके लिए?" सोन्या ने अचरज से पूछा।

"मेरे पोते-पोतियों के लिए," बुढ़िया ने बड़े दर्प से उत्तर दिया। "वे हमारी तरह की जिन्दगी बसर न करेंगे ... यह मकान कभी धनी व्यापारियों का था, पर अब मेरा है ... मेरे पोते-पोतियों के पास अपनी जरूरत की हर चीज होगी..."

बच्चे ... हाँ, बच्चे तो सोन्या भी चाहती पर इस सम्भावना से उसे थोड़ा डर लगता, और लार्च की ठोस लकड़ी के इस घर की मोटी-मोटी दीवारों में जन्म लेनेवाली सन्तानों की बात सोचते ही वह सिहर उठती। कल्पना करती तो मुस्कराते, गुलाबी गालोंवाले, फूल से नन्हें-मुन्ने उसकी आँखों के आगे न आते, बल्कि आते धँसी आँखों, उदास चेहरोंवाले, दुबले-पतले मरियल बच्चे। मात्र अपने पति के प्रति प्यार, और एक अवर्णनीय उत्सुकता के कारण वह इस घर में बनी रहती, और सारा दंशन चुपचाप

सहती रहती। अपने दफ्तर में भी प्राय: गुमसुम सी रहती और चुपचाप, आज्ञाकारिणी की भाँति काम करती रहती। अब शिकारियों से पहले की तरह बहस न करती, और जिन दोयम दर्जे की खालों को देखते ही पहले लेने से इन्कार कर देती, वे भी अब अकसर ले लेती। इस पर एक बार कुछ मुसीबत उठ खड़ी हुई तो सास ने सलाह दी, ''अफसरों से बिगाड़ नहीं करना चाहिए... उनसे बनाकर ही रखनी चाहिए... और, यह लोग थोड़ी चापलूसी पसन्द करते हैं।''

यह परिस्थिति दो वर्ष तक चलती रही। अब उसकी सास की भावनाहीन अस्वीकृति स्पष्ट सन्देह का रूप धारण करने लगी।

उसकी सास उसमें बराबर एक तरह की हीन-भावना सी भरती रही थी, पर उसके पैर भारी हुए तो जहाँ उसमें एक तरह का अभिमान जगा, वहीं शक्ति भी आई। उसने इस घर में इस बीच बहुत कुछ सहा था, झाड़ दे और जिन्दगी नए सिरे से शुरू कर दे। सो, उसने शामों को वसीली को जोर-जोर से अखबार पढ़कर सुनाने शुरू किए, और उनमें छपी अपीलें तो वह और भी ध्यान से सुनाने लगी। इन अपीलों में पूर्व के नए इलाके की चर्चा होती, और तरुणों से वहाँ आकर बसने का आग्रह किया जाता।

एक दिन रात को सूखी, जलती हुई आँखों से रात के अन्धकार में निगाहें गड़ाते हुए सोन्या अपने पति से फुसफुसाते हुए बोली, ''हम भी वहाँ क्यों न चलें?'' और, वह पूर्व के उस इलाके के सुखद भावी जीवन के आकर्षक नक्शे खींचने लगी। पर, वसीली को उस ओर इस समय जो चीज खींच रही थी, वह थी वहाँ बड़ी रकमें बनाने की अफवाह। फिर भी सोन्या ने सोचा, ''कोई बात नहीं, धीरे-धीरे मैं उसे रास्ते पर ले आऊँगी ... वसीली को यहाँ से तो, जैसे भी हो, निकालना ही है।''

वह कहती, ''सुनो, तुमने लड़ाई के जमाने में टैंक चलाया है ... तुम मशीनों के बारे में सब कुछ जानते हो ... फिर, पहले-पहल जानेवालों को वहाँ जिन मुश्किलों का सामना करना पड़ा, वे तो अब हैं भी नहीं ... उस इलाके का श्रीगणेश हुए चार साल हुए हैं, और इस बीच वहाँ अच्छे-खासे शहर बस गए हैं। लेकिन, श्रम-शक्ति की कमी वहाँ अब भी है।''

... और, होते-होते वह दिन आया कि पति-पत्नी उस इलाके के लिए रवाना हो गए। ऐसे में सोन्या अपने पति से बोली, "वास्या, बैठ जाओ ... पैर थक गए होंगे खड़े-खड़े।"

वसीली खिड़की से हटकर उसके पास आ बैठा। इस बीच डिब्बे की भीड़ छँट गई थी, और शोरगुल भी थोड़ा कम हो गया था।

"इस वक्त हमारे यहाँ 77 कम्बाइनें और एक सौ ट्रैक्टर हैं, और गाँव के मकानों की गिनती पचास है।"

सोन्या अपने पति के कन्धे से सिर टिकाये सारी बातचीत सुनती रही। जहाँ तक वास्या का सवाल है, उसके मन में कुछ और भी भाव उठते रहे। उसे लगता रहा कि इस प्रकार अनजाने, अनदेखे परदेस के लिए एकदम रवाना होकर उसने अच्छा नहीं किया। सोन्या ने उसके मन के भाव समझे, आँखों में आँखें डालीं, और फुसफुसाते हुए कहा, "वास्या, एक रहस्य की बात बतलाऊँ तुम्हे? तुम जल्दी ही पिता होनेवाले हो ... मेरा ख्याल है कि बेटा होगा..."

पति चौंक गया और उसकी आँखों से उत्सुकता के साथ-साथ चिन्ता झाँकने लगी।

"अगर ऐसा है तो हम यहाँ कौन सा भाड़ झोकेंगे। क्या करोगी तुम?"

"तुम फिक्र मत करो... सब कुछ ठीक-ठाक हो जाएगा। वहाँ भी तो औरतों के बच्चे होते हैं," और फिर आँख बन्द कर भावना में डूबते हुए बोली, "वहाँ उसे हमसे वसीयत में सामान से भरे बक्सों के बजाय और कुछ मिल सकेगा..."

अब तक स्तेपी के अनन्त पसार के बीच से गुजरती हुई गाड़ी ठीक इसी समय कुछ इमारतों की परछाइयों के बीच से धँसी हवा का एक ठंडा झोंका लहराता हुआ डिब्बे में आया, और मुसाफिरों के पसीने से तर चेहरों पर पंखा सा झलने लगा। मुसाफिरों ने चैन की साँस ली और थके हाथ-पैर सीधे किए। सोन्या ने खिड़की की ओर देखकर सिर हिलाया और जवाब में बोली,

"ताजी ठंडी हवा का झोंका—यह मिलेगा हमारे बेटे को विरासत में।"

वसीली ने कुछ नहीं कहा। पर, सोन्या को लगा कि पति ने उसकी बात नहीं समझी। पति एक ओर को हट गया और उसके मन के निराशा भरे विचार उसके चेहरे पर झलक आए। आखिरकार बोला, "हम अगले स्टेशन पर उतर जाएंगे और पहली गाड़ी से घर वापस लौट चलेंगे।"

सोन्या ने सिर हिलाया और बगल के लाल, सूजी पलकों वाले तरुण से बातें करने के लिए मुड़ी। पूँछने लगी, "तुम्हारी आँखें ऐसी क्यों हैं, क्या हुआ?"

तरुण को जैसे दर्द की याद हो आई और उसने अपनी खुरदुरी उँगलियाँ पलकों पर फेरीं, "खार के कारण आँखों की यह हालत है।"

"खार, कैसा खार?"

"हाँ, खार के कारण ही। हमारे फार्म के खेतों में काम करनेवाले सभी लोगों को यह तकलीफ है। जहाँ मैं काम करता हूँ वहाँ दलदल के दलदल खार से भरे हुए हैं। इस खार से आँखें लाल हो जाती हैं, सूज जाती हैं।"

अचानक ही गाड़ी धीमी हुई। वसीली ने उछलकर अपनी पत्नी का हाथ कसकर पकड़ लिया, "आओ, चलो, चलें..."

सोन्या ने आश्चर्य से कन्धे बिचकाये, "सुनो तो, देखो यह जवान क्या कहता है।" और, गाड़ी चल पड़ी। वसीली खीझकर फिर बैठ गया।

सोन्या पड़ोसी से बोली, "तुम्हें धूप का चश्मा लगाना चाहिए ... जानते हो, कैसा धूप का चश्मा, वैसा जैसा ड्राइवर इस्तेमाल करते हैं। मैं अपने पति के लिए उस तरह का लायी हूँ।"

तरुण मुस्करा दिया, "इसी के लिए तो मैं शहर गया था ... आप जानती हैं, देश के कोने-कोने से लोग हमारे लिए तोहफे भेजते हैं—पर, धूप के चश्मों की बात किसी के दिमाग में नहीं आई। ... इस समय पाँच सौ धूप के चश्मे लेकर वापस लौट रहा हूँ। इतने हैं कि सातसाला योजना के अन्त तक चलेंगे।"

इसी समय एक टिकिट-चेकर की आवाज कानों में पड़ी—"टिकिट दिखलाइए... टिकिट।" इस बीच वह डिब्बे में आ गया था, "यह क्या कचरा फैला हुआ है यहाँ?"

हर एक की निगाह फर्श पर जा पड़ी। वहाँ छोटी-छोटी पीली गुरियों से बीज बिखरे थे।

"इसका मतलब यह है कि किसी को जुरमाना भुगतना पड़ेगा।" टिकिट-चेकर चीखा। सोन्या की बगल से गुजरते समय उसने उस पर और उसके पास बैठी, औंघाती हुई बुढ़िया पर सन्देह की नजर डाली। झुका तो सीट के नीचे से एक बोरा बाहर की ओर उभरा हुआ दिखलाई पड़ा। बात समझ में आई कि बोरे का मुँह खुल गया था, इसीलिए उसके अन्दर के बीज फर्श पर बिखर गए थे।

"किसका बोरा है यह?" टिकिट-चेकर ने पूछा।

बूढ़ी चौंककर उठी, झुकी, और दूसरे ही क्षण उसकी निगाह सीट के नीचे दौड़ गई। मुँह से कराह निकल गई।

"तुम्हारा है?"

"जी हाँ, भगवान आपको सलामत रक्खे, बोरा मेरा है।" बूढ़ी ने इधर-उधर बेचैनी से देखते हुए गलती मान ली।

"दादी, क्या है तुम्हारे इस बोरे में?" सोन्या ने पूछा।

"बेटी, बड़ी कीमती चीज ... चीड़ के बीज थे इसमें। अपने बेटे के पास ले जा रही हूँ। पूरे पतझड़ भर जमा किए, और यह यहाँ कुल के कुल बिखर गए। मेरा बेटा कितने मन से स्तेपी में चीड़ के पेड़ उगाना चाहता था ..."

"इसके लिए कोई तुम पर जुरमाना नहीं कर सकता," सोन्या ने दृढ़ता से कहा।

टिकट-चेकर गुस्से से सोन्या की ओर मुड़ा, "तुम इस मामले से दूर रहो। वरना तुम पर भी जुरमाना कर दूँगा।"

"अरे, नहीं, कहाँ की बात करते हैं आप, मुझ पर कोई जुरमाना नहीं कर सकते।" सोन्या ने सिर हिलाया—उसका चेहरा क्रोध से तमतमा उठा।

"इससे तुम्हारा कोई ताल्लुक नहीं," टिकिट-चेकर ने बात दोहराई, पर बात के पीछे की आस्था कुछ कमजोर पड़ गई थी।

"है मेरा तअल्लुक़ इससे।" सोन्या ने बल देते हुए कहा। "दादी और मैं यानी हम दोनों मिल-जुलकर अभी-अभी बीज बटोरे देती हैं। फिर, आपको बुहरवाने या सफाई करवाने की जरूरत न पड़ेगी।"

इतना कहकर सोन्या डिब्बे के सिरे तक दौड़ गई, झुकी और मुट्ठी भर भरकर बीज उठाने लगी। दूसरे ही क्षण किसी और ने हाथ लगाया और देखते-देखते सीटों के नीचे से चमकदार, पीले बीजों की कालीन सी उलट दी गई। सोन्या ने सावधानी से पूरे का पूरा अम्बार बुढ़िया की ओर बढ़ाया। सूजी पलकोंवाले तरुण ने बोरे का मुँह खोला और उकड़ूँ बैठ गई दादी ने सारे बीज अंजली-अंजली कर बोरे में भर लिए।

"तो, दादी तुम स्तेपी में चीड़ के पेड़ उगाने जा रही हो? मगर, पेड़ क्या, इतने बीजों से तो पूरे का पूरा जंगल खड़ा हो जाएगा," सोन्या बोली, "चीड़ बड़े होंगे तो उनकी शाखों पर गिलहरियाँ दौड़ेंगी, और गिलहरियाँ दौड़ेंगी तो शिकारी आएंगे और उनका शिकार करेंगे..."

उसने कनखी से अपने पति की ओर देखा। देखने से लगा कि उसका मन अब भी उसी तरह आगे-पीछे हो रहा है। पर, गाड़ी धीमी हुई और अगला स्टेशन आया तो उसने उठने की, पहले की तरह, कोई कोशिश न की। उसने खिड़की की ओर तक नहीं देखा। उलटे, दूसरों के साथ वह भी दादी की राम-कहानी सुनता रहा।

गाड़ी पटरियों के जोड़ों पर खड़खड़ाती एक स्टेशन पर रुकी।

"आ गए हम!" स्टेशन का नाम पढ़ते हुए सोन्या बोली। अन्त में जब वे चलने को उठे तो बुढ़िया भी उठी, और सोन्या के सामने पुराने ढंग से झुकते हुए बोली, "बेटी बहुत-बहुत धन्यवाद। खूब खुश रहो—दूधो नहाओ, पूतो फलो।" गाड़ी के बाहर का स्तेपी शान्त और स्थिर बना रहा। हवा थम गई थी।

सुहाग रात

फ़ातिह नियाज़ी

(कहानी का एक अंश—ओल्गा जीव)

शादी-ब्याह कोई हँसी-खेल नहीं है, यदि आप अकेले रहने के आदी हों, यदि अपनी सारी ज़िन्दगी आप छुट्टा रहे हों, और यदि पूरे उन्नीस साल तक आप अपनी आज़ादी पर ऐंठते रहे हों।

क्लावा अव्वल दर्जी की सिलाई की दुकान में जूनियर-कटर थी। केवल मूढ़ ही अपनी मूढ़तावश उसे ड्रेस-मेकर, या अपने पुराने दिमागों के कारण, दर्जिन कह सकते थे। उसमें इस काम की विशेष प्रतिभा थी, और इस प्रतिभा के पाँव पालने में ही नज़र आने लगे थे, यानी अभी वह बाल-भवन में ही थी और बच्ची थी कि यह लौ लौ देने लगी थी।

बस, तो बाल-भवन की शिक्षिका मरीया इवानोवना एक दिन उससे कह ही तो उठी: "किसी-न-किसी दिन तुम्हारा नाम होगा, और तुम नई ड्रेस-डिजाइनर होकर रहोगी—तुममें इस काम के लिए सच्ची प्रतिभा है।"

और पन्द्रह वर्ष की उम्र में सात वर्ष की शिक्षा समाप्त कर जब क्लावा स्नातक हुई तो बाल-भवन ने उसे सिलाई की दुकान में रखवा दिया, और वह काम सीखने लगी। पहले साल तो उसे काफी कठिनाई हुई, क्योंकि इस ज़माने में काम सीखनेवालों को कुछ यों ही सी आमदनी होती है, और उसकी भी यह तनख्वाह बहुत ही साधारण थी। लेकिन, जल्दी ही उसने सारे इम्तहान पास कर लिए, और वह दर्जिन बन गई।

सफेद-नीली, साफ-सुथरी कमीज पहने क्लावा काम पर आती। देखने में वह उतनी ही सयानी लगती जितनी कि योग्य। एक बिलकुल नया इंची-

टेप उसके गले से लटकता रहता, और उसके पेशे की ओर स्पष्ट संकेत करता। उसकी फुर्ती और चलने-फिरने के ढंग से लगता है कि वह अपने काम से काम रखती है, और काम-काम की ही बात करना चाहती है। हाँ, उसके घुँघराले बालों के लच्छे कानों पर झूल आते तो वह उन्हें हर कदम पर सँभाल देती, और ऊपर कर देती। वह जब-तब सोचती "काश कि एक बार मीत्या मुझे इन क्षणों में देख लेता।" लेकिन, यह सपना तो बिलकुल बेसिर-पैर का था। भला टैक्सी-ड्राइवर मीत्या श्चेग्लोव इस जनानी-दुकान में कैसे और क्यों आता?

मीत्या को क्लावा के जीवन में आए अभी बहुत दिन नहीं हुए। पहले-पहल तो वह उसे एक मज़ेदार साथी लगा, परन्तु वह उससे थोड़ी बहुत डरी भी। पर, फिर आवश्यकता बढ़ी—अब वह उससे हर दिन मिलना चाहती, उसे हर दिन देखना चाहती, हर दिन उसके स्वर सुनना चाहती, और चाहती कि मास्को की सड़कों पर वे घण्टों घूमें तो उसका हाथ उसकी बाईं कोहिनी साध ले—सचमुच कितना ताकतवर और सुखदायक था उसका वह हाथ।

बात आगे बढ़ी—मामला देखने तक ही सीमित न रहा। अपेक्षा हुई कि उससे बातें हों, और बातें हो तो दिन-विशेष की एक-एक घटना दोहराई जाए, और उन दिनों की चर्चा चलाई जाए जब मीत्या जीवन में न आया था—बातें खत्म ही न हों—क्लावा बतलाय कि उसने कौन-कौन सी पुस्तकें पढ़ी हैं, और क्या-क्या आश्चर्यजनक चीजें हैं जो अभी पढ़ी, सीखी या देखी नहीं गई हैं।

इस पर भी, यह सारा कुछ देखते-देखते ही तो शुरू हुआ—बिलकुल कुछ नहीं सी बात से। बस, यह समझिये कि एलार्म—घड़ी में एलार्म लगा दिया गया, पर जाने क्यों वह बोला नहीं। बेचारी क्लावा क्या करती? वह सोती रही, और उसकी आँख खुली तो उसने सोचा कि हाय हाय, इस समय तो मुझे ट्राली-बस पर सवार होना चाहिए था। उसने बिस्तर तक ठीक नहीं किया, जैसे-तैसे कपड़े अपने बदन पर डाले और बिना मुँह जुठारे, वह झपट चली दुकान के लिए। वह बस के अड्डे पर पहुँची तो उसे एक भी बस नज़र नहीं आई। वैसे होता भी यही है कि आप आराम

से हों तो बस पर बस आती चली जाती है, पर आप जल्दी में हों तो नाम को भी बस दिखलाई नहीं पड़ती। क्लावा ने पाँच मिनट तक राह देखी। इसके बाद वह अधीर हो उठी। रात में यकबयक तापमान गिर गया था, सर्दी बढ़ गई थी, पर वह जल्दी में ऊपर के जूते पहनना भूल गई थी। अतएव बह अधीरता से इधर-उधर नाचती रही और जाड़े से कँपकँपाती रही। अन्त में उसने नुक्कड़ तक दौड़ जाने का निश्चय किया कि बस उधर से ही तो आती।

अब, यह समझिए कि सारी घटना एक इसी क्षण में घट गई। बस तो नहीं आई, पर उसकी जगह लहरें लेते हुए एक ''पीबेदा'' जरूर उस नुक्कड़ पर आ गई। मोटर की जंजरियादार कालीपट्टी से साफ था कि वह टैक्सी है। क्लावा चौंकी और एक किनारे हो जाने को जो उछली तो उसका पैर फिसल गया, और वह गिर गई। ''पाबेदा'' मुड़ी और फिर एक झटके से रुक गई। क्लावा आसानी से उठ तो गई, पर बाएँ घुटने में दर्द के कारण उसके मुँह से चीख निकल गई।

टैक्सी का ड्राइवर दरवाजा खोलते हुए बोला: ''तो, मोच आ गई है न?''

वह कुछ भी निश्चय न कर पायी और बोली: ''मैं ... मैं नहीं कह सकती ... मेरे घुटने में पहले कभी कोई ऐसा दर्द नहीं हुआ।''

वह बोला: ''अच्छा, तो अन्दर आ जाइऐ।'' वह आमन्त्रण दे रहा था, और टैक्सी का दरवाजा अब भी खुला हुआ था।

क्लावा अपने जीवन में कभी टैक्सी पर न चढ़ी थी। वह डर से सिहरकर बोली: ''अरे नहीं, नहीं, मैं ट्रॉली बस से चली जाऊँगी।''

''ड्राइवर अधीरता से बोला: ''मैं कहता हूँ, आप अन्दर आइए न। ट्रैफिक-अफसर सामने है। वह अभी, एक मिनट में मुझ पर जुर्माना कर देगा।''

''तुम पर जुर्माना कर देगा? क्यों? गलती तो मेरी थी।''

वह बात चल ही रही थी कि ट्रैफिक-अफसर आ गया। उसने अपने खास ढंग से सलाम किया और पूछा: ''साथी ड्राइवर, क्या बात है?''

ड्राइवर दाँत निकालते हुए बोला: "बिलकुल कोई बात नहीं है— सिर्फ एक मित्र से भेंट हो गई है।"

अफसर ने क्लावा पर सन्देह भरी दृष्टि डाली और फिर एक लम्बा लेक्चर दे डाला कि आप मित्रों से मिलें, इसके मानी यह तो नहीं है कि आप सवारियों के कायदे कानून तोड़ डालें। ड्राइवर सब कुछ शान्त भाव से सुनता रहा, और अन्त में बोला: "धन्यवाद, साथी! आगे से ध्यान रक्खूँगा।" अब वह क्लावा की ओर मुड़ा और उससे बोला: "अच्छा, लड़की, आखिर कब तक मैं तुम्हारा इन्तज़ार करता रहूँगा?"

एक क्षण बाद ट्रैफिक-अफसर पीछे छूट गया। अब ड्राइवर ने फिर पूछा: "जाना कहाँ है?"

क्लावा हकलाई: "पर ... पर... मेरे पास टैक्सी पर चढ़ने के लिए पैसा नहीं है।"

"तो तुमसे पैसा माँग कौन रहा है? ईश्वर के लिए यह तो बतला दो कि तुम्हें जाना कहाँ है?"

उसने पाँच मिनट में क्लावा को उसकी दुकान में पहुँचा दिया। दुकान खुलने में अभी ठीक पन्द्रह मिनट बाकी थे।

उसने पूछा: "तो, यहाँ काम करती हो तुम?"

"हूँ!"

"काम क्या करती हो?"

"कपड़े काटती हूँ!"

"ओह!"

उसकी निगाह पहले उसके सिजल बदन पर दौड़ गई, और फिर उसके बुने हुए टोप पर। उसके हलके भूरे बालों के छल्ले टोप के चारों ओर झूल रहे थे।

"तुम्हारा काम कितने बजे खत्म होगा?"

"आठ बजे!"

क्लावा अपने-आप पर आश्चर्य करने लगी कि मैंने उसके सवालों के जवाब दिये तो अपने ऊपर मेरा कुछ वश सा क्यों नहीं रहा?" ... वैसे

वह तरुणों को बहुत तुच्छ समझती थी, और उन्हें अपने मन-मन में चुनौती सी देती रहती थी।

वह बोला: "अच्छा, तो ठीक! मैं आठ बजे फिर आऊँगा। तुम्हारा घुटना बहुत दर्द कर रहा होगा। इस पर, बिना समय खोये, तुरन्त ही एक गीली पट्टी रख लो। बहुत फायदा होगा—समझी?"

"समझी!"

"अच्छा, तो ठीक।" और फिर उसकी निगाह उस पर ठिठक गई।

क्लावा, सहसा ही, चैतन्य हो उठी। उसने पूछा: "अच्छा, तो ठीक-फिर-फिर, वही-वही, तुम्हारे पास और कोई शब्द नहीं है क्या?"

वह बात का समर्थन करते हुए बोला: "ओहो, आऊँगा तुम्हें लेने। यानी, तुमसे मिलूँगा आज शाम को। ... अरे हाँ, मेरा नाम श्चेग्लोव है—मीत्या श्चेग्लोव, तुम्हारा नाम क्या है?"

"क्लावा—जी हाँ।"

उसने प्रसन्नता से हाथ हिलाए, और वह अन्दर चली गई। उसने वश भर कोशिश की कि वह लँगड़ाकर न चले...

घड़ी से, ठीक आठ बजे, मीत्या श्चेग्लोव की 'पोबेदा' दुकान के पास आकर खड़ी हो गई। क्लावा निकली और मोटर में ड्राइवर के पास बैठ गई। इस समय उसके मन में सुबह से कहीं अधिक आत्म-विश्वास था। काम सीखनेवाली दूसरी तीन लड़कियों की गोल-गोल आँखें उसका पीछा करती रहीं, और उसने उनकी ज़रा भी चिन्ता न की।

मीत्या ने उसकी ओर देखा और पूछा: "तुम्हारा घुटना कैसा है?"

"दर्द कर रहा है—पूरी तरह सूज गया है।"

"ठीक हो जाएगा ... तुम्हारा पता क्या है?"

इस समय 'पोबेदा' सुबह से कहीं अधिक धीमे-धीमे चल रही थी। रास्ता भी मीत्या ने सबसे लम्बा और घुमाव-फिराव का लिया। लेकिन, तमाम कोशिशों के बावजूद पन्द्रह मिनट के अन्दर-अन्दर वह क्लावा के घर पहुँच गया।

"क्या मैं तुम्हारे घर के अन्दर आ जाऊँ?" उसने ऐसे पूछा जैसे कि वह किसी बड़े ही अप्रिय कर्तव्य का पालन कर रहा हो।

"नहीं—अन्दर नहीं।"

"क्यों, तुम्हारा पति डाही है क्या?"

"मैं खुद डाही हूँ।"

"ख़ैर, तो ठीक है!" उसने कहा और उसके चेहरे पर एक ऐसी निगाह डाली, जैसे कि जाने क्या-क्या पढ़ने और समझने की कोशिश कर रहा हो। "लेकिन मजाक हटाओ, और यह बताओ कि तुम्हारी शादी हो गई है क्या?"

क्लावा मोटर से निकली। उसका चेहरा शान्त और शीतल था, जैसे कि वह कोई ड्रेस फिट करने जा रही हो। बोली: "नहीं—मेरी शादी अभी नहीं हुई है, लेकिन मैं अपनी चिन्ता अपने-आप कर सकती हूँ, और मजे में कर सकती हूँ, श्रीमान श्चेग्लोव—समझे न?"

वह हँसा: "यह तो तुम्हारे लिए अच्छा ही है ... ठीक है, लेकिन नाराज़ क्यों होती हो? अब कल भेंट होगी।"

शाम को आठ बजे क्लावा ने हल्के पीले रंग का पर्दा हटाया, और सबकी आँखें बचाकर खिड़की के शीशे से सड़क पर नज़र दौड़ाई। 'पोबेदा' कहीं नज़र न आई। उसने सोचा—"शायद वह है, वहाँ।" उसने दाहिनी ओर देखा। पर, बेचारी को निराशा ही हाथ आई। खैर, तो उसने सदा की भाँति, बाहर निकलने से पहले, अपने बालों के छल्ले सँभाले। वह बाहर आई। मीत्या दरवाजे पर उसका इन्तजार कर रहा था। कल की छोटी जैकेट की जगह आज उसने एक शानदार, जाड़े का कोट पहन रक्खा था, पर उसकी टोपी वही थी—फौजी, सिरे पर एक गहरा धब्बा-सा यहीं तो कभी सरकारी सितारा लगा रहा होगा।

क्लावा अपने को सँभाले-सँभाले कि शब्द उसके मुँह से निकल पड़े: "अरे, तुम!"

उसने धीरे से अपने हाथ से उसकी कोहनी साध ली और कहा: "चिन्ता मत करो- कोई दूसरा नहीं है। आज मेरी शाम खाली है... तुम्हारा घुटना कैसा है?"

"ठीक है... धन्यवाद... लेकिन दर्द तो है," उसने कुछ परेशान सी होकर उत्तर दिया। बात यह है कि उसका ध्यान कहीं और था, और वह

बराबर यह सोच रही थी कि मीत्या का हाथ अपनी कोहनी के पास रहने दूँ या हटा दूँ?

''क्यों, कोई फिल्म देखोगी? दूर नहीं जाना है।''

क्लावा ने एक गहरी साँस ली: ''अच्छा।''

और, इस तरह हुआ श्री-गणेश। फिर तो सम्बन्ध बढ़ता गया, बढ़ता गया कि गर्मी में एक दिन क्लावा ने अनुभव किया कि सारा जीवन एक मोड़ ले रहा है। बात यह थी कि अगले इतवार के दिन रजिस्ट्रार के यहाँ उनका विवाह होना था- सारी तैयारी पूरी हो चुकी थी और विवाह का अर्थ था स्वतन्त्रता को सदा-सदा के लिए हाथ जोड़ लेना। सब कुछ निश्चित हो चुका था। विवाह के बाद दम्पति को दाशा चाची के साथ रहना था।

क्लावा की भाँति ही मीत्या के माँ-बाप भी लड़ाई में मारे गए थे। यही बात जब उसने कही तो बोला: ''हम दोनों ही अनाथ हैं- लड़ाई ने हम दोनों के ही माँ-बाप छीन लिए हैं।''

... इतवार का दिन आया। रजिस्ट्रार के दफ्तर से मीत्या क्लावा को खीम्की के बन्दरगाह पर ले गया। वहाँ नदी के किनारे स्थित रेस्तोराँ में उसने आइसक्रीम और एक बोतल शेम्पेन का आर्डर दिया। आइसक्रीम क्लावा को बड़ी पसन्द थी। उन्होंने अपने गिलास चुपचाप एक-दूसरे से लड़ाए, एक-दूसरे की आँखों में आँखें डालीं और भावी सुख और आनन्द की कामना कर शराब पी। क्लावा का सिर घूमने लगा। उसने आइसक्रीम छुई तक नहीं। वह गलने लगी। कहीं दूर का नृत्य संगीत हवा में गूँजने लगा। मीत्या ने आनन्द और कुतूहल से अपनी पत्नी को देखा, उसका हाथ जोर से दबाया और धीमे स्वरों में कहा: ''तो, यह रही बात-हमारी शादी हो गई, क्लावा... हाँ, शादी हो गई... तुम क्या सोचती हो इस विषय में?...''

इसके बाद वे टहलते-टहलते घाट को जानेवाली सीढ़ियों पर आए, और फिर नीचे उतरकर, घाट के सिरे पर पड़ी, एक छोटी सी बेंच पर बैठ गए। जगह एकान्त थी। सूरज ऊपर चमकता रहा, और नीचे बैठ वे एक-दूसरे को चूमते रहे। क्लावा का चेहरा लज्जा से लाल हो उठा, और उसने उसे रोकने की कोशिश की, पर वह हँस पड़ा और बोला: ''अच्छा

यह बताओ कि आदमी को अपनी पत्नी को चूमने का अधिकार है या नहीं है?'' इसके साथ ही उसने अपनी जेब बजाई। जेब में शादी का प्रमाण-पत्र रक्खा हुआ था।

दोपहर ढलने लगी। लगभग तीन बजे क्लावा ने कहा: ''चलो, अब घर चलें, मीत्या! दाशा चाची को सहायता की जरूरत होगी...''

वे क्लावा के घर पर रुके। क्लावा को अपना सामान लेना था। मीत्या उत्सुकता से कमरे में चारों ओर देखता रहा। आज पहली बार वह इस कमरे में आ पाया था।

उसने प्रसन्नता से खिलते हुए पूछा: ''क्या सामान है तुम्हारा और कहाँ है?''

क्लावा ने अपना सूटकेस रात में ही तैयार कर लिया था। उसने उसी छोटे सूटकेस और कोच पर पड़े धारीदार कम्बल और तकिए की तरफ संकेत किया। मीत्या ने सूटकेस उठाया, भारी-हलके का अनुमान लगाया और हँसते हुए कहा: ''यह तो अधिक नहीं है।''

पता नहीं क्यों, क्लावा को यह बात डंक की तरह लगी। उसने उत्तर दिया: ''तो, तुम बहुत अधिक दहेज की आशा कर रहे थे क्या?''

सच है कि दोनों ही हँसी कर रहे थे, और बात जहाँ की तहाँ, अपने आप, खत्म हो जाती, पर मीत्या ने जरा अधिक गम्भीरता से जवाब दे दिया और बात बढ़ गई ''मुझे तुम्हारे दहेज-सहेज की कोई आवश्यकता नहीं! सौ से अधिक तो हर दिन मैं खुद ही कमाता हूँ। लेकिन देखो, कटर तुम इतनी अच्छी हो मगर तुम्हारे पास है कुछ नहीं...''

क्लावा सचमुच गरम हो उठी और बोली: ''क्या मतलब है तुम्हारा? मैं इतनी अच्छी कटर हूँ तो?...''

उसने लापरवाही से उत्तर दिया: ''मतलब सरल और साफ है। हर ग्राहिका अपने कटर के प्रति कुछ-न-कुछ तो आभार-प्रकाशन करती ही होगी और बख्शीश देती होगी। तुम वह सारी रकम किसी बैंक में जमा कर देती हो क्या?''

इस बात से क्लावा ने ऐसा अपमानित अनुभव किया कि उसकी आँखों से आँसू बह चले। उसने सुना जरूर था कि ग्राहिकायें प्राय: इस

प्रकार 'अपना आभार-प्रकाशन करती हैं। लेकिन उसे खुद इसका अनुभव कभी न हुआ था। वैसे बड़ी कटर अच्छी रही हो और चाहे बुरी, पर उसकी दुकान में बख्शीश बिलकुल न चलती थी। वह चीख पड़ी: "उफ, कैसे कह रहे हो तुम यह? क्या सचमुच तुम्हारा मतलब है कि हम बख्शीश लेते हैं या हमें लेनी चाहिए?"

मीत्या ने कन्धे हिलाए। वह बोला: "मैंने तो सिर्फ एक बात पूछी थी। आओ, चलें!"

उसने एक हाथ में सूटकेस ले लिया, दूसरे में कम्बल और तकिया और वह दरवाजे की ओर बढ़ा। क्लावा चिन्ता से उसकी ओर देखती रही। साफ है कि मीत्या ने उसकी बात पर विश्वास न किया था। ऐसी हालत में यह सवाल भला जहाँ का तहाँ कैसे छोड़ दिया जाता?"

उसने आवाज दी: "मीत्या! ओ मीत्या, सुनो!"

मीत्या ने उलटकर उसकी ओर देखा! उसका चेहरा सदा की तरह खिला हुआ था।

"मैं सुन रहा हूँ।"

"मुझे बतलाओ- तुम... तुम लेते हो क्या?"

"क्या लेते हो?"

"बख्शीश!"

उसकी आँखों ने कुछ कहा, और उसके होंठों पर एक कपट भरी मुस्कान दौड़ गई: "तुमने कभी सुनी है यह कहावत कि मिले सो लो, और हाँका जाए तो हँको और दौड़ो।"

"मीत्या, मैं जानना चाहती हूँ।"

मीत्या ने एक लम्बी साँस ली ओर वह कमरे में लौट पड़ा। उसने सूटकेस जमीन पर रख दिया और उसके ऊपर कम्बल और तकिया। वह बढ़ा और उसने दरवाजा बन्द कर दिया। क्लावा, त्योरी चढ़ाये उसकी हर हरकत देखती रही। अब वह पास आया, उसने उसके कन्धे पर हाथ रखा और उसे कोच पर बैठाल दिया: "यह हमारा पहला मियाँ-बीबी का झगड़ा है... है न?"

क्लावा ने उससे दूर हटने की कोशिश की, पर उसने उसे और कस लिया। अब वह बैठी रही और वह बोलता रहा। पर थोड़े-थोड़े शब्दों के बाद वह रुकता और उसकी आँखें, होंठ या गर्दन चूमने लगता। उसने कहा: ''तुम एकदम छोटी बच्ची हो। दुनिया का तुम्हें कुछ भी अता-पता नहीं। अरे, जैसे कि कोई बख्शीश लेता है। बात सिर्फ इतनी सी होती है कि मीटर दिखलाता है, चार, और कोई पाँच का नोट हाथ पर रख देता है और बाकी की वापसी नहीं चाहता। देखा तुमने?''

शाम हो चली थी कि वे घर पहुँचे। दाशा चाची ने सारी तैयारियाँ खत्म कर ली थीं, और वे शादी की दावत में भाग लेने वाले मेहमानों की प्रतीक्षा कर रही थीं।

पार्टी की मेज पर बैठकर मेहमानों ने जाने क्या कहा, पर क्लावा ने एक शब्द नहीं सुना। उसका सिर चक्कर खा रहा था। एक बार उसे खीम्की में बीते क्षण याद आते, और धूप में झिलमिल करती लहरियों से खेलती चिड़ियाँ उसकी आँखों के सामने आ जातीं। दूसरी बार मीत्या की आवाज़ उसके कानों में गूँजने लगती और वह मजाक उसे खलने लगता कि ''मिले सो लो, और हाँका जाए तो हँको और दौड़ो!''

कुर्सियाँ पीछे खिसकाई गईं, खाना खत्म हो गया। ज्यों ही लोग मेज से उठने लगे त्यों ही शिशु-सदन की शिक्षिका मरीया इवानोवना ने क्लावा के कानों में फुसफुसाकर कहा: ''थक गई, बेटी? आओ, सबसे हाथ मिलाओ! आओ!''

क्लावा की सखियाँ दुकान में साथ काम करने वाली युवतियाँ थी और मीत्या के मित्र टैक्सी डिपो में काम करनेवाले सहयोगी। सबने मेज पीछे की। मीत्या ग्रामोफोन में उलझ गया।

बड़ी कटर मरीया इवानोवना से बोली: ''अपनी दूसरी बेटी भी ब्याह दी, क्यों?''

मरीया इवानोवना ने मुस्कराते हुए उत्तर दिया: ''आजकल कोई किसी को ब्याहता नहीं। लोग अपनी शादी आप कर लेते हैं...''

रसोई की ओर जाते हुए क्लावा तश्तरियों के एक ढेर के पास से गुजरी। मरीया इवानोवना भी, किसी बहाने से, उसके पीछे झपट चली।

छोटा, अँधेरा दालान खाली थी, और अध-खुले दरवाजे से क्लावा की आवाज आ रही थी: ''यह सारा कुछ कहाँ रक्खूँ? जहाँ देखिये वहाँ तश्तरियाँ-ही-तश्तरियाँ गँजी हुई हैं।''

बर्तनों और तसलों की आवाज में आधी डूबी चाची बोली: ''यहीं रख दो- इसी सन्दूक पर।'' इसके बाद उसने एक लम्बी साँस ली: ''इतना अच्छा, सबका सब छोड़ दिया है लोगों ने। दूसरा कोई होता तो बरबाद हो जाता इतना करने में। यह तो धन्यवाद दो कि मैं खाना बनाने का काम करती हूँ।''

क्लावा पूँछ बैठी: ''और कोई होता तो बरबाद हो जाता, आखिर क्यों?''

दाशा चाची ने घृणा से भरकर कहा: ''क्यों? मैं कहती हूँ, सचमुच बरबाद हो जाता। और ''क्यों'' का जवाब यह है कि दूसरा कोई इतना करता तो दुकानों से या बाजार से एक-एक चीज खरीदनी पड़ती, और फिर इतना-इतना खर्च करना पड़ता कि हाँ।

क्लावा ने धीमे से पूछा: ''और यह इतनी सारी चीजें हमें नहीं खरीदनी पड़ीं क्या?''

दाशा चाची ने घमंड से फूलते हुए कहा: ''पगली कहीं की। बच्ची है तू। यहाँ जिस-जिस चीज की आवश्यकता पड़ती है, मैं वह सब ले आती हूँ। रुको, बेटी, तुम सब खुद देख समझ लोगी। जब तुम और मीत्या दाशा चाची की सलाह पर चलोगे तब तक घर मेरा रहेगा, घर में किसी भी चीज की कमी न रहेगी।''

रसोई में घुसते हुए मरीया इवानोवना ने पूछा: ''क्लावा, क्या बात है?''

क्लावा बोली: ''मैं नहीं जानती।''

''तुम क्या नहीं जानती?''

''मैं कुछ नहीं जानती। उफ, मरीया इवानोवना, कुछ भी तो नहीं आता मेरी समझ में, सचमुच बिलकुल कुछ नहीं आता।''

वह रुकी और उसने अपनी शिक्षिका की आँखों में आँखें डालीं। वह धीमे से बोली: ''बतलाइए, मुझे ईमानदारी से बतलाइए, आपने सुना, चाची ने अभी क्या कहा?''

''हाँ, मैंने सुना।''

''तब?''

मरीया इवानोवना ने आह भरी: ''क्लावा बेटी, वह बूढ़ी है, और अपने ढंग से, तुम्हारा और मीत्या का भला ही चाहती है। उनके विचार पुराने हैं। वह सोचती है कि किसी को खाना दो तो उसका बर्तन ऊपर तक भर दो। ऐसा न करो तो तुम्हारे पास बुद्धि नहीं।''

क्लावा अधीरता से बीच में बोल उठी: ''अच्छा, मान लिया, वह बूढ़ी हैं... लेकिन मान लीजिए, कोई जवान आदमी ... मान लीजिए ऐसे जवान लोग हों जो यह मानते हों कि कपड़े काटनेवाली को या वालियों को बख्शीश लेनी ही चाहिए, और यदि वे न लें तो वे अच्छी नहीं ... बतलाइये क्या कहेंगी आप?''

मरीया इवानोवना खिड़की के बाहर देखती रही। ऐसा लगा जैसे कि उसने कुछ भी नहीं सुना, क्लावा की कोई बात नहीं सुनी।

शाम हो गई थी। आसमान के नील में गुलाबी रंग घुलने लगे थे। जमीन पर, दूर, नए मकानों की पाँत नजर आ रही थी... मरीया इवानोवना ने क्लावा को अपने पास खींचा और बोली: ''देखो तो, कितने सुन्दर लग रहे हैं यह नए मकान। बड़े आरामदेह लगते हैं, बने भी अच्छे हैं। इस पर भी, मैंने सुना है कि इनके फर्श ऊँचे-नीचे हैं, और कुछ में खिड़कियों के चौखटे ठीक ढंग से जड़े नहीं गए हैं। कितनी शर्म की बात है, है न? लेकिन, क्या इसका अर्थ यह है कि ये सारे नए मकान बिलकुल बेकार हैं? क्या इनमें लोग रह बस नहीं सकते।''

उसने क्लावा की तरफ देखा, और अपने सवालों का जवाब चाहा। क्लावा कुछ निश्चय सा नहीं कर पाई और बोली: ''न... न... नहीं ... मैं तो ऐसा नहीं समझती।''

''नहीं! ये मकान बिलकुल बेकार नहीं हैं। लोग इनमें रह बस भी सकते हैं। सिर्फ यह है कि इनकी ये कमियाँ दूर कर दी जाएँ, थोड़ा सा काम है, बस। सब कुछ ठीक हो जाएगा। तुमने मेरा मतलब समझा?'' मरीया इवानोवना ने क्लावा को धीरे से खिड़की के पास से दूर हटा दिया,

और प्रसन्नता से इस तरह बोली जैसे कि कुछ हुआ ही न हो: ''और, अब जाओ। शायद तुम्हारा पति तुम्हें सारे घर में खोजता फिर रहा है।''

उसके स्वर, उसके होंठ, उसके हाथ उसे इतने कोमल लगे, क्लावा अपना सारा दुख-दर्द भूल गई, जैसे कि वह सारा कुछ एक बुरा सपना रहा हो।

× × ×

रेलगाड़ी के पहिये नपी-तुली आवाज़ करते हुए पटरियों पर दौड़ रहे थे। पटरियों के जोड़ों के कारण गाड़ी रह-रहकर झटके खाती थी, और इतने भयानक ढंग से लहराती हुई चल रही थी कि लोगों की चाय उनके गिलासों से उछल-उछल जा रही थी। मंजिल लम्बी थी।

क्लावा ने गाड़ी के जीवन में भाग नहीं लिया। सारे मुसाफिरों में शायद एक अकेली वही ऐसी थी जिसे मास्को स्टेशन पर किसी ने विदा नहीं दी। गाड़ी की चलाचली के बीच भी कितने ही लोगों को उसके मित्रों का यह अभाव खटका। यह बात अपने-आप में दुखदायी तो थी, पर इससे कहीं अधिक विकट परिस्थितियाँ उसके सामने आ चुकी थीं।

... रवाना होने के कुछ दिन पहले वह मरीया इवानोवना से मिलने गई। उसका मन बड़ा भारी था। उस पर बहुत कुछ गुजर चुकी थी, पर उसने उन बातों की चर्चा नहीं की, बल्कि अपनी दुकान की एक स्त्री की बातचीत के आधार पर कहना शुरू किया:

''मरीया इवानोवना, कम उम्र की शादियाँ बहुत समय तक चलती नहीं। मैं भी इसी नियम के पेटे में आ गई हूँ और दूसरों की तरह भी दुर्भाग्य का शिकार हो गई हूँ।''

क्लावा के बनावटी लहजे के कारण मरीया इवानोवना के माथे पर बल पड़ गए। उसने पूछा: ''क्या मतलब है तुम्हारा? दूसरे लोगों की तरह क्या? कौन यह सारी बेकार की बकवास तुम्हारे दिमाग में भरता रहता है?''

वह उदासी से बोली: ''वह बकवास नहीं है। मैं आपको अपना मित्र समझकर आपके पास आई हूँ सलाह लेने, और आप...''

लेकिन उसकी उदासी का कोई प्रभाव नहीं पड़ा। मरीया इवानोवना बोली: ''अगर तुम मेरी सलाह चाहती हो तो पहले यह बताओ कि आखिर हुआ क्या? मैं समझती हूँ, मीत्या से झगड़ा हो गया है, क्यों?''

क्लावा का स्वाभिमान न चाहता था कि वह अपना पहले का लहजा बदले, अतएव लम्बी और जरा नाटकीय सी आह भरते हुए वह बोली: ''झगड़े से भी बुरी बात हुई है।''

''आखिर क्या?''

''हम लोगों में आपस में समझदारी बिलकुल नहीं है।''

मरीया इवानोवना की भौंहें दुबारा चढ़ीं। उसने झटके से पूछा: ''काहे की समझदारी?''

परन्तु, उत्तर में क्लावा ने यह नहीं बतलाया कि कौन-सी, किस तरह की गलतफहमी, जीवन में कहाँ पैदा हो गई है। उलटे उसने तमाम पंचायत गा डाली, और ऐसी छोटी बातों की चर्चा कर तिल का ताड़ बना डाला कि वह सब कुछ उसे खुद ही बहुत साधारण और महत्त्वहीन लगने लगा।

आखिरकार जब वह लज्जित हो उठी और चुप हो गई तो मरीया इवानोवना ने बहुत शान्त भाव से कहा: ''अभी तक तो मुझे इसमें कहीं कोई संकट नजर आया नहीं।''

क्लावा फूट पड़ी और आँसुओं के बीच बोली: ''लेकिन मैंने आपको सब कुछ नहीं बतलाया। मरीया इवानोवना, इधर मैं बराबर सोचती ही रही हूँ। इतना अपने जीवन में मैंने पहले कभी नहीं सोचा है। मैं कहाँ तक समझौता कर सकती हूँ। वह कहता है: क्या है, एक या दो ड्रेस अलग से तैयार कर दो और टेलीविजन सेट खरीद लो।'' यही नहीं, वह गराज-मैनेजर की मुट्ठी गरम करता है, वह घूस देता है कि सब कुछ ढंग से चलता रहे, किसी तरह की कोई कठिनाई कहीं न आए। और, अब स्वयं मुझे भी ऐसे ही कामों के लिए तैयार होना है, और इनकी हिमायत करना है। क्या काम्सोमोल हमें यही सिखलाता है?''

मरीया इवानोवना धीरे से बीच में बोली: ''रुको, रुको, यह तो बात ही और है, फिर से शुरू करो, और मुझे सब कुछ समझाकर बतलाओ।''

क्लावा और भी अधिक उत्तेजित हो उठी: "एक बार कहूँ या पचास बार कहूँ, बात तो वही है। वह और उसकी चाची दोनों का जीवन है खाना और सुख भोगना, बस। आप मेरा मतलब समझती हैं न? दाशा चाची न तबीयत की छोटी है और न बुरी। वह अच्छी है, पर किसी भी बात पर, कहीं भी फिसल सकती है। साथ ही यह भी है कि उस परिवार में जो कुछ किया जाता है, सिर्फ दिखावे के लिए किया जाता है। मीत्या है कि वह भी चाची के साँचे में ही ढलता जा रहा है। मैंने सोचा था कि मैं उसे बदलूँगी, लेकिन मेरी समझ में नहीं आता कि उसे बदलूँ भी तो आखिर कैसे बदलूँ। खैर, जो भी हो, अब तो मैं जा रही हूँ, कोई दो दिनों में, और बात खत्म!"

मरीया इवानोवना ने लम्बी साँस ली: "तुम जा रही हो? क्या मतलब?"

क्लावा ने गौरव से कहा: "कोम्सोमोल मुझे भेज रहा है दूर पूर्व में।"

"समझी! तुम्हारी तुम्हारे पति से नहीं बनी, तुमने कोम्सोमोल के सामने प्रस्ताव रक्खा, और कोम्सोमोल तुम्हें दूर पूर्व भेज रहा है। इसी तरह तो लोग सन्यास ले लेते थे, और दूर-दूर के मठों में चले जाते थे, है न?"

क्लावा ने जल्दी से उत्तर दिया: "क्यों, हाँ ... मेरा मतलब, नहीं। यहाँ तो बात ही उलटी है। मैं तो चाहती थी कि मीत्या भी मेरा साथ दे, सब कुछ छोड़ दे, और हम दोनों साथ-साथ दूर पूर्व चले जाएँ। पर, वह भला इसके लिए कहाँ राजी होगा?"

"इसी समय मैं मीत्या के बारे में तुमसे नहीं पूछ रही हूँ। मैं तो तुमसे सिर्फ यह जानना चाहती हूँ कि क्या ऐसा नहीं है कि तुम अपने पति से झगड़ीं और सिर्फ इसीलिए तुमने कोम्सोमोल के सामने एक निश्चित प्रस्ताव रक्खा?"

क्लावा ने कोई उत्तर नहीं दिया।

जरा रुकने के बाद मरीया इवानोवना फिर बोली: "मुझे आश्चर्य है कि लोग तुम्हें भेजने को राजी हो गए हैं... मैं नहीं समझती कि इस साधारण सी बात पर कोम्सोमोल तुम्हें दूर पूर्व भेज देगा।"

"मैंने कमेटी से कहा कि दूर पूर्व में बसाये जानेवाले नए जिलों के काम में मैं भी हाथ बँटाना चाहती हूँ।"

''दूसरे शब्दों में तुम उनसे झूंठ बोलीं, ठीक है न?''

क्लावा ने सफाई पेश की: ''मैं झूठ नहीं बोली, जाना तो मैं चाहती हूँ।''

''तुम कुछ नहीं चाहतीं। अभी एक महीना पहले तक तो तुम सिर्फ यह चाहती थी कि तुम्हारी शादी हो जाए मीत्या से, और बस, है न?''

''कभी-कभी आदमी से गलती हो जाती है,'' क्लावा ने कहा, और विरोध भरी निगाह मरीया इवानोवना पर डाली।

''तो, तुम्हारी शादी एक गलती थी?''

''लगता तो ऐसा ही है, मैंने तो आपको सब कुछ बतला दिया है।''

''हाँ, तुमने बतला तो दिया है, पर मेरी समझ में आता नहीं लगता। क्या तुमने सारी आशाएँ छोड़ दी हैं, और क्या सचमुच मीत्या तुम्हारे लिए बिलकुल परदेशी हो गया है? क्या तुम यह नहीं सोचतीं कि इस तरह जाना पहली गलती से भी कहीं बड़ी गलती होगी?''

मरीया इवानोवना ने क्लावा की आँखों में आँखें डालीं। इसके बाद वह इस तरह धीरे से बोली जैसे कि डर रही हो कि कहीं उसके आड़े न आ जाए ''अच्छा, तो विदा।''

पर, इसी समय उसका स्वर ज़रा तीखा हो उठा और उसने पूछा: ''मुझे एक बात बतलाओ- तुम अपने उस मीत्या को छोड़ रही हो या नहीं?''

क्लावा ऐसे लड़खड़ा गई, जैसे कि ठोकर खा गई हो। वह चीख पड़ी: ''उफ, मरीया इवानोवना, मेरी प्यारी मरीया इवानोवना, मैं ... मैं कितनी दुखी हूँ ... कितनी।'' और, वह बहुत दीनता से सिसकने लगी।

उस रात वह घर नहीं गई, और दोनों सुबह के तीन बजे तक बातें करती रहीं- समझौते की, सिद्धान्तों के सत्य की, प्यार की, फिर समझौते की, और फिर प्यार की।

मरीया इवानोवना ने विचारों में डूबते हुए कहा: ''तुम जो कहती हो उसमें सच्चाई है। बराबर समझौते ही समझौते होते जाएँ तो नतीजा यह होगा कि कहीं-न-कहीं तो सिद्धान्त पीछे रह ही जाएँगे। मैं जानती हूँ, कितने ही परिवारों पर संकट आए, क्योंकि जिन बातों पर उन्हें दृष्टि रखनी

चाहिए थी उससे उन्होंने निगाहें चुराई और बचाई। तुम्हें सेंर्गेइ सेरगेयहविच का ध्यान है क्या? कुछ वर्ष पहले वह हमारे बाल-भवन का संचालक था। वह पुराना बोल्शेविक था। उस समय तो तुम बहुत ही छोटी थीं।''

क्लावा बोली: ''हाँ, मुझे ध्यान है। उसके दाढ़ी थी।''

''ठीक।'' तो, यह समझो कि वह सदा हम सबसे कहता रहता था: ''सिखलाना और प्रभाव डालना यह दोनों ही काम सबसे कठिन हैं, क्योंकि इस क्षेत्र में बड़ी प्रतीक्षा करनी पड़ती है, और तब कहीं परिणाम सामने आता है। सजा देना तो कहीं अधिक आसान है। बच्चे तुरन्त ही बात मानने लगते हैं। लेकिन, आप यहाँ सजा देने के लिए नहीं है, आप यहाँ हैं सिखलाने और शिक्षा देने के लिए।'' ... समझती हो, क्लावा?''

क्लावा हृदय से सुन रही थी। वह कुछ निश्चित सा न कर पाई और बोली: ''क्या आपका मतलब है कि मैंने परिणाम के लिए समय नहीं दिया?''

मरीया इवानोवना ने मुस्कराते हुए बात की पुष्टि की: ''हाँ, मेरा बिलकुल यही मतलब है ... तरुणाई कितनी अधीर होती है।''

क्लावा ने ज़रा गरम होते हुए पूछा: ''लेकिन कोई इन्तजार भी आखिर कब तक कर सकता है? पूरा एक महीना हो गया। हमारी सुहाग-रातों का सारा समय इसी में निकल गया- क्या नाम है- सुहाग-रात। कहाँ ग़म का और दम का सुहाग, कहाँ गई उसकी माधुरी, और कहाँ गया उसका सरस संगीत। बस, रहा क्या, संकट, संकट और संकट।''

क्लावा को जरा सा छेड़ती हुई सी मरीया इवानोवना बोली: ''पूरा एक महीना और, तुम जानती हो क्लावा, मैंने किसी सिरफिरी, क्रोधी लड़की को सिद्धान्तों की असली सच्चाई समझाने की कोशिश जाने कब आरम्भ की, और उसका नतीजा मेरे सामने आया है केवल आज? हाँ, केवल आज, पूरे पन्द्रह वर्षों के बाद!''

''मरीया इवानोवना!'' क्लावा अपना सारा दुख-दर्द भूल गई, और उसने अपने हाथ अपनी गुरुआनी की गर्दन में डाल दिये।

''सुबह हुई। चाय का समय आया। इधर-उधर की चीजों पर बातें होती रहीं। लेकिन बाद में क्लावा चाय के प्याले पोंछ रही थी कि उसकी

निगाह जैसे जम गई। वह सहसा ही बोली: ''मैं दूर पूर्व जाऊँगी। मैंने अपना विचार नहीं बदला है। अगर हम यहाँ रहेंगे तो झगड़े चलते ही रहेंगे, और इनका अन्त कभी नहीं होगा। यहाँ हर चीज मेरे खिलाफ है- दाशा चाची, मीत्या जिस तरह का काम करता है, वह और सब कुछ। अगर वह मुझे प्यार करता होगा तो मेरे पीछे वहाँ आ जाएगा, है न?''

मरीया इवानोवना ने कहा: ''हाँ, होना तो ऐसा ही चाहिए। लेकिन वह आ जाए तब है। दूसरे यह है कि मान लो, आ ही जाए तो पहलेवाला मीत्या ही तो आएगा। वह कोई दूसरा तो हो नहीं जाएगा। तुम समझती हो मेरी बात?''

क्लावा ने खुशी से खिलकर हँसते हुए कहा: ''बस, यही तो मैं चाहती हूँ। मैंने अपने पुराने मीत्या को ही तो पाना चाहती हूँ, पर नए स्वभाव और नई आदतों के साथ!''

क्लावा चली गई। क्लावा को गए कोई दस मिनट ही हुए होंगें कि मीत्या हड़बड़ाकर कमरे में घुसा, और उसके मुँह से एक शब्द भी न फूट पाया कि मरीया इवानोवना बोल उठी: ''क्लावा अभी-अभी गई है। मैंने उसे आज रात यहाँ रख लिया था। आशा है बुरा न मानोगे, मीत्या। मेरी तबीयत बड़ी खराब थी, और अकेले रहने में कुछ डर सा लग रहा था।''

इस बीच उसने मीत्या के चेहरे पर निगाह डाली। उसके चेहरे के चारों ओर घिरे चिन्ता के बादल उसे बहुत ही साफ नजर आए। वह अपने-आपसे बोली: ''अजीब हैं ये बच्चियाँ। इनके लिए कितना झूठ-सच बोलना पड़ता है।''

मीत्या ने संकोच से पूछा: ''मारीया इवानोवना, क्या क्लावा ने आपसे बतलाया है कि वह ...''

वह बीच में ही बोल पड़ी: ''हाँ, हाँ, मैं इस विषय में सब कुछ जानती हूँ ... और मीत्या सुनो, आओ, बैठो, तुमसे कुछ बातें हो जाएँ...''

और उस दिन का सुबह का समय स्मरणीय हो गया। पर, उन दोनों के बीच क्या-क्या बातें हुईं, इसका पता क्लावा को कभी नहीं चला। मीत्या मरीया इवानोवना के घर गया, उसे तो यह भी मालूम नहीं हुआ।

वृद्धा शिक्षिका ने मीत्या से तरह-तरह के सवाल करते हुए एक बड़ी सीधी सादी बात पूछी: "मीत्या, एक बात सच-सच बताओ- लोग तुम्हारा आदर करते हैं या अनादर, इसकी तुम्हें चिन्ता है या नहीं?" बात गहरी बैठी और मीत्या को लगी। पर, वह भी इतनी आसानी से हार माननेवाला न था। उसने जवाब दिया: "जरा रुक जाइए, और थोड़ी रकम जमा हो जाने दीजिए, बस।" इसके बाद उसके अपने मन में कितने ही सवाल उठे, और उसने सबका उत्तर देते हुए अपने-आपसे कहा: "बस, उस समय सब मेरा आदर करेंगे, सब।"

परन्तु उसे लगने लगा कि बड़ी-से-बड़ी रकम से भी वह क्लावा को नहीं जीत सकता। फिर, क्लावा कोई अकेली तो है नहीं। उसके जैसे लोग अनगिनत हैं। उनमें से कोई भी धन से नहीं खरीदा जा सकता। अब वह जितना ही ऐसे लोगों के बारे में सोचता, उतना ही उनका ईमानदारी से आदर करता।

क्लावा को कुछ भी मालूम नहीं हुआ। अपने अन्तिम दो दिनों में उसने मीत्या की शकल तक नहीं देखी। शायद जान-बूझकर इस बीच वह रात को टैक्सी चलाता रहा। जहाँ तक दिन की बात है, दिन में भी वह व्यस्त ही रहा, या जाने किस चीज ने उसके पैर घर की ओर बढ़ने नहीं दियह। क्लावा अपने हृदय में बराबर सोचती रही: "खैर, कोई बात नहीं। मुझे विदा देने तो, कम-से-कम वह स्टेशन आएगा ही ..." पर, वह नहीं आया।

दाशा चाची का घर छोड़ते समय क्लावा का मन बड़ा भर आया। वह अकेली थी और उसके साथ कोई न था। सामान उसे बड़ा भारी लगा। दाशा चाची अपनी नाक बजाती रही और आँखें पोंछती रही। आशा न थी, पर एक-दूसरे से विदा लेते समय क्लावा की भी आँखें छलछला आईं।

सीलबन्द लिफाफे में एक पत्र उसने मीत्या के लिए छोड़ा। जाने कब से वह निश्चय करती रही थी ओर उसने पन्ने रँग दिये थे, कापी-की-कापी भर दी थी, पर कुछ भी उसे भाया न था। वह समझ न पाती थी कि मीत्या से कैसे कहे और क्या कहे। इसी समय एक कविता की कुछ पंक्तियाँ उसे याद हो उठी थीं। ये पंक्तियाँ सदा से उसे बहुत प्रिय थीं। वह जानती थी

कि इनका सम्बन्ध बिलकुल दूसरी ही परिस्थितियों से है, पर इससे क्या, वे उसे अपने काम के लिए बहुत ही उचित लगी थीं। इसीलिए उसने यही पंक्तियाँ लिख दी थीं:

"विदा ... विदा की जब तक हम मिलेंगे नए सिरे से, प्रियतम, मूर्ति तुम्हारी मन में सदा रहेगी-

यह बिछोह है नियति,
पढ़ो इसका विधान यह-
भावी हो मुदमय, मंगलमय!
निश्चय रक्खो,
भेंट हमारी होगी,
फिर हम कहीं मिलेंगे!"

वह एक क्षण तक सोचती रही थी, और इन पंक्तियों के बाद उसने एक पंक्ति और जोड़ दी थी: "मैं वहाँ पहुँचते ही तुम्हें अपना पता लिखूँगी- आ जाना वहाँ, मेरे पास, मीत्या।"

ज्यों ही गाड़ी ने चलना शुरू किया, त्यों ही क्लावा ने ऊपर की बर्थ पर अपना कम्बल बिछा लिया, और दीवार की तरफ मुँह कर लेट रही। डिब्बे की लड़कियों ने उससे बातचीत करने की कोशिश की। वे कभी उसे चाय देतीं और कभी मिठाइयाँ, और कभी वे उससे दोमिनो के खेल में शामिल होने को कहतीं। पर, क्लावा कोई उत्तर न देती। खाने का समय आया। उसने जल्दी-जल्दी जैसे-तैसे, बिना मुँह से एक शब्द निकाले अपना खाना खत्म किया। इसके बाद वह गलियारे में गई और खिड़की के शीशे से, जरा देर तक बाहर देखती रही, बहुत बेमन से। गाड़ी दौड़ती रही और जंगल पीछे छूटता रहा। वह अब भी अपनी बर्थ पर वापस आ गई।

नाश्ते के बाद क्लावा उन लड़कियों के पास बैठी, पर शब्द उसके मुँह से एक न फूटा। आखिरकार, जैसे-तैसे उसने सिर दर्द का बहाना किया और फिर अपनी बर्थ पर जा लेटी।

सहसा ही उसके विचारों की लड़ी टूटी। उसने अपना नाम बार-बार सुना। बाहर कोई रह-रहकर उसका नाम पुकार रहा था। गाड़ी फिर स्टेशन

पर खड़ी थी। गलियारे के सिरे पर कुछ लोग धीमे स्वरों में कोई प्रेम का गीत गा रहे थे, विश्वासघाती प्यार का।

''श्चेग्लोवा! क्लाब्दिया श्चेग्लोवा!'' एक व्यक्ति पुकार रहा था और बार-बार पुकारने के कारण खीझ से उसकी आवाज में कुछ तेजी भी आ चली थी।

''यहाँ... इधर ... मैं हूँ क्लाब्दिया श्चेग्लोवा!'' क्लावा ने बाहर की ओर अचरज से सिर निकालते हुए कहा।

''यह तुमने पहले ही क्यों नहीं कहा? एक तार है तुम्हारे नाम पर!''

क्लावा ने काँपती हुई उँगलियों से रसीद पर दस्तखत किये, मोहर तोड़ी और तार खोला। जाने क्यों उसका मन एकदम डरा उठा, उसे तार पढ़ने का साहस न हुआ और उसने अपनी आँखें बन्द कर लीं। एक क्षण बाद उसने एक लम्बी साँस खींची, आँखें खोली और तार पढ़ा। ''क्षमा करो, प्रियतमा! प्रसन्न हो जाओ, मैं हवाई जहाज से आ रहा हूँ। तुमसे नोवहसिबीर्स्क में मिलूँगा, मीत्या।''

उसने तार फिर पढ़ा, धीरे-धीरे फिर पढ़ा। सब कुछ वैसा ही था, पहले जैसा कहीं कुछ भी नहीं बदला। वह प्रसन्नता से चीखनेवाली थी कि सँभल गई और उसने अपने मुँह पर हाथ रख लिया।

तीसरी बेटी

फ़ातिह नियाज़ी

ताजिक कवि और लेखक फ़ातिह नियाज़ी का जन्म समरकन्द में सन् 1914 में एक दफ़्तर-कर्मचारी के परिवार में हुआ। माध्यमिक स्कूल की शिक्षा समाप्त करने के बाद उन्होंने उज्बेक प्रशिक्षण-अकादमी की साहित्य फैकल्टी में प्रवेश किया। साहित्य फ़ैकल्टी में उन्होंने ताजिक और रूस के महान लेखकों की रचनाओं का अध्ययन किया।

फ़ातिह नियाज़ी की कविताओं के पहले संकलन सन् तीस के आसपास प्रकाशित हुए। उनकी कहानियाँ, शब्द-चित्र, एक नाटक और 'वफ़ा' नाम का लम्बा उपन्यास सारे मध्य एशिया में बहुत ही अधिक लोकप्रिय है। इनमें से कितनी ही रचनाओं का अनुवाद रूसी भाषा में हो चुका है।

लेखक ने 'तीसरी बेटी' नामक कहानी की घटनाओं के विकास-क्रम में पच्चीस वर्ष की अवधि की सीध नापी है। इन पच्चीस वर्षों में मध्य एशिया के लोगों का जीवन ऐसा बदला कि नए से पुराने का जैसे कोई सम्बन्ध ही न रह गया। स्वभावतया सारी चीजों के साथ नारी की स्थिति में भी परिवर्तन हुए। उसे पुरुषों के समान अधिकार मिले, और समाज और परिवार के क्षेत्र में वह बराबर की हक़दार हो गई।

क़स्बा छोटा था। एक हिस्से में दस्तकार बसते थे। इन्हीं में रहता था मुख्तार नाम का एक कुम्हार। कुम्हार कारीगर ऐसा था कि बस! उसके

परिवार में पत्नी थी, और दो नन्हीं-मुन्नी बच्चियाँ। बड़ी बेटी पाँच साल की थी। उसका नाम मंजूरा था। छोटी बेटी तीन साल की थी। उसका नाम नज़ीरा था।

मुख्तार कारीगर तो बड़ा था, पर वह सदा उदास-उदास रहता था, सबसे अलग-थलग। पत्नी के साथ वह हर समय ही बुरा व्यवहार करता, और बेटियों को जब तब ही डाँटता-फटकारता रहता: ''मेरी खोपड़ी पर नाच रही हो ... यहाँ शोरगुल न करो... भागो यहाँ से!''

सारी मुसीबत की जड़ यह थी कि घर में होती थी बेटियाँ, और मुख्तार चाहता था एक बेटा। इसके लिए उसने दुआएँ माँगीं, मस्जिदों-मज़ारों के चक्कर काटे, मान-मनौतियाँ कीं, गंडा-तावीज़ कराया, ज्योतिषियों नजूमियों के दरवाजे छान मारे, और उन्हें थैली भर-भरकर रकमें भेंट कीं।

आखिरकार उसकी पत्नी नूरबीबी के पैर भारी हुए तो मुख्तार के मन में फिर आशा बँधी। ऐसे में उसे किसी काम से कुछ दूर जाने की ज़रूरत पड़ी। वह चलते-चलते पत्नी को आदेश देते हुए बोला: ''देखो, अगर मेरी ग़ैरमौजूदगी में जनम हो जाए तो यह न करना कि मैं तो वहाँ रहूँ और तुम यहाँ मेरे बेटे का नाम रख दो!''

इस पर चुहलबाज बूढ़ी दाई हँसी और अपना पोपला मुँह बजाते हुए बोली: ''अभी तो बच्चा माँ के पेट में ही है, और तुम हो कि नाम रखने के खयाली पुलाव पका रहे हो। और, अगर बेटा न हुआ, हुई बेटी, तो क्या होगा?''

मुख्तार ने दाई पर गुस्से से भरी नज़र डाली: ''दो बेटियाँ बहुत हैं मेरे लिए! भला इस ज़मीन पर इस तरह जीते जाने से क्या कि कभी कोई हाथ बँटानेवाला हो ही नहीं...''

मुख्तार चला गया। उसके जाने के कुछ दिनों बाद नूरबीबी के फिर लड़की हुई। गाने-बजाने वाले ढोल ताशे तुरुहियाँ ले-लेकर लगे कारीगर मुख्तार के दरवाजे पर जमा होने और खुशियाँ मनाने। मकान का सामने का हिस्सा मेहमानों से ठसाठस भर गया। और, हँसी-खुशी की यह लहर पंचम पर पहुँची कि ठीक उसी समय कन्धे पर गठरी लादे मुख्तार

आता नजर आया। बड़ी बेटियाँ बड़ी उमंग से अपने अब्बा से मिलने को दौड़ीं।

"अब्बा! अब्बा! इनाम दो। हमें एक नई बहन मिली है- खूब नन्हीं-मुन्नी सी।"

कुम्हार ने लड़कियों को एक ओर को ढकेल दिया, और तनकर खड़ा हो गया। होंठ थरथराने लगे। चेहरा काला पड़ गया। वह जनानखाने की तरफ बढ़ा, और मुबारकबाद के दो बोल कहे बिना बीवी से बोला: "हमने अलाह का ऐसा क्या बिगाड़ा है कि वह हमें बेटियाँ-ही-बेटियाँ देता है?"

नूरबीबी रोने लगी, सिसकते हुए बोली: "पर इसमें कोई क़सूर मेरा तो नहीं है न?"

मुख्तार ने आह भरी, घर से बाहर निकला और सीधे मस्जिद की ओर बढ़ा। मुल्ला बारात से मिलने वह अकसर ही वहाँ जाता था।

मुल्ला बारात ने मेहमान की बड़ी खातिर की, और स्नेह से बैठाला। फिर कहने लगा: "हिम्मत न हारो, मुख्तार। मेरे एक दोस्त थे। उनके यहाँ एक-एक कर छह लड़कियाँ हुईं एक साथ। उन्होंने अपनी बीवी की राय से एक दूसरी शादी कर ली, और, अल्लाह का फ़ज़्ल कि, उनके बेटा हुआ। यानी, इस बात से मेरा यह मतलब नहीं कि तुम दूसरी शादी कर लो। वैसे हमारे ज़माने में तो लोग इसे गुनाह भी समझते हैं। मैं तो सिर्फ़ यह कहना चाहता हूँ कि तुम्हारे तो अभी तक सिर्फ़ तीन बेटियाँ हैं, पर दूसरे कितने ही ऐसे हैं जिनकी बेटियों की गिनती इससे कहीं ज्यादा है। उस पर यह कि वे किसी तरह की कोई शिकायत कभी मुँह पर नहीं लाते..."

मुल्ला बारात मुख्तार से बहुत देर तक बातें करता रहा। फिर बोला: "मैं तुम्हारा सच्चा दोस्त हूँ, उस्ताद मुख्तार। तुम मुझसे सलाह माँगते हो। अच्छा हो कि इस मामले में तुम खुद फैसला करो, और सोचो कि तुम्हें क्या करना चाहिए और क्या नहीं। बड़ी मस्जिद के पिछले इमाम ईशान मुरादखाँ को ही लो। उन्होंने क़स्बा छोड़ दिया और दूर के किशलक़ गाँव

में जा बसे। अगर उनकी तबीयत को सुकून वहाँ हासिल हो सकता है, तो तुम्हारे लिए भी वह जगह यहाँ से दस गुना बेहतर साबित हो सकती है।''

मुल्ला की सलाह से मुख्तार को बड़ी खुशी हुई। पूछा: ''लेकिन खानदान के साथ वहाँ रहना मुमकिन है?''

''पहले तुम अकेले जाओ वहाँ। देखो, सुनो, समझो, और बाद में जो वाजिब लगे वह करो।''

''शुक्रिया, मौलाना, बहुत-बहुत शुक्रिया। अल्लाहताला आपको इसका सिला देगा।'' हाथ सीने पर रखते हुए कारीगर बोला और अदब से झुका।

घर आकर उसने पत्नी से सारी बातें बतलाईं। नूरबीबी ने बहुत समझाया-बुझाया, पर इस बार भी मुख्तार की समझ में एक न आई। कहा: ''भला इन छोकरियों के इस बाजार में बने रहने से क्या खुशी हासिल होगी मुझे? इससे तो बेहतर यही है कि मैं कहीं और चला जाऊँ और फूटी क़िस्मत का रोना भूलने-भुलाने की कोशिश करूँ!''

और, उस्ताद मुख्तार अपनी रोती पत्नी और बच्चों को छोड़कर चला गया।

... कई सप्ताह बीत गए। एक दिन दाई आई, और मुल्ला बारात का एक सन्देश लाई: ''मुख्तार ने नई शादी करने का फैसला किया है। उसका ख्याल है कि दूसरी बीवी से लड़का होगा। अगर तुम उन लोगों के साथ रह सको तो बहुत अच्छा, और अगर न रह सको तो बेटियों को बाप के पास भेज दो। जहाँ तक तुम्हारा सवाल है, तुम्हें जो रास आए वह करो।''

नूरबीबी दिन रोती रही, रात रोती रही। आखिरकार वह पड़ोस में सलाह लेने गई। पड़ोस में रहती थी किंडरगार्टन की एक मास्टरानी। उसके पति का नाम करीमज़ादा था, और वह खुद भी अध्यापक था।

नूरबीबी ने मास्टरानी को अपनी सारी दुखभरी कहानी सुनाई और अन्त में कहा: ''और वह बेहया आदमी मेरी बेटियों को जाने किस अजीबोगरीब औरत को सौंप देना चाहता है!''

"इसकी चर्चा तुमने मुझसे पहले क्यों नहीं की?"

बात यह है कि मेरे मन ने कहा- 'अपने खानदान के साथ जो इस तरह पेश आता है, उसे खुदा समझता है।' फिर, जिस घर को छोड़कर आदमी चला गया, उससे निकलकर कहीं बाहर जाना मुझे कुछ भला भी नहीं लगा। खैर, वह आदमी बुरा है। इसकी सजा अगर आसमान नहीं देगा, अगर मैं नहीं दूँगी, तो उसके बच्चे उसे देंगे! फिक्र तो सिर्फ यह है कि कहीं मेरी बच्चियाँ मुझसे अलग न हो जाएँ कि ..."

अध्यापक की पत्नी दिलासा देते हुए बोली: "पड़ोसिन, ऐसा भी क्या है, तुम अपनी बच्चियों को किंडरगार्टन में रख सकती हो, और खुद कोई काम कहीं पकड़ सकती हो। उम्मीद है कि बच्चियाँ कायदे से पलें-बढ़ेंगी और दुख-दर्द उनकी ज़िन्दगी को छू भी न जाएगा। यही नहीं, हमारे आपस के तअल्लुकात बढ़ेंगे। हो सकता है कि यह तअल्लुकात बढ़ते-बढ़ते कभी अज़ीजदारी की हद तक पहुँच जाएँ। काश कि मेरे मन्सूरजान की बहनें ऐसी चाँद जैसी होतीं!"

"खुदा चाहेगा तो सब कुछ हो जाएगा," नूरबीबी ने आँसुओं के बीच से मुस्कराते हुए उत्तर दिया: "तुम्हारा मन्सूरजान कोई ऐसा-वैसा लड़का नहीं, सैकड़ों में एक है!"

पड़ोसिन गुलनार को दुलराते हुए बोली: "बेटी, अपनी माँ से कह दो- 'अम्मी, तुम हमारा दुख-दर्द नहीं, खुशियों से भरी शादी देखोगी!' "

शाम को अध्यापक घर आया तो पत्नी ने नूरबीबी की सारी दुखभरी गाथा पति को सुनाई। पति मजाक बनाते हुए बोला: "और, मुख्तार की दूसरी बीवी ने ठेका ले लिया है कि उसके होगा तो बेटा ही होगा?..."

नूरबीबी सिलाई की दुकान में काम करने लगी। लड़कियाँ किंडरगार्टन में भर्ती कर दी गईं। इस तरह स्वतन्त्र जीवन शुरू करना नूरबीबी के लिए कोई बहुत आसान साबित न हुआ। अपना काम खत्म करने के बाद वह जल्दी-जल्दी घर के लिए रवाना होती, और रास्ते में बेटियों के लिए किंडरगार्टन में रुकती।

सो, हर दिन का क्रम आज भी चला। अपनी बच्चियों की बात सोचती नूरबीबी सड़क पर जल्दी-जल्दी क़दम बढ़ाती रही। दूसरी ओर, हलकी-हलकी बूँदाबाँदी होती रही, और शरद के आगमन की सूचना देती पहली पत्तियाँ झरती रहीं। नूरबीबी का मन उदास हो गया: "जाड़ा आ रहा है-बालन चाहिए। बच्चियों के लिए गरम कपड़े चाहिए।"

"कहो!" किंडरगार्टन के मेहमानों के कमरे में उसे देखते ही अध्यापक की पत्नी उसका अभिवादन करती हुई बोली: "बैठ जाओ, ज़रा देर साँस ले लो। बच्चियों की फिक्र न करो। वे खेल में मगन हैं!"

"बड़े बच्चे तो खेल में खो सकते हैं, पर मुझे तो फिक्र गुलनार की है," नूरबीबी सोफे के सिरे पर बैठते हुए बोली।

"और, तुम्हारा ख्याल है कि अपने बेटे की होनेवाली दुल्हन की फिक्र मुझे कुछ कम होगी?"

फिर नूरबीबी बेटियों को लेकर घर आई। घर आते ही उसने एक पतीली पानी अँगीठी पर रख दिया।

वह खुद पास बैठी तो पुरानी दर्दभरी यादें दिमाग में ताज़ा हो उठीं। पर, ज़रा देर में दाई आई तो ख्याल का तार टूटा।

"कहो, क्या हाल है?" मेहमान ने अभिवादन करते हुए कहा: "इस ठंडी अँगीठी के पास क्यों बैठी हो आखिर? कुछ नजूमी-वजूमी का काम तुमने शुरू किया है क्या?"

नूरबीबी बूढ़ी का स्वागत करने के लिए उठ खड़ी हुई। बोली: "आओ, दादी,आओ... बच्चियों के लिए यों ही कुछ खाने को बनाने जा रही थी।"

"किंडरगार्टन में उन्हें भरपेट खाना नहीं मिलता क्या?"—दाई ने ज़रा व्यंग्य से पूछा।

"अरे नहीं, यह बात नहीं है। वहाँ तो खूब मज़े में खिलाते-पिलाते हैं। बात यह है कि सोने के पहले मैं कुछ-न-कुछ बनाकर गरमागरम उन्हें खिला देती हूँ।"

नूरबीबी ने कम्बल निकाला, फ़र्श पर बिछाया और मेहमान से बैठने का आग्रह किया।

‘‘कोई ज़रूरत नहीं, बेटी। मैं मेहमानदारी चुकाने नहीं आई। मैं तो काम से आई हूँ,’’ दाई बोली। इस पर भी वह बैठ गई, और उसने हाथ उठाकर दुआ माँगी: ‘‘या अल्लाहताला, ऐसा कर कि इसके मन की सारी मुरादें पूरी हों, दर्द और मुसीबत से इसे निजात मिले, तबीयत को तसल्ली और सुकून हासिल हो... बेचारी अकेली है, आगे-पीछे कोई नहीं है ... अल्लाह, बड़ा रहमान है तू!’’

मेहमान की खातिर ज़रूरी समझ नूरबीबी गई और दस्तरख्वान की तैयारी करने लगी। दाई ने चिल्लाकर कहा: ‘‘बेटी, मेरे लिए बेकार तकलीफ़ न करो। मैं जहाँ-तहाँ से होती हुई यहाँ आई हूँ। भरपेट खा चुकी हूँ। बस, एक प्याला चाय...’’

नूरबीबी एक तश्तरी, चाय की केतली और तह किया हुआ मेजपोश लेकर जल्दी ही लौटी। दाई आश्चर्य में पड़ गई: ‘‘पानी कितनी जल्दी उबल गया!’’

‘‘तुम इतनी नेकबख्त जो हो, दादी,’’ मेजपोश खोलते हुए नूरबीबी बोली, ‘‘वैसे तो मैं आग सुलगा चुकी थी कि पड़ोसिन आई और दरवाजे से आवाज़ देकर अपने यहाँ बुलाया। पर, मैंने कहा कि अभी नहीं, अभी कोई मेहमान है मेरे यहाँ! इस पर वह गई और पुलाव और केतली भर चाय का पानी ले आईं।’’

‘‘कौन रहता है पड़ोस में? वही मुदर्रिस की घरवाली न?’’

‘‘हाँ, वे ही रहती हैं। खुदा उनके माँ-बाप पर करम करे। बड़ी मेहरबान हैं। बड़ी फिक्र रखती हैं।’’

पर, पुलाव देखते ही दाई के मुँह में पानी आ गया। सो, उसे गले के नीचे घोटती हुई बोली, ‘‘शायद मुझे ठीक-ठीक याद है, शायद नहीं है। क्यों, तुम्हारी इन पड़ोसिन के अहाते में पहले तो कोई दरवाजा था नहीं?’’

‘‘नहीं, था। उन्होंने, यानी कारीगर ने, कीलों से जड़कर बन्द कर दिया था। सो, मैंने फिर से खोल दिया। बच्चों के साथ हर वक्त घर में अकेले रहो तो कभी-कभी दहशत सी लगने लगती है।’’

"हाँ, हाँ, सो तो है। अकेले रहने से तो कहीं बेहतर है कि आदमी कब्र में रहे," दाई ने उत्तर दिया।

नूरबीबी ने पुलाववाली तश्तरी मेहमान के आगे खिसका दी।

"तम भी तो खाओ, बेटी। मैंने तो अभी-अभी खाना खाया है। लेकिन, खैर, मैं तुम्हें नाराज़ नहीं करना चाहती, चख लूँगी।" अपनी लम्बी, ढीली-ढाली आस्तीनें चढ़ाते हुए बूढ़ी ने तश्तरी की तरफ हाथ बढ़ाया। अब लगी जल्दी-जल्दी खाने, उँगलियों से चिकनाई काछने, चाटने और पुलाव बनानेवाली की तारीफों के पुल बाँधने।

फिर, अपने लालची स्वभाव की सफ़ाई देती हुई बोली: "यह सच है कि अपने घर वही खाना खाओ तो वह मज़ा नहीं आता, जो किसी दूसरे के घर खाने में।" अन्त में बुढ़िया ने चाय उँडेली।

"एक अर्से से तुम इधर आई नहीं, दादी?"

दाई ने भावभरी दृष्टि से नूरबीबी की ओर देखा, और ज़रा दबे हुए स्वरों में बोली: "मैं इधर मुख्तार के यहाँ गई थी।"

कुछ क्षणों तक नूरबीबी बिलकुल चुप रही, फिर हाँफते हुए बोली, "नई बीवी के कोई बच्चा हुआ है क्या?"

"नहीं। मेरे पास बुलावा आया तो मैंने भी पहले यही सोचा। पर, बात कुछ और ही निकली।"

नूरबीबी की रही-सही सकत भी जवाब देने लगी। पूछा: "फिर, फिर क्या बात थी?"

"बात यह है कि वह तुम्हारा आदमी तो पागल हुआ जा रहा है। तुम्हारे लिए और इन बच्चियों के लिए जैसे घुला जा रहा है। कुछ नकदी भेजी है," दाई ने एक गन्दा रूमाल निकाला। रूमाल में कुछ बँधा हुआ था।

"मुझे रुपये-पैसे की जरूरत नहीं! अपनी बच्चियों का पेट मैं आप पाल सकती हूँ", नूरबीबी ने स्वाभिमान से तनते हुए जरा ज़ोर से कहा, "ज़रूरत की हर चीज़ है उनके पास।"

"अरे, अरे, अरे, तुमने जब से काम करना शुरू किया है, तुम्हारा दिमाग बिलकुल खराब हो गया है!" दाई ने आह भरते हुए कहा।

"इसमें इतना बिगड़ने की क्या बात? लो... लो... सहेजो इसे! आदमी को एहसान को एहसान मानना चाहिए।"

बूढ़ी आग्रह करती रही। अन्त को नूरबीबी ने यह नक़दीवाला रूमाल उसके हाथ से लिया और कम्बल के नीचे दबा दिया। दाई कहती गई: "तुम्हारे बिगड़ने की तो कोई बात ही नहीं है। मुख्तार हाथ का कारीगर है, और उसके हाथ में जादू है। बड़े आराम से रहता है। परवरदिगार का दिया सब कुछ है उसके पास ... पर, उसकी बीवी को तौर-तरीकों का पास है। वह यह कभी नहीं भूलती कि दोनों में तुम बड़ी हो। हमेशा तुम्हारी और बच्चियों की पूछताछ करती रहती है। इमाम मुरादखाँ की भतीजी है। औरत नेक है। उसके बारे में तुम्हें कुछ ऐसा-वैसा नहीं सोचना चाहिए।"

"अल्लाह का लाख-लाख शुक्र! उनकी उम्रें बड़ी हों," नूरबीबी ने सिर झुकाये ही झुकाये कहा।

"और, उनके साथ तुम्हारी उम्र भी बड़ी हो," बुढ़िया ने अपनी ओर से जोड़ा।

नूरबीबी परेशान हो उठी, "मैं तुम्हारी बात समझी नहीं, दादी!"

"तुम क्या नहीं समझी? तुम्हारा आदमी तुम्हें और अपनी बच्चियों को बुलाकर अपने पास रखना चाहता है, और क्या!" बूढ़ी बोली।

नूरबीबी का पीला चेहरा लाल हो उठा। बहुत देर तक उसके मुँह से बोल न फूटा। उसकी परेशानी देख दाई अपने ढंग से बात बनाने लगी: "बेटी, तुम्हारा ख्याल है कि मैं कुछ नहीं समझती? मैं खूब समझती हूँ कि इस आदमी ने किस तरह तुम्हें तकलीफ पहुँचाई है! छोड़ दिया बेमदद, बेसहारे, सो भी इतने-इतने वक्त तक! और, बाप की राह देखते-देखते बेटियों की तो जैसे आँखें ही पथरा गई हैं!"

नूरबीबी बुरी तरह दुखी हो उठी। दाई की बातों से उसका मन इस तरह डर गया कि तरह-तरह के ख्याल दिमाग में आने लगे, "कौन जाने इसकी बात मानकर मैंने अच्छा किया या बुरा? मैं किसी दूसरी औरत के साथ चैन से रह भी सकती हूँ क्या? फिर, मुख्तार पता नहीं कैसे पेश

आए, कैसे न आए? मान लो, वह वहाँ बुलाकर बच्चियाँ छीन ले, और फिर मुझे घर से बाहर निकाल दे तो?...''

अभागी नूरबीबी का मन इन विचारों ने ऐसा मथा कि वह भागी-भागी अन्दर गई, अपने चूज़ों को अपने पंखों की ओट रखती मुर्गी की तरह बच्चियों को सीने से सटाया, और सुबह तक इसी उधेड़बुन में पड़ी रही। जैसे ज़मीन उसके पैरों के नीचे से खिसक गई।

... ईशान मुरादखाँ चारचिनार नाम के गाँव में रहता था। यह गाँव पहाड़ की ढलान पर बसा हुआ था। शहर की मस्जिदों की हालत बिगड़ने पर ईशान अपने रिश्तेदारों के साथ यहाँ चला आया था। उसके साथ ही उसके कुछ मुरीद भी यहाँ चले आए थे। कारीगर कुम्हार मुख्तार भी इन्हीं में था। फिर तो दोनों के बीच रिश्तेदारी भी हो गई थी। उसने मुरादखाँ की भतीजी से शादी जो कर ली थी।

सो, दाई के कस्बे जाने की बात सुनते ही मुरादखाँ ने मुख्तार को बुला भेजा। पूछा, ''तो, तुमने बुढ़िया को रवाना कर दिया, मुख्तार?''

''जी हाँ, मौलाना!''

''और, तुमने सब कुछ उसे समझा दिया क़ायदे से?'' अपनी तसबीह के दानों पर उँगलियाँ फेरते हुए मुरादखाँ ने दूसरा सवाल किया।

''जी हाँ, मौलाना!''

''अगर मौला ने चाहा तो दाई खुशखबरी लेकर आएगी। अल्लाह पाक ने चाहा तो तुम्हारा खानदान फिर हक़ की राह लग जाएगा।''

''हर दिन मैं बच्चियों को ख्वाब में देखता हूँ। वे मुझपर कुफ्र बरसाती हैं, मौलाना,'' मुख्तार ज़रा रुककर बोला।

ईशान मुस्कराया, और क़ुरान की आयत बुदबुदाते हुए बोला: ''आगे की बात सोचो। ख्वाबों को अहमीयत न दो। अगर तुम्हारी बीवी और बच्चियाँ मज़हब से फिर गईं तो अल्लाह का अज़ाब नाज़िल होगा तुम पर। तुम्हारे और तुम्हारे बच्चों की खातिर ही मैं रज़ामन्द हुआ हूँ कि तुम अपनी पहली बीवी और बच्चियों को यहाँ बुला लो। अल्लाहताला गवाह है कि मेरी भतीजी इस बात से कोई खुश न होगी, लेकिन, चारा भी क्या

है?... अल्लाह के बन्दों की फिक्र तो मेरा फर्ज है। वैसे यह सही है कि भतीजी की सेहत अकसर ठीक नहीं रहती और घरबार की देखरेख का काम उससे ज्यादा नहीं हो सकता, पर उम्मीद है कि इस क़िस्म का सारा बोझ तुम्हारी पहली बीवी उठा लेगी।''

''हाँ, उठा लेगी, मौलाना,'' मुख्तार ने बहुत ही धीमे स्वरों में कहा।

इतने में किसी ने दरवाजा खटखटाया।

''कोई अजनबी है क्या?'' बाहर से किसी की आवाज आई, और, जवाब का इन्तजार किए बिना, एक दुबली-पतली औरत ने तहखाने में प्रवेश किया। उसने मुख्तार की तरफ देखा नहीं। केवल एक कटोरा उसकी तरफ बढ़ा दिया। बोली, ''मेरी तबीयत ठीक नहीं। मैं तो थक गई तुम्हारा यह खाना पकाते-पकाते।

''थोड़ा सब्र करो। नूरबीबी जल्दी ही यहाँ आ जाएगी।''

''नूरबीबी?'' मुख्तार की कम-उम्र पत्नी शरारत से मुस्कराई, ''वह खुद काम करती है। बच्चों को सरकार पालती है। तुम्हारा ख्याल है कि ऐसे आराम की ज़िन्दगी छोड़कर वह आसानी से आ जाएगी यहाँ?''

''मैं मकान बेच दूँगा,'' मुख्तार चीख उठा, ''तब भला कहाँ ठिकाना मिलेगा उसे? अरे, सच्ची बात तो यह है कि मैं खुद बड़ी बेताबी से उसके इन्तज़ार में हूँ। बच्चों के बिना मुझे बड़ा सूना-सूना सा लगता है।''

''पहले तो तुम बच्चियों को छोड़कर भाग खड़े हुए, और अब तुम्हें उनके बिना बड़ा सूना-सूना सा लगता है!'' औरत ने अपने पति की ओर गुस्से से देखा। ''यह बात तुमने जान-बूझकर मेरा दिल दुखाने के लिए कही है। मैं कहती हूँ कि अगर खुदावन्दताला औलाद नहीं देता क़सूर मेरा है?''

कारीगर का मुँह बन्द हो गया। वैसे भी उसकी जिन्दगी में सुख और सन्तोष जैसा कुछ न था: कभी-कभी तो रोज़ की कहा-सुनी, झगड़ों-टंटों से वह इतना ऊब जाता था कि वहाँ से किसी तरह निकल भागने की सोचने लगता था। पर, उसे इमाम का डर था। दूसरे यह कि ऐसा कभी

हुआ भी न था कि उलटे आदमी औरत के पास दौड़ा जाए, खीसें बाए, हाथ फैलाये, माफी माँगे।

सुबह की पहली किरण फूटी। नूरबीबी चारपाई से उठी। उसका सिर दर्द करता रहा। आँखें, नींद न आने और सारी रात रोते रहने के कारण, लाल नज़र आती रही। उसने खिड़की खोली तो ताजी हवा का लहरा कमरे में आया। लड़कियाँ अब भी सोती रहीं। उसने उनका कम्बल ठीक किया, उन्हें क़ायदे से ढँका, सर्द आह भरी, निकलकर बाहर अहाते में आई, ठंडे पानी से मुँह-हाथ धोया और तन्दूर रखने की तैयारी करने लगी।

थोड़ी देर बाद सूरज उगा तो नूरबीबी ने गरम केक एक रूमाल में लपेटकर तश्तरी में रक्खा, पड़ोसिन के यहाँ आई, और तश्तरी अध्यापक की पत्नी की ओर बढ़ाते हुए बोली, ''कल के पुलाव के लिए बहुत-बहुत शुक्रिया।''

''पर आज तुम्हारा चेहरा इतना पीला क्यों है? आँखें इस तरह लाल क्यों है?'' अध्यापक की पत्नी ने परेशानी से पूछा।

नूरबीबी के आँसू बह चले। उसने सभी कुछ बतलाया, ''उन्होंने बुलावा भेजा है, पर मेरा तो मन डगमगाता है।''

अध्यापक की पत्नी भौचक्की रह गई। बोली, ''और, आखिर को यह हुआ? तुमने हाँ कर दी? तुम मुख्तार की दूसरी बीवी के साथ रहने को राजी हो गई?''

''मेरा क्या, मेरी कोई बात नहीं, जाने का फैसला तो मैंने बच्चियों की खातिर किया है। उन्हें बाप की मोहब्बत मिलेगी। बाप के साथ रहकर पलें-बढ़ेंगी। उनके लिए बाप को खासी परेशानी है।''

''अजीब बात है कि बच्चियों से उसे इतना प्यार है, पर वह खुद नहीं आ सका, बुलाने को उसने भेजी दाई।''

उस दिन न नूरबीबी काम पर गई, और न बच्चियाँ किंडरगार्टन गईं। वह बच्चियों की आँखें बचाकर छिपकर आँसू बहाती रही। उसकी समझ में न आया कि वह जाए या न जाए। कभी उसने दिल पर पत्थर रक्खा,

जैसे-तैसे इधर-उधर से सामान इकट्ठा किया और बाँधा-बूँधा, पर, फिर इरादा बदला, और उसने सारे गट्ठर-पुलिन्दे खोल डाले।

शांम होते-होते दाई आई, और एक साँस में कहती गई, ''मैं आज मुल्ला बारात से मिलने गई। ओह, कैसा लाजवाब आदमी है। मैंने तुम्हारे आदमी के आदाब अर्ज किए और बतलाया कि उस्ताद मुख्तार ने बीवी से समझौता कर लिया है, और उसे अपने पास बुला भेजा है। यह सुनकर मुल्ला ऐसा खुश हुआ, जैसे कि वह तुम्हारा अपना सगा भाई हो! उसने तुम्हें पहुँचाने और हर तरह की मदद देने का कौल दिया। देखती हो, बेटी, न सिर्फ मैं, बल्कि जिनकी इज्ज़त आम तौर पर सब करते हैं, वे भी इस बात से बड़े खुश हैं कि तुम्हारे तअल्लुकात इतनी आसानी से फिर ज्यों-के-त्यों हो गए!''

''और, दादी, तुम्हें इतनी हड़बड़ी थी कि तुम दौड़ी-दौड़ी गई, और मुल्ला बारात को सब कुछ बतला आई?'' नूरबीबी ने बात काटी।

''क्या? लेकिन जाने के मामले में तो तुम हाँ कर चुकी हो!''

और, नूरबीबी को जवाब देने का मौक़ा दिये बिना, बुढ़िया जाने की तैयारी की बात करने लगी। बेचारी नूरबीबी दरवाजे की ओर झपटी, ''मैं ज़रा पड़ोसिन से सलाह ले आऊँ।''

दाई तुनुक उठी, ''तुम्हें सलाहकार भी खूब मिले हैं! भला सोचो तो कि वे लोग क्या हैं, और तुम क्या हो? उस औरत ने दरवाज़े से थोड़ा सा पुलाव तुम्हें थमा दिया, और तुम्हारा दिमाग खराब हो गया! अरे, आदमी का क्या, आज भला चंगा है, कल बीमार है, आज पेट भरा है, कल खाली है! पड़ोसी तुम्हारी और तुम्हारी बच्चियों की फिक्र जिन्दगी भर तो करेंगे नहीं। वे दरियादिली एक बार दिखलाएँगे, दो बार दिखलाएँगे। फिर तुम्हें छोड़ देंगे और तुम क़िस्मत के नाम पर ठोकरें खाती फिरोगी!''

इसी समय नूरबीबी की वर्कशाप की चीफ दरवाजे पर झलकी। उसकी उम्र काफी सी थी। नूरबीबी हड़बड़ाती हुई मेहमान का स्वागत करने को उठी, ''आओ, मोहर्रम-खाला, आओ!''

मोहर्रम-खाला ने एक बंडल नूरबीबी को थमाया। बोली, ''यह बच्चों के लिए!'' इसके बाद वह कमरे में आई तो चाय और मिठाइयों से मेहमान की खातिर की गई।

''तुम आज काम पर नहीं आई तो हम सबने सोचा कि शायद तुम्हारे यहाँ कोई बीमार पड़ गया या क्या हो गया! सो, मैंने कहा कि चलो, खुद ही देखती चलूँ!''

नूरबीबी घबड़ा गई। बुदबुदाते हुए बोली, ''बहुत-बहुत शुक्रिया... बहुत-बहुत शुक्रिया। परेशानी की वजहें तो एक नहीं, बहुत सी हैं, पर आज आ गई हैं तो मैं बेहतर महसूस करने लगी हूँ—उम्मीद का सूरज फिर चमकने लगा है।''

''इनसान तो आखिर को इनसान ही है। कोई मदद करनेवाला, हाथ बँटानेवाला न हो तो आदमी कहीं का न रहे,'' दाई बीच में बोली।

''लेकिन, दादी, तुम कह रही थी कि मैं बिलकुल तनहा हूँ—एक-अकेली!''

बातचीत की भनक कान में पड़ी तो अध्यापक की पत्नी भी वहीं आ गई। स्नेह से पूछा, ''नूरबीबी, आज तुम्हारी बेटियाँ किंडरगार्टन क्यों नहीं गईं?''

इस बीच दाई नूरबीबी पर नजर गड़ाये रही। नूरबीबी के होश-हवास ठिकाने न रहे। जवाब दिया, ''कोई बात नहीं... कल से बदस्तूर जाएँगी।''

बुढ़िया अपनी सम्हाल में न रही। गुस्से से काँपती हुई चीखी, ''लोगों को इस तरह बरगलाने से क्या! साफ-साफ क्यों नहीं कह देती कि तुम लम्बे सफर की तैयारी कर रही हो!''

मेहमानों ने प्रश्नभरी दृष्टि से नूरबीबी की ओर देखा। पर, बुढ़िया ने उसे मुँह खोलने का मौका न दिया। ज़ोर से बोली, ''नूरबीबी अपने आदमी के पास जा रही है ... हाँ, अपने आदमी के पास!''

नूरबीबी की चीफ को पहले तो खुशी हुई, पर जब अध्यापक की पत्नी ने सारी-सही स्थिति समझाई तो मोहर्रम-खाला ने त्योरी चढ़ाते हुए पूछा, ''और तुमने क्या फैसला किया, नूरबीबी?''

''मोहर्रम-खाला, कुछ न पूछिए। मेरा तो जैसे दिमाग ही काम नहीं करता। बच्चियों का ख्याल आता है तो न दिन चैन मिलता है, न रात चैन मिलता है। बिना आदमी के कैसे पालूँगी मैं इन बच्चियों को?''

''कभी सुना है कि किसी औरत ने बिना आदमी के पाल-पोस लिए हों बच्चे!'' दाई हँसी।

''पुरानी कहावत है कि माँ का दिल जलता है और दाई का दामन,'' मोहर्रम-खाला ने बुढ़िया की बात काटते हुए कहा। ''नूरबीबी तो अपने बच्चों की भलाई-बुराई की बात सोचती है, पर, तुम्हें इस पंचायत से क्या मिलना-जाना है? ज़रा यह बतलाओ कि तुम एड़ी-चोटी का पसीना क्यों एक किए दे रही हो?''

बुढ़िया का फेचकुर छूट गया। चिल्लाई, ''इन्हीं हाथों से इसके तीन बच्चे इस दुनिया में लाई हूँ—यह तो मेरे लिए बिलकुल ऐसी है जैसे मेरी बेटी।''

''अगर यह बात है तो तुम यह कोशिश क्यों नहीं करती कि इसका आदमी घर लौट आए? कोई इसने तो उसे घर से खदेड़ा नहीं। न लड़ी, न झगड़ी, न किसी तरह की कोई कहा-सुनी की। वह गया तो अपने मन से गया। उल्टा अब यह उसकी दूसरी और ग़ैरकानूनी बीवी के घर क्यों जाए? उसे बेटियों की भी जरूरत नहीं। गर ज़रूरत होती तो वह उन्हें इस तरह छोड़ न देता। अगर उसे अपने किए का पछतावा हो तो घर तो उसे ही आना चाहिए!''

''और, बात इतनी ही नहीं है,'' अध्यापक की पत्नी शान्त भाव से बोली। ''शायद तुमने सबसे ताज़ा खबर नहीं सुनी। पड़ोसिन, तुम्हारा आदमी यह मकान मुल्ला बारात के हाथ बेच रहा है। यही वजह है कि मुल्ला चाहता है कि मकान जितनी जल्दी खाली हो जाए, उतना ही अच्छा।''

नूरबीबी पेड़ की पत्ती की तरह काँपने लगी। दाई बुरी तरह सहम गई और 'वज़ीफा' (ईश्वर की प्रार्थना) पढ़ते हुए बोली, ''या अल्लाहताला, तू ही है!''

नूरबीबी ने अपने मन पर काबू रक्खा। कोशिश की कि बुढ़िया के लिए कोई कड़ी बात मुँह से न निकले। बोली, "दादी, अब मुझे तोहमत न देना। कुसूर तुम्हारा और तुम्हें यहाँ भेजनेवालों का है। कारीगर से कह देना कि अगर बच्चियों से प्यार हो तो यहाँ आ जाएँ। अगर नहीं आते तो इन्साफ खुदा करेगा।"

...साल पर साल बीतते गए। नूरबीबी के दिल में पुराने दुख-दर्द की रेख तक बाकी न रह गई। वह सीने-पिरोने के काम में माहिर हो गई। बच्चियों को किसी तरह की कोई कमी न रही। वे कायदे से लिखती-पढ़ती रहीं। कभी-कभी नूरबीबी अपनी कहानी बच्चियों को सुनाती और अन्त में मुस्कराते हुए सबसे छोटी बेटी की तरफ देखकर सिर हिलाती, "और, इस सारी मुसीबत की जड़ है यह गुलनार!"

"तुम्हारी वजह से हम अपने अब्बा से महरूम हुईं," बहनें गुलनार को चिढ़ातीं।

पहले तो गुलनार ने इन बातों की ओर कोई ध्यान नहीं दिया। पर, ज्यों-ज्यों बड़ी हुई, त्यों-त्यों उसे लगा कि सचमुच शायद मैं ही सारी मुसीबत की जड़ हूँ, शायद मेरी वजह से ही अब्बा अम्मी को छोड़कर चले गए।

एक दिन माँ से पूछ ही तो बैठी, "अम्मी, उसके बाद से फिर अब्बा की खैर-खबर नहीं मिली तुम्हें?"

"वे चार-चिनार में रहते थे, लेकिन उसके बाद फिर जाने कहाँ गायब हो गए कि किसी तरह का कोई अता-पता ही न मिला। पर, बेटी, यह सवाल तुम्हारे दिमाग़ में क्यों आया?" नूरबीबी ने आश्चर्य से पूछा।

"मैं अपने अब्बा की तलाश करना चाहती हूँ।"

"गुलनार, यह बेकार के ख्याल दिमाग़ से निकाल दो। खूब मेहनत से लिखो-पढ़ो और साबित करो कि एक दर्जन बेटे एक तरफ और एक गुलनार एक तरफ।"

"ज़रूर, ज़रूर... मैं यह बात साबित करके रहूँगी!" गुलनार ने खुशी से खिलते हुए कहा।

... मेडिकल इन्स्टीट्यूट का बाग़। बेंच पर बैठी हुई लड़की। लड़की के हाथ में किताब। लड़की पढ़ने में डूबी रही कि एक तरुण के साथ एक नर्स वहाँ आई। तरुण नौ-सेना अधिकारी के लिबास में था।

"यह हैं डॉक्टर गुलनार," नर्स ने अफसर से कहा।

"कैसी हैं आप, डॉक्टर?"

गुलनार ने सिर उठाया और आगन्तुक का अभिवादन किया।

"आप मुझे नहीं पहचानती?" तरुण ने अपनी खास टोपी उतारी और मुस्कराते हुए पूछा। उसके दूध से दाँत चमचमाने लगे। व्यक्ति का क़द लम्बा और कन्धे चौड़े थे।

"मन्सूरजान!" गुलनार खुशी से खिल उठी। "मैंने तुम्हें नहीं पहचाना। मैं तो ताज्जुब में पड़ गई कि किसी जहाजी फौजी अफसर से भला मुझे क्या लेना-देना!"

मन्सूरजान ने निगाहें गुलनार के चेहरे पर जमा दीं, और बगल में बैठ गया। कुछ देर तक दोनों चुप रहे।

फिर, मन्सूरजान मौन भंग करते हुए बोला, "क्या पढ़ रही हो? कोई नावेल?"

"हाँ, नावेल पढ़ रही हूँ—इसका नाम है—'आपरेटिव सर्जरी' ", गुलनार ने चुटकी लेते हुए कहा।

"डॉक्टर! डॉक्टर!" किसी की आवाज कानों में पड़ी। नर्स दौड़ी आई। "अस्पताल से पैग़ाम आया है। आपको फौरन ही हवाई जहाज से जिले के सेन्टर में पहुँचना और किसी का ऑपरेशन करना है।"

गुलनार ने मन्सूरजान से माफी माँगी, और नर्स के पीछे-पीछे लपक चली।

जिले का सेंटर दूर था। वहाँ पहुँचते ही गुलनार हवाई अड्डे से सीधे अस्पताल गई। वहाँ ऑपरेशन वाली मेज पर पड़ा था एक बूढ़ा। बूढ़ा कराह रहा था। उसकी आँखें बन्द थीं। एक-एक क्षण भारी था।

ऑपरेशन बहुत पेचीदा साबित हुआ। बहुत देर तक चला। गुलनार ने बड़े ध्यान और बड़ी मेहनत से काम किया। उस पर बहुत जोर पड़ा।

अन्त में जब ऑपरेशन सफलता से समाप्त हो गया तो क्षण भर खुली हवा में साँस लेने के लिए बाहर आई।

इसके बाद एक हफ्ते वहीं रही। धीरे-धीरे मरीज की हालत सुधरने लगी। अब गुलनार ने लौटने की तैयारी की, और आखिरी दिन बूढ़े से विदा लेने गई। बूढ़े ने अपनी जीवन-दात्री का नाम जानना चाहा, बोला, ''इबादत और नमाज़ के वक्त मुझे हमेशा आपका ख्याल आएगा। आपकी मेहनत से लोगों को नए सिरे से सेहत नसीब होती है। उनके बदन में फिर से ताक़त आती है। अल्लाहताला आपको खुश रक्खे!''

गुलनार ने अपना नाम बतलाया तो बूढ़ा जैसे चौंक उठा। वह उसके चेहरे की तरफ बहुत देर तक गौर से देखता रहा। डॉक्टर को परेशानी होने लगी। वह दूसरे ही क्षण बाहर आने को हुई।

बूढ़ा कहता गया, ''मैं चलने-फिरने लायक होते ही आपको ढूँढ़ निकालूँगा, और क़ायदे से शुक्रिया अदा करूँगा।''

''शुक्रिया, दादा। मेरा सबसे बड़ा इनाम यही है कि आप जल्दी से उठकर खड़े हो जाएँ।''

एक महीने बाद सफेद दाढ़ीवाला एक बूढ़ा मेडिकल इन्स्टीट्यूट आया। उसके एक हाथ में लाठी और दूसरे में एक बंडल था।

वह दरबान के पास गया और गुलनार का नाम लिखा एक कागज उसकी ओर बढ़ाते हुए पूछने लगा, ''यह डॉक्टर कहाँ मिलेंगी?''

दरबान बोला, ''ग्रेजुएट हो चुकी हैं... तालिब इल्म अब भी हैं न? ऊपर चले जाइए—दूसरी मंज़िल के कमरे नम्बर 27 में आपको मिलेंगी। वे रिश्ते में आपकी कुछ लगती हैं क्या?''

''नहीं, मैं रिश्तेदार नहीं, एक अदना मरीज़ हूँ। उन्होंने मेरी जान बचाई है। शुक्रिया अदा करना चाहता हूँ। छोटा सा तोहफा लाया हूँ उनके लिए...''

बूढ़ा इन्स्टीट्यूट की शानदार इमारत में घुसा तो ठिठक गया। उसकी समझ में ही न आया कि किधर जाय और किधर नहीं। मुड़ा तो उसकी निगाह बरामदे में खड़े एक जवान जहाजी अफसर पर पड़ी। जवान के हाथ में फूलों का गुलदस्ता था।

''बेटे, यह कमरा नम्बर 27 कहां है?''

''आप किससे मिलना चाहते हैं?'' जवान ने जवाब में पूछा।

''डॉक्टर गुलनार से।''

''गुलनार से? वे इस वक्त इम्तहान दे रही हैं,'' जवान के चेहरे पर लज्जा की लाली दौड़ गई, और उसने गुलदस्ता पीठ के पीछे छिपा लिया। ''क्या काम है आपको गुलनार से?''

बूढ़ने ने सब कुछ बतलाया कि वह कौन है, कहाँ से आ रहा है, उसके आने का प्रयोजन क्या है।

मन्सूरजान बोला, ''वे आपसे मिलकर बड़ी खुश होंगी, दादा! मैं भी उनके इन्तज़ार में हूँ।''

''तुम्हारी ज़िन्दगी भी उन्होंने बचाई है, बेटे?''

''नहीं,'' मन्सूरजान ने हँसते हुए जवाब दिया, ''पर, यह सच है कि मेरी ज़िन्दगी उनके बिना मुमकिन नहीं।''

''अच्छा, पर वे कौन हैं तुम्हारी?''

''वे मेरी पड़ोसिन की बेटी है...''

''और, तुम हो कहाँ के?'' बूढ़े ने जवान की बातों में दिलचस्पी लेते हुए पूछा। मन्सूरजान ने अपना पता-ठिकाना बतलाया तो बूढ़ा खुशी से खिल उठा, ''तो, तुम तो मेरे पास-पड़ोस के हो! किस इलाके में रहते हो?''

''दस्तकारों के इलाके में।''

बूढ़े से कुछ भी बोलते नहीं बना। उसके हाथ काँपने लगे। फिर पूछा, ''किसके बेटे हो?''

''आपने मुदर्रिस करीम-ज़ादा का नाम सुना है?''

बूढ़े ने सिर एक ओर को झुकाया, दाढ़ी के सिरे के बाल चबाने लगा, और फिर खोखली सी आवाज़ में बोला, ''हाँ, सुना है ... इसका मतलब यह है कि गुलनार तुम्हारे पड़ोस की लड़की है ... उसके बाप को जानते हो तुम?''

''मुझे उनकी याद नहीं। मेरे वालिद बतलाते थे कि वे बड़े ही मँजे हुए कुम्हार थे, पर तीसरा बच्चा भी बेटी हुई तो उन्होंने अपनी बीवी को

छोड़ दिया। गुलनार ही है उनकी वह तीसरी बेटी।''

बूढ़े की आँखों से आँसू उमड़ चले। तरुण कुछ न समझा। पूछने लगा, ''बात क्या है? शायद ऑपरेशन के बाद आपने काफी आराम नहीं किया?''

बूढ़े ने आँसू पोंछ डाले, ''नहीं, नहीं, इन आँसुओं की वजह कुछ और है। अगर वह वजह तुम्हें बतलाने पर आऊँगा तो जुबान साथ न देगी, और अगर नहीं बतलाऊँगा तो दिल में आग सी सुलगती रहेगी... आखिर करूँ क्या? खैर, मरने के पहले अपनी जिन्दगी के इस काले धब्बे को धोने की कोशिश तो करूँ ही... मैं हूँ मुख्तार... वही कारीगर—कुम्हार।''

''गुलनार के वालिद?''

''हाँ, मैं ही हूँ इस लाजवाब बेटी का वालिद ... यानी वह इनसान जिसे अल्लाह ने अपनी आँखों से उतार रक्खा है...''

यह कहने के बाद जैसे बूढ़े के मन का बोझ उतर गया। वह अपने अतीत की बातें और विस्तार में बतलाने लगा, ''गुलनार की माँ को छोड़ने के दो साल बाद मेरी दूसरी बीवी मर गई। मैं चार-चिनार से चला आया, और कोई छः साल तक अपना पेशा आप चलाता रहा। इसके बाद कोलखोज में आकर अपना कारबार चलाने लगा। कुछ साल पहले यह मर्ज़ मेरी जान को पड़ गया। होते-होते मैं मायूस हो गया, और जिन्दगी की सारी उम्मीद जाती रही कि मेरी बेटी के हाथों निजात मिली मुझे!''

मन्सूरजान ने कुछ सोचते हुए कहा, ''जानते हो, दादा, झुके हुए सिर पर वार कोई नहीं करता ... अपनी बीवी और बेटियों से माफी माँग लो।''

''पर, अब मैं गुलनार की आँखों से आँख किस मुँह से मिलाऊँगा?''

''उसकी फिक्र मत करो। सबसे पहले मैं उसे सब कुछ बतला दूँगा। यकीन करो, उसे बड़ी ही खुशी होगी।''

इतना कहने के बाद जवान अफसर एक दरवाजे से अन्दर चला गया, और बूढ़ा उसी दरवाजे की ओर देखता पत्थर सा खुदा सा बैठ रहा। जल्दी ही गुलनार की बजती हुई आवाज उसके कानों में पड़ी। दरवाजा खुला। बाप में बेटी का सामना करने की हिम्मत न रही। वह एक ओर

को हो रहा। पर, फिर, जैसे-तैसे लड़खड़ाते हुए गुलनार की ओर बढ़ा, और अपने हाथ फैलाते हुए, काँपती हुई आवाज में अनुनय करने लगा, ''माफ करो, बेटी!''

गुलनार अपने पिता की बाँहों में समा गई। मुँह से कुछ न बोली। केवल एक क्षण सिर उठाकर उसके चेहरे की ओर देखा तो दूसरे क्षण उसके सीने में चेहरा दुबका लिया। अन्त में बोली, ''आइए, अम्मी के पास चलें। मैं उनसे कहूँगी—देखो, मैं अपने अब्बा को दूसरी और पुरानी दुनिया से लौटाकर ला रही हूँ।''

तीनों एक मोटर में बैठे, और रवाना हुए। घर पहुँचने पर मुख्तार बड़े संकोच में पड़ा, और मन्सूरजान और गुलनार को आगे करने लगा। पर, गुलनार अपने पिता का हाथ पकड़कर अहाते में घसीट ले चली। नूरबीबी आवाज सुनकर बाहर निकल आई। परन्तु, मुख्तार पर निगाह पड़ते ही उसका चेहरा उतर गया, जहाँ-की-तहाँ कील उठी, और जैसे अवाक हो गई।

''देखती हो, अम्मी, मैंने ढूँढ लिया न अब्बा को!'' पिता को आगे बढ़ाते हुए गुलनार खुशी से चिल्लाई।

''हाँ ...'' नूरबीबी बड़ी कठिनाई से बोली, ''बेचारे... बूढ़े हो गए हैं।''

फिर मन-ही-मन सोचने लगी, ''कैसे अजीब लगते हैं देखने में! कैसा रहम आता है!''

उपन्यास

प्राणी-प्राणी की माँ

प्राणी-प्राणी की माँ

तत्याना तेस

बेर्नार्तोव गाँव का घर

सबसे पहले आया बागवान कारास। और गोल कन्धोंवाला यह आदमी भद्दे बूटे और हरा एप्रन कसे, अपनी एक पहिये की ठेलिया ठेलता अन्दर घुसा तो फाटक की घंटी टनटनाई। उसने सलाद के कुछ कड़े पत्ते और कुछ फूल ओसारे में रक्खे और फिर जैसे आया था, वैसे ही वहाँ से चल दिया।

फिर आई डाक बाँटनेवाली औरत—कन्धे चौड़े, चेहरा गम्भीर, आँखों पर चश्मा। वह सीधे घर के अन्दर आई। उसने हॉल की छोटी मेज़ पर खतों और अखबारों की गड्डी रक्खी, बहुत सावधानी से क्राउनों ने नोट गिने, उन्हें खतों और अखबारों की बगल में रक्खा और उन पर कुछ गिलट के सिक्के रक्खे, जैसे कि वे पेपरवेट हों।

इतना सब करने के बाद उसने एक तीखी, कानों को भेदनेवाली आवाज़ लगाई: "पानी डॉक्टर, कृपया आइए और ज़रा दस्तख़त कर जाइए।"

जवाब में बाग़ में ज़ंजीर बजी, शाखें चरमराईं और झाड़ियों के झुरमुट में ऐसी आवाज़ हुई, जैसे कि कोई भालू झाड़-झंखाड़ चीरता चला आ रहा हो। सामने आई बेलका नाम की बकरी और उसके पीछे-पीछे उसकी ज़ंजीर के सिरे पर घिसटती सी मालकिन। यह थीं 'पानी डॉक्टर'—मिलादा त्रान्तीनोवा—क़द नाटा-छोटा पर प्रकट रूप में व्यक्तित्व में संकल्प, बदन पर स्कीइंगवाला पतलून और स्वेटर, और सिर पर रूमाल।

इस बीच डाक बाँटनेवाली औरत अभी-अभी बाग़ से तोड़े गए अम्बरी रंग के ताज़े बेरों से भरा टोकरा लिए चल पड़ी। मिलादा दरी से ढँकी, हिलनेवाली पुरानी कुर्सी पर ढहती हुई सी बोलीं : "उफ़!"

इसके बाद उन्होंने अपना चश्मा लगाया, और डाक छाँटनी शुरू की। कहने लगी : "यह पत्र बोलोगना से आया है ... उस इतालवी लड़की ने लिखा है ... मैंने तुमसे उसकी चर्चा की थी ... और, यह ख़त नताशा का है, स्तालिनग्राद से आया है।" फिर, दूसरा लिफ़ाफ़ा खोलते हुए उन्होंने लम्बा वरक़ निकाला। इसकी लिखावट अरबी सी लगती थी, और ऐसी थी कि समझ को दूर से ही ललकारे। डॉक्टर ज़रा ज़ोर से बोलीं : "हाँ तो, ... वेंर्गेलैंड की एक कविता की पंक्तियाँ हैं... यह लिखावट पहचानना मुश्किल नहीं ... जानती हो, यह 'पाषाण-प्रदेश,' स्कूल के मेरे मित्र इन्गेबोर्ग की है। मेरी भतीजी ने प्राग से एक पोस्टकार्ड भेजा है... और, भला एक यह चिट्ठी कहाँ से आई है? अरे, हाँ, हाँ, मैं समझ गई ... यह पत्र उन बूढ़ी महिला का है... इनसे क्रिमिया में भेंट हुई थी।"

उन्होंने पत्र इस तरह मेज़ पर फैला दियह, जैसे कि उनसे पेशेन्स नामक ताश का खेल खेल रही हों। मैंने आहिस्ते से अपनी कुर्सी छोड़ी और बाहर बाग़ में चली आई। प्रभात की सुनहरी आभा पेड़ों की फुनगियों पर छिटक-छिटक पड़ रही थी। भौंरे उड़ते-उड़ते गुनगुना रहे थे। यहाँ नीचे की नम घास पर क़दम रखती सूने, शान्त वातावरण में आगे की ओर टहलती गई। सन्नाटा भेदती रहीं या तो मेरे क़दमों की आहट या प्रकृति की अपनी साँसें।

मिलादा ने घर के अन्दर से मुझे आवाज़ लगाई। मैं लौटी और मैंने अन्दर प्रवेश किया कि वे बोलीं: "क्यों, इसी क्षण चेरनिशोवित्से चलना पसन्द करोगी? मेरे पिता जवान थे तो वहाँ के स्कूल में पढ़ाते थे। लेकिन, शायद तुम्हें उस जगह में कोई दिलचस्पी नहीं! ओह, है? ठीक, तो सीधे, बस हम चेरनिशोवित्से चलती है।"

डॉक्टर के मज़बूत पर छोटे-छोटे पैरों में अरबी सैंडल थे और चमड़े के बन्दों ने बड़े-बड़े अँगूठे साध रक्खे थे। फ़िलहाल, वे अपनी कुर्सी से उठ खड़ी हुईं, और जल्दी-जल्दी ऊपर चढ़ीं तो सैंडल सीढ़ियों पर

खटपट-खटपट करने लगे। कुछ ही क्षणों बाद अपने बाल सँवारती नीचे उतर आईं। अब उनके बदन पर था नीला सूट और उसमें साइलन का स्कार्फ़ जैसे जान डाल रहा था। यह स्कार्फ़ वे अपने पुराने मगर सुन्दर ढंग से पहनती थीं। मुझे उनका यह अन्दाज़ बहुत ही पसन्द आता था।

बस, तो फिर हम साथ-साथ बेर्नार्तोव नामक गाँव के लिए रवाना हुई।

डॉक्टर का जन्म यहीं हुआ था, और इस स्थान के बारे में मैं थोड़ा-बहुत पहले से जानती भी थी।

मुझे पता था, कृषक-सहकार का अध्यक्ष नुक्कड़ पर रहता था और उसका नाम द्रहर्जाक था, पर लोग उसे केवल 'अध्यक्ष' के नाम से पुकारते थे। अध्यक्ष का क़द लम्बा था। उम्र के बावजूद तनकर चलता था। गाल गुलाबी थे। चेहरा हवा झेले, नौचालकों जैसा था। सहकार ने इधर नया-नया ट्रैक्टर खरीदा था, और अभी परसों ही अध्यक्ष उसे चलाता हुआ इस ठाठ से सड़क पर निकला था, जैसे कि कोई जहाज अभी-अभी पानी में उतारा गया हो, और वह उस जहाज का कप्तान हो।

ज़रा आगे चलकर मिलादा के पिता का बनवाया स्कूल है। इस समय जो सज्जन स्कूल के हेड-मास्टर हैं, वह जवान और खुशमिज़ाज है। नाम उसका वीताक है। वह और उसका परिवार स्कूल के सामने के घर में रहता हे। घर उसके माता-पिता के निवास स्थान से दूर नहीं है। माँ-बाप बुजुर्ग और खेतिहर हैं। उसके मकान के सिरे पर पेन्शन-भोक्ता जोजेफ़ दूब्स्की रहता है। वह एक ज़माने से बेर्नार्तोव का इतिहास लिखता रहा है। अभी पिछले ही दिन मिलादा के साथ मैं उसके यहाँ गई थी तो उसने मुझे चित्रों और नामों के बड़े-बड़े और सुन्दर अक्षरोंवाली मोटी-मोटी किताबें दिखलाई थीं। यह खुद उसके हाथों की कारीगरी थी। सो, आँखों पर चश्मा चढ़ाकर, उत्तेजना से काँपती हुई आवाज़ में उसने आख़िरी पंक्तियाँ पढ़ सुनाई थीं :

"इस साल बेर्नार्तोव में 15 बच्चे पैदा हुए। इनमें से 13 का जन्म प्रसूतिगृह में हुआ, एक का घर में और एक का ऐंठे हुए एल्म के पेड़ के नीचे, सड़क पर। आखिरी बच्चे का नाम जोजेफ़ तोतोउशेक है..."

अगर दूब्स्की के घर से आगे बढ़कर आप दाईं ओर मुड़ें तो आपको खेतों का पसारा मिलेगा, और खेतों के पसारे के पार, दूर जाने पर जंगल।

जंगल में लम्बे देवदार पेड़ों का झुरमुट है, और इनके सिरे हलके और जैसे परोंवाले हैं...

मिलादा और मैं यानी हम दोनों कोना काट चुके थे, इसलिए देवदार अब आँखों से ओझल हो गए थे।

"मुझे ज़रा बाग़वान के यहाँ जाना है। उसे थोड़ी सी कॉफ़ी देनी है। यह मैं प्राग से लाई थी," मिलादा ने उत्सुकताभरे स्वरों में कहा, "बुरा न मानना... ज़रा सा इन्तज़ार करो ... मैं अभी लौटी कि लौटी!"

वे फाटक से गुज़रीं और मैं सड़क पर ही उनकी राह देखती रही। इस तरह कोई बीस मिनट गुजर गए। मालूम हुआ कि कोई गम्भीर बात न थी। देर यों ही हो गई थी। डॉक्टर बाग़वान की बेटी को देखने लगी थीं। बेटी के हाथ में खरोंच थी और यह खरोंच पक गई थी।

हम आगे बढ़ीं तो मिस्त्री की पत्नी साइकिल पर हमारी ओर आती दिखी। यह महिला हट्टी-कट्टी और भारी सीनोंवाली थी। तो, हम पर निगाह पड़ते ही वह कूदकर साइकिल से उतर गई। हम फिर ठिठक गईं।

... गरमी बढ़ चली थी। मिलादा का चेहरा तमतमा उठा और माथे पर पसीने की बूँदें झलक आई थीं। प्रकट रूप में गरमी उन्हें खल रही थी।

उन्होंने मेरे चेहरे पर परेशानी की रेखा देखी। बोलीं : "तुम मेरी बहन ज्देन्का की तरह हो। धूप तेज हो तो उसे भी मेरा धूप में खड़े होना पसन्द नहीं आता। लेकिन, मैं करूँ क्या? बस, एक मिनट ... दुबारा इन्तज़ार करोगी मेरा ज़रा..."

वे, कारड्रोय का पतलून पहने एक भद्दे से, दैत्याकार आदमी का रास्ता रोककर खड़ी हो गईं और उससे गरम होकर बातें करने लगीं। अपने ऊँचे क़द के कारण उन्हें देखने के लिए सिर नीचा करते हुए, वह आदमी चुपचाप सब कुछ सुनता रहा। आखिरकार मिलादा मेरे पास लौटीं तो विजय उनके चेहरे पर अंकित लगी। केवल आँखों में अपराधी की सी झलक थी।

"बस आ गई!" वे सहसा ही चीखीं और स्कार्फ़ के उड़ जाने के डर से, उसे हाथ से साधते हुए, सिर आगे की ओर झुकाए दौड़ीं।

"दौड़ो... जल्दी करो, नहीं तो छूट जाएगी।" वे तेजी से बस के अड्डे की ओर दौड़ी तो उनकी एड़ियाँ अस्फाल्ट पर बजने सी लगीं। पर,

उनके वहाँ तक पहुँचने के पहले ही बस छूट गई।

''तुम्हें दौड़ने में तकलीफ हो रही होगी,'' मिलादा ने दौड़ते-दौड़ते मेरी ओर देखकर कहा और मुझ पर एक चिन्ताभरी नजर डाली। ''तुम्हें इसकी आदत जो नहीं है ... सारे दिन पैर बाँधे, मेज के पास बेठी टाइप करती रहती हो! ... तुम्हें थोड़े व्यायाम की जरूरत है।'' वैसे तो वे खुद भी हाँफ़ने लगी थीं, पर इस पर भी उपदेश देती सी आगे बोलीं: ''खैर, और दौड़ने की ज़रूरत नहीं... बस चली गई... कोई बात नहीं!''

लेकिन, बस कलहँस की तरह कीकी और पास आकर एकदम रुक गई।

''पानी डॉक्टर!'' ड्राइवर ने अपनी खिड़की से झाँकते हुए चीखकर कहा। ''अन्दर आ आइए, पानी डॉक्टर!''

''अच्छा, तो यह फ्राँतीशेक है!'' मिलादा ने बिना किसी तरह का आश्चर्य-अचरज प्रकट किए हुए कहा। ''कहो फ्राँतीशेक, मैं नहीं जानती थी कि तुम बस चलाते हो! बच्चे कैसी जल्दी बड़े हो जाते हैं!''

बस पन्द्रह मिनट से अधिक देर तक चलने के बाद चेरनीशोवित्से में रुकी।

''धन्यवाद, फ्राँतीशेक!'' मिलादा ने बस से बाहर निकलते हुए कहा। ''अपनी माँ से मेरा स्नेह-स्मरण कहना। कैसी हैं वे?''

बस रवाना हो गई और हमने अपने को गाँव के चैक में खड़ा पाया। चैक में लाइम के पेड़ और दूसरी झाड़ियाँ थीं। मिलादा ने चारों ओर चिन्ता मिली उत्सुकता से नज़र दौड़ाई। सहसा ही सामने दो वृद्धाएँ जाती दिखीं तो डॉक्टर उनकी ओर लपकीं।

गाँव के शिष्टाचार के यम-नियम के अनुसार बहुत देर तक दुआ-सलाम चलती रही। इसके बाद मिलादा ने उनसे पूछा : ''आपको जॉन त्रान्तीना नाम के अध्यापक की याद है?'' मालूम हुआ कि उन दो में से एक तो पढ़ने के लिए दूसरे गाँव के स्कूल में जाती थी और दूसरी ने उन्हें केवल तब देखा था जब वह पहले दर्जे में थीं, क्योंकि इसके बाद अध्यापक बेर्नार्तोव चले गए थे... मिलादा पहाड़ की चोटी से नीचे आ गिरी सी लगीं। इसके बाद वृद्धाओं ने आपस में मिसकौट कर, विजय

की सी भावना से भरकर फ़ैसला दिया कि स्तानिस्लाव क्नोतेक को इस अध्यापक का ध्यान ज़रूर होना चाहिए। बस, तो वे हमें पूरे गाँव के बीच से सीमा पर बने एक छोटे से मकान के पास ले आईं।

क्नोतेक बलूत के पेड़ के नीचे बैठा था, और वैसे ही बहरा था जैसे कि बलूत खुद। इसलिए वृद्धाओं ने उसके कानों के पास मुँह ले जाकर खूब ज़ोर-ज़ोर से चिल्ला-चिल्लाकर उसे अपना मतलब समझाने की कोशिश की। पर, उसने अपनी हथेली गोल कर कान पर रक्खी और बार-बार दोहराया : "प्रोसिम?" (कृपया कहें!) उसके हाथ का रंग देखकर ऐसा लगा, जैसे कि लकड़ी से काटकर गढ़ा गया हो। आखिर उसने महत्वपूर्ण ढंग से अपना सिर हिलाया और अपनी बेंच पर तनकर बैठ गया।

जी हाँ, वह अध्यापक जॉन त्रान्तीना को जानता था। भला कोई भूल सकता था उन्हें? वे तो ऐसे आदमी ही न थे जिन्हें कोई आसानी से भूल सके।

सो, बेंत का सहारा लेते हुए क्नोतेक उठा और पूछा : "आप वह बाग़ देख रही हैं न? वहाँ अब भी उनके लगाए सेब के पेड़ हैं। और, उस सड़क के दोनों ओर के पेड़ भी उन्हीं के लगाए हुए हैं। वे तो जहाँ भी गए, वहीं उन्होंने अपना एक स्मारक छोड़ दिया। पर, वे यहाँ हम लोगों के बीच नहीं रहे। यह रहे वहाँ, स्कूल के पास... फिर उन्होंने शादी कर ली, और हमारा गाँव छोड़ दिया। उनके दो बेटियाँ और एक बेटा था। और, जब मैंने सुना कि उनकी छोटी बेटी का क्या हश्र हुआ..."

क्नोतेक खाँसने के लिए रुका। वह ज़ोर-ज़ोर से देर तक खाँसता रहा। फिर धीरे-धीरे अपने लम्बे पाइप में तम्बाकू भरने लगा। इसके बाद वह मुड़ा। और उसने मिलादा की आँखों में आँखें डालीं—पाइप उँगलियों से छूट गिरा।

"हे पावन माता मरियम!" उसके मुँह से चीख़ निकल गई। "अरे, यह तो अध्यापक जॉन त्रान्तीना की बेटी मिलादा है!"

उसने अपनी सूखी, सँवराई उँगलियाँ अपने होठों पर रक्खीं और डॉक्टर को एकटक देखता रहा। लगा कि वह कुछ कहना चाहता है, पर शब्द सहेज नहीं पा रहा है।

हम उस शाम को काफ़ी देर से, खाली बस में, बेर्नार्तोव लौटीं। मिलादा थकान से चूर थीं। उनकी पलकें फूल आई थीं और वे बार-बार रूमाल से अपना पसीने से तर माथा पोंछती थीं।

"कोई बात नहीं! कल मैं आराम करूँगी!" डॉक्टर बोलीं। "आजकल काम भी कुछ ज्यादा नहीं है। सोमवार के दिन दो लड़कियाँ इटैलियन पढ़ने आती हैं। मंगल को अध्यापक कोताश्का और उसकी पत्नी आकर अंग्रेजी में गोल्सवर्थी पढ़ते हैं। बुध को माखाचेक नाम के छोटे बहादुर आते हैं। वे वनस्पतिशास्त्री बनना चाहते हैं, और मैं उन्हें अरबी पढ़ा रही हूँ। बृहस्पति और शुक्र को माताएँ अपने-अपने बच्चे लेकर, मुझसे सलाहें लेने के लिए मेरे पास आती हैं। पर, इस काम में कोई खास कठिनाई नहीं होती, क्योंकि हलेन्का नर्स मेरी सहायता को आ जाती है। मैं उसकी बेटी की लिखाई-पढ़ाई का काम थोड़ा-बहुत देख लेती हूँ। आजकल हम यूनानी पुराण सम्बम्धी एक पुस्तक का अध्ययन कर रही है। शनिवार को मैं बिलकुल कुछ नहीं करती। गाँव के बच्चे मेरे पास आ जमा होते हैं, और मैं उन्हें परियों की कहानियाँ सुनाती हूँ। मैं बूढ़ी हुईं। मुझे पेन्शन मिलती है, इसलिए मुझे आराम करने का अधिकार है..."

रोशनी से नहाई सड़क पर एक मिलादा का मकान ही अँधेरा और शान्त था। हम बाग में गईं। फाटक की घंटी टनटनाई तो, छानी में बँधी बेलका आवाज सुनकर, मिमिया-मिमियाकर अपनी नाराज़गी प्रकट करने लगी।

मिलादा बोलीं : "बेलका की नाराज़गी बिलकुल सही है... सोचो तो कि कितनी देर हो गई, और वह दुही नहीं गई..."

कुछ क्षणों में ही बेलका की छानी से दूध के, बर्तन में, छन्न-छन्न कर गिरने की आवाज आने लगी।

आखिरकार दिन का सारा काम खत्म हुआ।

मिलादा अपने चौड़े पलँग पर आ लेटी, और उन्होंने अपने ऊपर नारंगी रजाई डाल ली। चश्मा नाक पर चढ़ गया। पलँग के पास की मेज पर किताबों का अम्बार और पत्रों का ढेर नज़र आया। पत्रों के उत्तर दिए जाने थे। पास ही सर्जरी से सम्बन्धित कुछ नई पत्रिकाएँ भी पड़ी हुई थीं।

हर चीज़ और हर आदमी सो रहा था।

जाग रही थी केवल मिलादा, जो नींद की दो टिकिया खाने के बाद पलँग पर आँखें फाड़े लेटी अन्धकार भेद रही थीं—

जाग रही थीं केवल पुरानी दीवारें और सीढ़ियाँ जो पलकें न झपका पाने के कारण चटख और चरमरा रही थीं—

जाग रहा था बावर्चीखाने का पानी का टैप, जिससे रह-रहकर, सहमे-सहमे ढंग से पानी टपक रहा था—टप-टप-टप—

और, जाग रहे थे केवल भूत-प्रेत!

ओल्गा की कहानी उसी के शब्दों से

नर्स ओल्गा लिसीचान्स्काया, प्राग शहर में व्ल्तावा नदी तट पर बैठी नदी के बहाव को एकटक देख रही थी।

ओल्गा ने जबसे फ़ौजी वर्दी पहनी, उसका अपना कोई घर न रहा। अस्पताल जहाँ होता था, वहीं उसका घर होता था। युद्धकालीन जीवन की वह इतनी आदी हो चुकी थी कि कभी-कभी उसे लगता जैसे दूसरी तरह के जीवन से वह परिचित ही न हो, जैसे वह हमेशा इसी तरह, फौजी तिरछी टोपी लगाए, फौजी कमीज के ऊपर खलासी की पेटी कसे, ऐसी ही पोशाक पहनती रही हो।

मगर यह पूरा-पूरा सच नहीं। लड़ाई के शुरू के महीनों में उसका अपना घर जरूर था। जब तक सेर्गेइ उनके पैदाइशी शहर में रहता था, तब तक उसका घर था, नं0 25, जूकोव्स्की सड़क पर। बाद में सेर्गेइ को वहाँ से निकालकर सुरक्षित स्थान पर पहुँचाया गया और जर्मनों ने शहर पर कब्ज़ा कर लिया। सेर्गेइ ने वहल्गा के उस पार स्थित चेर्नोलूच्चे गाँव में स्कूल की पढ़ाई पूरी की और सैन्य सेवा के लिए उसे बुलाया गया। फिर वह मोर्चे पर भेजा गया। उस समय से फौजी अस्पताल ही ओल्गा का घर बन गया। उससे पहले जहाँ भी वे दोनों-सेर्गेइ और वह—साथ रहते वहीं उसका घर होता।

जब ओल्गा शुरू जवानी में थी, तब उसका पिता परिवार को छोड़ गया। सेर्गेइ छह ही बरस का था, जब ओल्गा की माँ चल बसी। उस

समय ओल्गा बीस साल की थी और उसने जवान माँ की भाँति सेर्गेइ का पालन-पोषण किया था।

सेर्गेइ ही उसका सारा परिवार, उसका अपना सा बच्चा था। वह अपनी बहन को अकसर लिखा करता था—संक्षिप्त पत्र जिनका उद्देश्य उसे ढाँढ़स बँधाना होता था। 'बहादुरी के लिए' प्राप्त पहले पदक के बारे में जिस पत्र में उसने सूचना दी थी, वह भी संक्षिप्त ही था। ओल्गा उसे पढ़कर अभिमान से भर उठी। शाम को मरीजों को देखने जाते समय वह अपने को काबू में न रख सकी।

''सुना आपने, मेरे भैया को 'बहादुरी के लिए' पदक दिया है!'' उसने ड्यूटीवाले डॉक्टर से कहा।

सेर्गेइ का पत्र आना यकायक बन्द हो गया।

तब उसने उस दस्ते के कमांडर को लिखा जिसमें सेर्गेइ काम कर रहा था। बड़ी देर तक उसे जवाब नहीं मिला। आखिर एक बड़ा लिफाफा आ पहुँचा। लिफाफा खोलने से पहले ही ओल्गा जान गई कि उसमें उसके लिए शोक ही भरा है।

भैया को लिखा उसका आखिरी खत अनखुला लौटाया गया था। दस्ते के कमांडर की ओर से भी एक छोटा सा नोट था कि रक्षक सैनिक सेर्गेइ लिसीचान्स्की लड़ाई में खेत रहा।

ओल्गा को इस पर विश्वास नहीं हुआ।

उसने हर किसी से लिखा-पढ़ी शुरू की। सेर्गेइ के दोस्तों को, फौजी सदर-मुक़ाम को, डिवीज़नल अस्पताल को जिसमें उसके कुछ दोस्त थे, सबको उसने लिखा। कुछ समय बाद उसे इत्तला मिली कि सेर्गेइ लापता बताया जाता है। तब भी उसने उस खबर पर यक़ीन नहीं किया।

यह तो नहीं हो सकता कि सेर्गेइ अपनी बहन को खबर तक न दे कि उसके साथ क्या बीती? ओल्गा ने भाई को खोजना शुरू किया। हठपूर्वक, लगातार उसने भाई को खोजा, उसे मरा मानने से इनकार कर दिया। लड़ाई खत्म हो गई, फिर भी ओल्गा की खोज जारी रही।

आखिर उसने भाई को ढूँढ़कर ही छोड़ा।

चेकोस्लोवाकिया के एक छोटे शहर में सेर्गेइ अस्पताल में पड़ा था। ओल्गा किसी तरह वहाँ पहुँची। अस्पताल के वार्ड में उसके क़दम रखते ही उसके भाई ने लापरवाही से, चमकती आँखें उसकी तरफ फेरीं। ऐसा लगा मानो उसकी नज़र ओल्गा को पार कर गई हो, जैसे वह काँच की बनी हो। फिर ओल्गा ने देखा, वे अनपहचानी आँखें सिकुड़ रही हैं, काले पड़े होंठ फड़क रहे हैं, उनके कोर मुस्कान में ऊपर को मुड़ रहे हैं और भैया बोल रहा है। उसने बस, एक ही शब्द कहा, वह भी इतने धीमे स्वर में कि ओल्गा मुश्किल से ही उसे सुन पाई।

''नमस्ते...''

वह एकदम पतला हो गया था। हे भगवान, कितना दुबला था वह! वह पड़ा था, दियासलाई की तीली की तरह पतला और पीला। उसे तेज बुखार चढ़ आया था, उसकी साँस फूल रही थी और वह काँप रहा था। इधर चार महीने से वह जहरबाद की हालत में रहा था।

ओल्गा ने पता लगा लिया कि भैया पर क्या बीती। अपनी थोड़ी ही उम्र में सेर्गेइ इतना भुगत चुका था कि उस सामग्री से कई जीवनियाँ लिखी जा सकती थीं।

बुरी तरह ज़ख्मी होकर वह जर्मनों के हाथ में पड़ गया। नाज़ियों के क़ैदी-शिविर में रहा, फिर वहाँ से बच निकलकर पहाड़ियों पर भाग गया। वहाँ पर पार्टीजानों के एक ब्रिगेड से उसकी भेंट हुई। चेक पार्टीज़ानों ने उसे अपने साथ ले लिया। फिर एक बार वह नाजियों के खिलाफ जूझा, दुबारा घायल हुआ और खतरनाक ढंग से घायल हुए दूसरे जवानों के साथ एक छोटे गाँव के किसानों की देखरेख में छोड़ा गया। सोवियत सेना द्वारा चेकोस्लोवाकिया के आजाद किए जाने पर सेर्गेइ एक छोटे चेक शहर में स्थित अस्पताल पहुँचाया गया।

वह बुरी तरह घायल हुआ था। उसकी छाती में गोले के कुछ छर्रे घुस गए थे और फेफड़े की झिल्ली में गहरे धँसे हुए थे। चार महीने से वह उसी स्थिति में पड़ा था। सेर्गेइ मर रहा था और ओल्गा यह बात जानती थी।

फौरन ही उसका ऑपरेशन करना चाहिए था, लेकिन उस छोटे अस्पताल में कोई ऐसा सर्जन न था जो इस हालत में पड़े हुए मरीज के

फेफड़े का ऑपरेशन करने की जोखिम उठा सके। भैया को अस्पताल में ही छोड़कर ओल्गा प्राग गई।

फौज के प्रधान सर्जन को वह अच्छी तरह जानती थी और उसे आशा थी कि वह मिल जाएगा। लेकिन उसके पहुँचते-पहुँचते प्रधान सर्जन मास्को उड़ चुका था और अस्पताल खाली किया जा चुका था।

तो क्या, सेर्गेइ को मास्को ले जाया जाय? कैसे? यात्रा का श्रम वह बर्दाश्त न कर पाएगा। सेर्गेइ मर रहा था और उसकी बहन यह बात महसूस कर रही थी।

इन्हीं विचारों में डूबती-उतराती, ओल्गा प्राग शहर के नदी तट पर बैठी थी। उसके दाँत भिंचे हुए थे, निगाह नदी के काले प्रवाह पर लगी थी। प्राग शोरगुल से भरा था, शाम की बत्तियाँ बलने लगी थीं, सूरज घड़ी-घड़ी बदलते वर्गजाल में हौले-हौले डूब रहा था।

अनजाने ही ओल्गा यकायक जोर से सिसकने लगी। पास में बेंच पर बैठी किसी अधेड़ औरत ने गुस्से और अचरज से उसकी ओर देखा तो ओल्गा ने खाँसने-खखारने का बहाना किया।

उस स्त्री की आँखें बेनूर थीं। बड़ी-बड़ी पुतलियाँ सारी दुनिया से लापरवाह लगती थी। ''जैसे काँच की हों,'' ओल्गा ने सोचा। वह औरत अपने छोटे से हाथ घुटनों पर जोड़े, व्ल्तावा को देखती हुई बैठी थी। उसका सफेद गुलूबन्द हवा में हलके से फड़फड़ा रहा था। वह टोपी नहीं लगाए थी। उसके पके केश सावधानी से पीछे की ओर सँवरे हुए थे।

''मेरा किसी को ख्याल नहीं,'' ओल्गा ने व्यथित मन से सोचा। ''हर एक को अपनी-अपनी पड़ी है। और सबके लिए लड़ाई जो खत्म हो चुकी है।''

उसने गहरी साँस ली और रूमाल से माथा पोंछा। फिर उसने जेब में दुबारा हाथ डाला। उसके परिचित एक युद्ध-संवाददाता ने उसे एक रुक्का दिया था जिसे उसने जेब में डाल रक्खा था। रुक्के में एक पता लिखा था जहाँ वह रात को ठहर सकती थी। ओल्गा ने जेब टटोली, पर रुक्का नहीं मिला। शायद कहीं गिर गया होगा। ओल्गा ने पता याद करने की कोशिश की: वहदीच्कोवा, 17 या कहीं 19 तो नहीं?

''प्रोसिम पानी...'' ओल्गा ने टूटी-फूटी चेक भाषा में कहा, ''याक से दोस्तानू दो वादीच्कोवे?'' (ज़रा बताइए तो, वहदीच्कोवा कैसे पहुँच सकती हूँ?)

''मैं रूसी जानती हूँ,'' बूढ़ी ने अप्रत्याशित रूप से जवाब दिया, हालाँकि उसकी रूसी में चेक भाषा की सी ध्वनि थी। ''वहदीच्कोवा यहाँ से दूर नहीं। मैं तुम्हें रास्ता बता सकती हूँ।''

''कोई ज़रूरत नहीं, मुझे जल्दी नहीं है,'' ओल्गा ने थकी आवाज़ में कहा।

कोई दुबला-पतला लड़का आलुओं का बड़ा सा थैला लिए उसके पास से दौड़ा गया। वह लड़खड़ाकर गिर पड़ा और आलू रेत पर बिखर गए। ओल्गा ने सहारा देकर लड़के को खड़ा किया, उसके कोट से गर्द झाड़ी और आलू चुन-चुनकर बटोरने लगी। लड़के को चोट आ गई थी, पर वह रोया-चिल्लाया नहीं। वह चुपके से खड़ा अपना घुटना पोंछ रहा था।

''देकूयू, पानीच्का, म्नोहोक्रात,'' (शुक्रिया, बहन जी, बहुत शुक्रिया) कहकर वह आलू लेकर चला गया।

दूसरी औरत तब भी बिना हिले-डुले बुत बनी बैठी थी मानो सामने की घटना उसने देखी तक न हो। ओल्गा वापस बेंच पर जा बैठी, पर बूढ़ी ने उसे घूमकर देखा तक नहीं। खिड़कियों पर से रोशनी उसके चेहरे पर पड़ी। ओल्गा ने देखा, वह औरत किस कदर पीली पड़ी हुई है। और उसकी घूरती हुई चौड़ी आँखों में कितनी बड़ी काली पुतलियाँ हैं।

''काँच की सी आँखें हैं,'' ओल्गा ने सोचा। ''वह लड़का करीब-करीब इसके पैरों तले आ गिरा, फिर भी यह टस से मस न हुई।''

''आपके बच्चे नहीं हैं, शायद?'' ओल्गा ने एकदम अचानक पूछ लिया, खुद भी न जाने कि क्यों। वहाँ पर मुहरबन्द बैठी रहना उसके लिए नागवार हो रहा था, इसीलिए उसने यह सवाल किया।

औरत जरा देर खामोश रही। फिर बोली, ''नहीं। मेरे बच्चे नहीं हैं। आपने ठीक कहा। मेरे कोई बच्चा नहीं।''

फिर खामोशी।

ओल्गा ने सोचा, "अब मुझे जाना चाहिए। यहाँ बैठी ही क्यों हूँ मैं?"

ऐन इसी वक्त वह औरत ओल्गा की तरफ मुड़ी। उसके चेहरे की पिलाई और उसकी निश्चल, फैली हुई पुतलियों की कालिमा ने फिर एक बार ओल्गा को आश्चर्यचकित कर दिया।

"सुनिए..." औरत सप्रयास बोली, "मैं आपको बताना चाहती हूँ ... कुछ महीने पहले नाज़ियों ने मेरे पति, बेटे और बेटी को तथा मुझे मार डाला।" साँस लेने के लिए वह रुकी। "यह बात कि मैं आपसे बातें कर रही हूँ," वह आगे बोली और लार निगली मानो सूखा गला तर कर रही हो, "यह बात कि मैं आपसे बातें कर रही हूँ तो सिद्ध नहीं करती कि मैं जीवित हूँ।

उस शाम की कहानी ओल्गा ने मुझे दो बार सुनाई। दोनों बार, कहानी समाप्त करते समय वह इस बात पर आश्चर्य प्रकट किए बिना न रह सकी कि कैसे उसने एक अपरिचित स्त्री को, वह भी अजीब औरत को जिसे उसने पहले कभी देखा न था, अपने मन को परेशान करनेवाली हर बात, अपने सभी भय और यन्त्रणाएँ, अपने को व्यथित करनेवाली हर बात साफ-साफ बता दी।

ओल्गा उस औरत से देर तक बात करती रही। उसकी बातों में कोई सिलसिला नहीं था। बीच-बीच में उसे शक हो जाता कि अजनबी औरत रूसी भाषा ठीक-ठीक नहीं समझती और तब वह रुक जाती। लेकिन वह औरत ओल्गा को यकीन दिलाने के लिए बराबर सिर हिलाती रही और अपनी काली-काली, फैली हुई पुतलियों से ओल्गा को घूरती रही।

बाद में उसने अपनी कहानी ओल्गा को सुनाई। उसका नाम मिलादा त्रान्तीनोवा था। वह प्राग के एक अस्पताल में काम करती थी। अपनी बहन के साथ वह प्राग में रहती थी पर उसका निजी घर यहाँ नहीं, बेर्नार्तोव में था। परिवार पर वह भयानक विपदा आने तक बेर्नार्तोव में रहती थी।

इतना कहकर उस औरत ने इतनी लम्बी खामोशी इख्तियार की कि ओल्गा ने सोचा, शायद यह औरत मेरा यहाँ होना भूल गई है। परन्तु अचानक ही अजनबी औरत ओल्गा की ओर मुड़ी और अपनी बड़ी-बड़ी, अनभिची आँखों से उसे सीधे घूरकर देखा। बोली कि मैं कल बड़े सवेरे

तुम्हारे साथ अस्पताल जाकर तुम्हारे भाई को देखूँगी और वहीं निश्चय करूँगी कि उसके लिए क्या करना चाहिए।

''यानी कि, अगर तुम मुझे फैसला करने दो तो,'' उसने सपाट, धीमी आवाज में कहा, ''अगर तुम्हें यकीन हो कि मैं सही फ़ैसला कर सकती हूँ।''

''जी हाँ,'' ओल्गा ने उतावली से कहा, ''जी हाँ, मुझे आप पर विश्वास है। पूरा यकीन है मुझे आप पर!''

विस्मय, आशा और भय से उसने पास बैठी औरत को निहारा। उसे भय था कि कहीं यह औरत भूत-प्रेत की भाँति अन्तर्धान न हो जाय। उसने उस स्त्री को गौर से देखा और पाया कि उस निश्चल, मृतक से सफेद चेहरे पर कोई भिन्न सा भाव है—ऐसा भाव जो उससे उसी तरह निकल गया था जिस तरह प्राण शरीर से निकल जाते हैं।

तभी ओल्गा ने उसके हाथों पर नज़र डाली।

उस औरत की बाकी सब बातें ओल्गा को अजीब लगीं: उसका चेहरा, उसकी आँखें, बोलने का लहज़ा, यहाँ कि उसके पके केशों से आई महक भी विलक्षण लगी। उस महक में सूखापन, मृदुलता और उदासी का पुट था जैसे मुरझाती हुई घास की गन्ध में। मगर उसके हाथों को ओल्गा ने झट से पहचान लिया। वे सर्जन के हाथ थे, मेहनत करनेवाले व्यक्ति के हाथ थे।

''अब समय हो गया, मुझे जाना है'', बेंच पर से उठते हुए उस स्त्री ने कहा। फिरेक बार ओल्गा को भय हुआ कि वह चली जाएगी और सदा के लिए ओझल हो जाएगी। ''तुम मेरे साथ मेरी बहन के यहाँ चल सकती हो,'' औरत ने कहा जैसे ओल्गा के विचार भाँप गई हो। ''कल की पहली ही गाड़ी से हम अस्पताल जाएँगी।''

सड़कें करीब-करीब खाली थीं और वे दोनों उन पर खामोशी से कदम बढ़ाती गईं। प्राग शहर के लोग जल्दी सो जाते हैं। एक चैक में छोटे बाग के लॉन के बीच खड़ी थी लम्बी पोशाक पहने एक कांस्य-महिला। बेल-बूटों के कमान के नीचे प्रेमी-युगल फुसफुसा रहे थे। आखिरी ट्रैम, धचकती, हिचकोले खाती हुई सँकरी गली में गड़गड़ाती चली। उसकी

गड़गड़ाहट तंग पहाड़ी फटाव से होकर बहने वाली नदी की घरघराहट सी गूँज उठी।

"तुम्हारे भैया के फेफड़े में धँसी हुई चीज, हो सकता है, गोले का छर्रा न हो," औरत ने यकायक कहा और चलती रही। अब ओल्गा समझी कि इतनी देर से वह क्या सोचती रही है। "हो सकता है, हड्डी का कोई टुकड़ा फेफड़े की झिल्ली में धँस गया हो। फिर भी बात तो एक ही है। मवाद का जमाव आखिर मवाद का जमाव ही तो है।"

... बाद में कितनी-कितनी बार ओल्गा ने वे दिन याद किए! हर बार वे सभी दिन भय, आशा और अनन्त प्रत्न में मिश्रित होते मालूम पड़ते थे।

उधर मिलादा सेर्गेइ की परीक्षा कर रही है और इधर, वार्ड के दरवाजे पर बैठी है ओल्गा, मिलादा के फ़ैसले के इन्तजार में।

उसकी दाईं तरफ एक बन्द दरवाज़ा है। उसके पीछे है ऑपरेशनवाले कमरे में जाने का द्वार।

वहाँ, मेज़ पर पड़ा है निश्चल, प्रायः निष्प्राण शरीर। उसकी छाती कटकर खुली हुई है, पसलियाँ किसी बड़े पंछी के पुच्छल परों की तरह निकली हुई हैं। यह है सेर्गेइ, उसका भाई। ऑपरेशन कर रही है मिलादा।

जीवन में कितनी-कितनी बार ओल्गा ऑपरेशनवाली मेज़ के पास खड़ी रही थी, सर्जन को औज़ार पकड़ाती हुई!

लेकिन वह सब दूसरा ही अनुभव था। किसी घायल व्यक्ति की जान बचाने में उसने मदद की, उसकी देखभाल की, उसके लिए जो कुछ हो सकता था वह सब किया। फिर भी वह दूसरे ही प्रकार की बात थी। यह तो सेर्गेइ है, सेर्गेइ का खून है, सेर्गेइ के प्राण हैं। सेर्गेइ के, जो उसका एकमात्र भाई है।

अब तो उसके लिए कोई भी बात सम्भव नहीं है। इन्तज़ार तक करना उसके लिए दुश्वार है। हाँ, वह अपने प्राण दे सकती है जिससे सेर्गेइ के प्राण बच जाएँ। लेकिन अब यह बात भी कोई मायने नहीं रखती।

अचानक गलियारे के सिरेवाला दरवाजा खुलता है।

कोई व्यक्ति, जिसे ओल्गा नहीं जानती, बाहर निकलता है।

कोई अपरिचित, लम्बा और मजबूत व्यक्ति, तेजी और विश्वास के साथ कदम बढ़ाता हुआ ओल्गा की ओर आता है। ओल्गा को लगता

है जैसे फुर्ती और ताकत की कोई सूखी, गुनगुनी सरिता उसकी ओर बह रही हो। अपरिचित अस्पताल का सफेद चोग़ा डाटे, सारा सिर ढँकनेवाला सफेद टोप लगाए और मुँह पर नकाब पहने है। उसका एक हाथ, जिस पर से सर्जन का दस्ताना उतारा जा चुका है, नकाब खींचकर अलग करता है।

मिलादा।

वह बोलती नहीं। हाँफती हुई खड़ी, ओल्गा को नज़र गड़ाए घूरती है। ओल्गा खड़ी होकर उसे ताकती है, दोनों मुट्ठियों से मुँह दबाती है। ओल्गा को लगता है, मानो सारी जिन्दगी वह उसी तरह खड़ी रही है, अपरिचिता के उस थके, सबल चेहरे को देखती हुई, कुछ पूछने की हिम्मत किए बिना, कुछ अनुमान करने का भी साहस किए बिना। वह खड़ी-खड़ी इन्तज़ार करती है।

आखिर वह कुर्सी पर बैठ जाती है और रोने लगती है। वह रोती है जोर से, खुशी से, रोक लगाए बिना, जैसे बचपन के बाद वह कभी नहीं रोई है। आँसुओं को रोकना उसके बस में नहीं, न उसे उन पर लज्जा ही आती है।

और मिलादा उसके पास खड़ी उसका सिर सहलाती है, मानो वह कोई बच्ची हो।

इस वर्ष बसन्त नियत समय से पहले ही आ गया। वातावरण स्वच्छ और साफ़ था। उसमें समुद्र की गन्ध बसी हुई थी जैसे वासन्ती हवा में कभी-कभी होती है, चाहे समुद्र दूर पर क्यों न हो, और चारों ओर केवल पहाड़ियाँ और वन ही क्यों न हों। माली कारास खीरे की क्यारियाँ सँवारने में व्यस्त था। वह फाटक की तरफ़ पीठ किए था। हमेशा की तरह वह हरा एप्रन पहने था जिसके फ़ीते, उसकी गोल भुजाओं के ऊपर से होकर पीठ पर आड़े-तिरछे लगे हुए थे।

लाल गालोंवाली डाकिया-लड़की मिलेना द्वहर्जकोवा साइकिल पर तेज़ी से गुजरी, लेकिन मिलादा को नहीं पहचाना। उसने घूमकर देखा तक नहीं, नमदे के जूते पहने माँसल पैरों से पैडल दबाती हुई सर्र से निकल गई। उसे जाती देखकर मिलादा ने सोचा कि किसी दूसरी दुनिया की

कोई छाया अभी उसके पास से गुजरी है—उस दुनिया की, जिसमें वह, मिलादा, कभी रह चुकी थी।

वसन्त की सुहानी धूप में बेर्नार्तोव सड़क पर वह ओल्गा और सेर्गेइ के साथ आहिस्ते-आहिस्ते चली। ऑपरेशन के बाद बीते समय में सेर्गेइ बढ़ गया मालूम पड़ा, पर अब भी वह बेहद दुबला था। उसके छोटे कटे बाल उसके गोल सिर पर यों निकले हुए थे, ज्यों ब्रुश के रोएँ। इससे वह स्कूली लड़का दिखाई दिया।

लाल ईंट के दुमंजिले मकान तक चलकर वे रुके और कन्धों पर से झोले उतारे। विस्तारिया और जंगली अंगूर की बेलें बगीचे की पत्थर की चहारदीवारी पर लहलहा रही थीं। खिड़कियों के किवाड़ बन्द न थे और खिड़कियों के शीशों से सफ़ेद पर्दे हमेशा की तरह नज़र आ रहे थे। पर गर्द पुती खिड़कियों से सीलनभरी गन्ध आई जो यह बता रही थी कि इस घर में मुद्दत से कोई नहीं रहता...

घर के भीतर ठंडक सड़क की बनिस्बत ज्यादा थी। ठंडे हुए पत्थर और सीले कपड़े की बास छाई हुई थी, मनहूस और डरावनी सी, मानो आबाद घर की सुगन्धि उन लोगों के साथ-साथ वहाँ से निकल चुकी हो, जो कभी घर में रहते थे। घर के अन्दर पहुँचने पर मिलादा कमरे के बीचोंबीच झोला हाथ में लिए, पत्थर की बुत बनी खड़ी रह गई। ओल्गा उसके पास खड़ी हुई।

लेकिन सेर्गेइ फौरन काम में जुट पड़ा।

उसने गलियारे पर ज़ीने के नीचे ईंधन का ढेर ढूँढ़ लिया और अँगीठी में आग सुलगाईं। रसोई में मिलादा के पिता के लगाए हुए बिजली के पम्प का मोटर टटोलकर देखा, स्विच दबाया और मोटर झींगुर की तरह झीं-झीं करता हुआ चालू हो गया। नल में पानी के छपाके हुए, अँगीठी में सुलगता ईंधन चरमरा उठा और दरारों में से नीला धुआँ सरक निकला।

सेर्गेइ ने सारा घर ठीक-ठाक किया। रसोई की मेज़ पर उसने चीनी मिट्टी की तश्तरियाँ सजाईं, झोले में से बेकन का बड़ा सा टुकड़ा और स्लिवहवीस की बोतल निकालकर रक्खी। यह अस्पताल में पड़ोसी-मरीज की ओर से भेंट में दी गई थी। कमरे के प्रवेश-द्वार पर चारखाने की गरम

स्लीपरें उसे मिलीं और उसने उन्हें मिलादा के पास लाकर रक्खा। मिलादा के नन्हें से, बर्फ़ीले पैरों के पास वे खरगोशों की तरह सहमी सी खड़ी थीं। बाहर की हवा ने पर्दों को फुलाया। और वह पुराना घर, फिरेक बार आबाद होकर जी उठा, चरमराया और कराहा, जैसे लम्बे सफर पर रवाना होनेवाला मजबूत पुराना जहाज हो।

मिलादा घर से निकलकर बगीचे में गई।

बगीचे में पानी से भरे गढ़े, पत्तों से थर्राती हुई लटकनेवाली बारिश की बूँदें, सबने आकाश की चाँदी और नीलिमा को प्रतिबिम्बित किया। पत्थरों के फटावों से, हर दरार में से जहाँ ज़रा सी भी मिट्टी थी, घास की मुलायम कोंपलें आग की नन्हीं लपटों की तरह निकली हुई थीं। ताजी हरी घास का चमचमाता मखमल ओढ़े, घर के सामनेवाला लॉन आँखें चैंधियाए दे रहा था। बगीचा रंग और छवि बिखेर रहा था मानो वह भयानक विपदा कभी आई ही न हो। दरवाजे के बाहर निश्चल खड़ी मिलादा वसन्त की उस शान्तिपूर्ण विजय को निहार रही थी।

... सारे घर की सफ़ाई-सजावट हो चुकी थी, कमरे तपाए जा चुके थे और बिस्तर बिछ चुके थे। आकाश में नया उगा चाँद शीतल किरणें छिटका रहा था। दिन में झाड़ू-बुहार और सफ़ाई में लगे रहने के बाद वे तीनों ही थके और उनींदे थे। ओल्गा तो बिस्तर पर पड़ते ही तकिए को बाँहों से कसे, गहरी नींद सो गई। सेर्गेइ ने वासन्ती हवा को साँसों में भर-भर लिया। उसकी आँखें झपक-झपक पड़ रही थी। चलते-चलते वह पियक्कड़ की तरह झूम रहा था।

"जाकर सोओ न!" मिलादा ने डाँटकर कहा। "बस, मैं कोई दलील सुनना नहीं चाहती। मैं तुम्हारी डॉक्टर हूँ और तुम्हें मेरा कहा मानना होगा..."

आखिर ऐसा लगा मानो सेर्गेइ सो गया है। उसके कमरे में चीं तक न सुनाई पड़ी। मिलादा अपनी पुरानी आरामकुर्सी पर, हाथों से घुटने कसकर पकड़े बैठी रही।

उसके बिस्तर के पास चारखानेदार शेड लगी छोटी बत्ती हमेशा की तरह जल रही थी। ईर्जी का नीला पाजामा कोने में टँगा हुआ था। शतरंज के मोहरों की पेटी मेज पर रक्खी थी जैसे हमेशा रक्खी रहती थी। रादबोर

अपनी माँ से चाव से शतरंज खेला करता है। अहा, कितना उछाह है उसमें, एक भी मोहरा कटवाना उसे कितना अखरता है, ग़लत चाल चलकर कोई मोहरा कटवाने पर वह किस क़दर पछताता है।

यकायक मिलादा ने महसूस किया कि अपने बेटे, पति और बेटी के बारे में वह इस तरह सोच रही है जैसे वे जीवित हों।

''मुझे माफ करो, ईर्जी!'' उसने अर्धान्धकार की ओर घूरते और हाथ मलते हुए विनती की। ''मुझे माफ़ करो जो मैं ज़िन्दा हूँ! तुम सबके बिना मैं कैसे जी सकती हूँ, कैसे साँस ले सकती हूँ? बच्चों के बिना, तुम्हारे बिना, कैसे मैं सूरज को देख सकती हूँ? मुझे माफ़ करो, माफ़ करो ईर्जी...''

वह ज़ोर से बोल रही थी। उसकी दृष्टि अन्धकार को वेध रही थी। पर आँखें निरश्रु थीं। घोर पीड़ा में तड़पनेवाली की तरह वह आरामकुर्सी पर आगे-पीछे झूम रही थी।

दरवाजे पर हलकी खटखटाहट हुई और उसके पीछे की ओर के किवाड़ खुले। द्वार पर खड़ा था सेर्गेइ, नंगे पैरों, केवल फौजी ब्रीचेज और बनियान पहने।

उसने मन्द प्रकाशवाला कमरा देखा और उस टुइयाँ सी अकेली औरत को देखा जो कुर्सी में झुकी पड़ी थी।

''मुझे नींद ही नहीं आती दिखाई देती'', वह भिनभिनाया, हालाँकि उसकी आँखें मुश्किल से खुली रह पा रही थीं। ''चलिए न, शतरंज की एक बाज़ी हो जाय, क्यों?''

मिलादा ने बिना कुछ कहे उसकी ओर देखा।

''बैठो,'' आखिर उसने कहा। ''बैठो, अगर चाहते हो तो तुम्हारे साथ एक बाज़ी खेल ही लूँ।''

लाल बालोंवाला अमरीकन

अब मैं आपको यह बतलाना चाहती हूँ कि मिलादा की पहली मुलाकात जैकी ग्लीन से किस प्रकार हुई। मुलाकात हुई प्राग के पास के ही एक पुराने महल में।

इसके पहले आइए, ज़रा याद करें कि उन शानदार दिनों में प्राग में क्या-कुछ हो रहा था। मकानों के बारजों और नल-पाइपों से फूलों के बन्दनवार झूल रहे थे। फाटकों और दरवाजों पर देश-देश के झंडे लहरा रहे थे। जगह-जगह लोग नाच, गा और कविताएँ पढ़ रहे थे। कोना-कोना संगीत से बज रहा था...

सेर्गेइ और ओल्गा को मिलादा के घर से गए एक ज़माना बीत चुका था। इसके बाद मिलादा एक बार भी बेर्नार्तोव छोड़कर कहीं ओर नहीं गई। पर, विश्व-युवक-समारोह का अवसर आया तो उसकी बहन ने बड़ा आग्रह किया, और उसे प्राग जाना पड़ा। वहाँ उसने प्रदर्शनी देखने और एक-दो कान्सर्टों में जाने के बाद ही बेर्नार्तोव लौटने की बात सोची, पर योजना मनचीते ढंग से चली नहीं।

एक दिन उसने एक प्रसिद्ध सोवियत वायोलिन वादक के एक हॉल में कान्सर्ट देने की बात सुनी, पर चेष्टा करने पर भी टिकट उसे किसी तरह नहीं मिला। तो, काफी शाम ढल जाने पर वह उस विशेष स्क्वायर में जा पहुँची। वहाँ लम्बे-चौड़े कान्सर्ट हॉल की पेशानी रोशनी से जगमगा रही थी और किनारेवाले दरवाजे के पास जवानों की भीड़ की भीड़ खड़ी वायोलिन-वादक के बाहर निकलने की बड़ी उत्सुकता से राह देख रही थी। बस, तो मिलादा भी इसी मेले में शामिल हो गई।

आखिरकार कोनेवाला दरवाजा खुला और प्रसिद्ध वायोलिन-वादक बाहर आया। भीड़ ने दूसरे ही क्षण उसे घेर लिया :

''ब्रवीस्सिमो,'' इटैलियनों के स्वर गूँजे।

''बिस!'' फ्रेंचों ने ज़ोर से कहा।

दूसरी ओर जिन लोगों को कान्सर्ट-हॉल के टिकट न मिल सके थे और जो सारी शाम सड़क की बिजली के स्तम्भों के नीचे खड़े रहे थे, उन्होंने भाग्यवान श्रोताओं से कहीं अधिक ज़ोर से तालियाँ बजाईं।

फिर तो जैसे चमत्कार ही हो गया—वायोलिन-वादक ने अपना वायोलिन निकाला और उसका सिरा अपनी ठोढ़ी के निचले हिस्से में जमाया, जैसे कि वह अपने-आप ही वहाँ जा जमा। वायोलिन-वादक हाथ में गज साधे कुछ देर तक रुका रहा। इसके बाद उसने तारों से छेड़ शुरू कर दी।

वायोलिन-वादक बजाता गया और सारा स्क्वायर साँस साधकर सुनता गया। हर तरफ मौन का राज्य हो गया। इस बीच केवल आसमान में इस पार से उस पार उड़ते एक जहाज की घरघराहट सुनाई दी। जहाज की रोशनियाँ दूर से लौ दे रही थीं, और वह इस तरह शान से, एक-अकेला हवा की लहरों पर पर तोलता चला जा रहा था, जैसे कि कोई टूटता हुआ सितारा हो।

... फिर सवेरा हुआ और सारे दिन मिलादा प्राग की सड़कों पर चक्कर लगाती रही। हर नया दिन आता और उसे कुछ न कुछ नया और ताज़ा ही दे जाता।

एक दिन माला स्त्राना की गलियों में उसकी भेंट तीन सोवियत लड़कियों से हुई तो वह उनसे बातें करने को ठिठक गई। उसे सबसे छोटी, दुबली-पतली, झलाझल आँखों और सुनहरे बालोंवाली लड़की बहुत पसन्द आई। लड़की का नाम नताशा था और वह स्तालिनग्राद के एक स्कूल में अंग्रेजी पढ़ाती थी। उसकी चमचमाती आँखों, सहज स्नेह से सनी मुस्कान, और पतले, धूप से श्यामल हाथों के हिलने-डुलने में ऐसा कुछ कोमल-कोमल सा था कि व्यक्ति के मन में उसके प्रति यों ही विश्वास सा जग उठता था।

मिलादा की निगाह पहली बार नताशा पर पड़ी तो वह एक बेंच पर बैठी, जूते उतारकर लाल, छिल गए पैरों के गुलाबी अँगूठे ऐंठती नजर आई। परन्तु, उसने एक अनजानी, बुजुर्ग महिला को अपनी ओर देखते देखा तो कुछ परेशान सी हो उठी, पैर जूतों में डाल लिए और मुस्कराने लगी। पाँच मिनटों के अन्दर ही अन्दर मिलादा और नताशा जाने कब की जानी-पहचानियों की तरह घुट-घुटकर बातें करने लगीं। फिर मिलादा ने अपने लम्बे-चौड़े हैंडबैग से गाज निकाला और लड़की के घायल पैरों की मरहम-पट्टी कर डाली। इसके आधे घंटे बाद वह तीनों लड़कियों की पथ-प्रदर्शिका बनी उन्हें माला स्त्राना दिखलाती नजर आई।

अन्त में वे एक-दूसरी से अलग हुईं तो तय पाया गया कि कल मुलाकात प्राग के पास के एक पुराने महल में होगी।

... मिलादा कवचधारी वीर की मूर्ति की बगल में खड़ी होकर अपनी युवा सखियों की राह देखती रही कि आखिरकार उसकी नजर सोवियत

लड़कियों पर पड़ी। उनके साथ दिखा हलके रंग की जैकेट पहने, लाल बालोंवाला, लम्बे क़द का कोई तरुण-गर्दन लम्बी और हाथ हेंगी के से। सबके आगे-आगे क़दम बढ़ाती और बातें करने के लिए अपना मुस्कराता हुआ चेहरा रह-रहकर तरुण की ओर मोड़ती दिखा मनोहर, सरपत सी दुबली-पतली लड़की-बाल सुनहरे से, पीछे जूड़ा। मिलादा के आश्चर्य का ठिकाना न रहा। उसने पहचाना। वह निकली उसके पुराने मित्र, ताबोर के अस्पताल के सर्जन की बेटी ईर्ज़िन्का।

"हलो, बड़े म्याँ!" लाल बालोंवाले तरुण ने वीर की मूर्ति के लोहे से मढ़े पेट पर हाथ मारते हुए अंग्रेजी में कहा। ईर्ज़िन्का खुशी से खिलकर हँसने लगी।

"अमरीकन है," मिलादा ने सोचा। "शायद दक्षिणी भाग का है। स्वराघात से तो ऐसा ही मालूम होता है।"

उसे ईर्जिन्का को आवाज़ देनी चाही पर लड़की निकल गई और उसने उसे देखा ही नहीं। इस पर अचूक, स्त्रियोचित अन्तर्बोध के सहारे मिलादा को लगा कि इस समय ऊँची आस्तीनों की जैकेट पहने, लाल बालोंवाले लड़के के सिवाय ईर्ज़िन्का और कुछ देख ही नहीं सकती।

नताशा मिलादा के पास दौड़ी आई, और उसका हाथ अपनी खुश्क, गरम हथेलियों के बीच लेते हुए बोली : "मैं कितनी खुश हूँ! .. मैं कितनी खुश हूँ कि आप आ गई हैं! अब तो आप हमारे साथ चलेंगी न? हमारे साथ एक बहुत ही अच्छा गाइड है। वह हमें घुमा-घुमाकर सारा महल दिखलाएगा..."

"ज़रा रुको, मेरी बात सुनो.." मिलादा बोली। "मान लो कि गाइड के बजाय मैं ही तुम्हें सारा महल दिखला दूँ। मैं तो इसके कोने-कोने से परिचित हूँ।"

मिलादा गाइड की तरह ही, श्वत्रसेनबेर्ग-वंश की कई-कई पीढ़ियों की उस प्राचीन इमारत के अनगिनत कमरे उन लड़कियों को दिखलाने लगी।

उन्होंने खाने का बड़ा कमरा देखा। कमरा रोमन-कैथोलिक गिरजे जैसा था, कमरे में मेज सजी हुई थी और मेज पर बेशकीमती तश्तरियाँ रक्खी हुई थीं। सारा कुछ श्वत्रसेनबेर्ग-वंश की अन्तिम दावत के 72

व्यक्तियों के लिए सजाया गया था, पर मेहमान थे कि कभी आए ही न थे...

मिलादा की टोली में जल्दी ही दूसरे प्रतिनिधि-मंडलों की स्त्रियाँ और पुरुष आ मिले, यानी फ्रेंच, स्वेड, अर्जेंटाइनी, और साड़ियों में शोभा से लौ देती भारतीय नारियाँ।

मिलादा ने यह बात पहले ही अनुभव कर ली कि उसकी सोवियत सखियाँ संग्रहालय में दिलचस्पी तो लेती रही थीं, पर श्वत्र्सेनबेर्ग महल का अब जनता की सम्पत्ति होना उन्हें कोई असाधारण बात न लग रही थी, क्योंकि इस तरह की बातों से तो वे अपने बचपन से परिचित रही थीं। पर, अमरीकी जब तब ही किसी प्राचीन सिद्ध कलाकार की मूर्ति, कांस्य-कृति या चित्र का मूल्य पूछता और क्षण प्रतिक्षण अधिक से अधिक गम्भीर होता जाता और विचारों में डूबता जाता।

उसकी मुर्गे की सी पतली गर्दन, मधुर मुस्कान और जंग के से दाग़ों से भरी आँखों को पढ़ती हुई सी मिलादा ने सोचा : "आखिर यह है कौन? करता क्या है? रोटी कैसे कमाता है?"

यह विचार मिलादा के मन में बिजली की तरह कौंधा, पर उसने उसे दूसरे ही क्षण अपने दिमाग़ से उतार दिया। बात यह थी कि जब उसके सामने सौन्दर्य होता था तो उसका सारा तन-मन आनन्द से विभोर हो उठता था, और ऐसी ही अनुभूति उसे इस समय हो रही थी।

मिलादा की सखियों पर कला की जो प्रतिक्रिया हो रही थी, उससे उसे बड़ी प्रसन्नता का अनुभव हो रहा था। उन लड़कियों में दो लेनिनग्राद की थीं, और वे हरमीताज़-संग्रहालय से भली भाँति परिचित थीं। नताशा अवश्य ही स्तालिनग्राद से बाहर जीवन में पहले कभी न निकली थी, पर उसके हृदय में चित्रों के लिए वही भावना थी जो काव्य या संगीत के लिए। वह चिड़िया की तरह अपना सिर एक ओर को किए, सकुचती हुई सी किसी भी चित्र के पास जाती, बहुत देर तक उस पर दृष्टि गड़ाए रहती, और जो कुछ देखती या देख सकती वह उसे इतना ताज़ा और अप्रत्याशित लगता कि आश्चर्य में पड़ जाती।

लाल बालोंवाला अमरीकन भी हाथ अपनी जेबों में डाले चित्रों के सामने ठिठकता, उनका ध्यान से अध्ययन करता और, मुँह से बिना एक शब्द कहे, आगे बढ़ जाता। इस प्रकार वह पूरा कलाप्रेमी लगता और ऐसा कलाप्रेमी लगता कि कोई न मानता तो मिलादा इस सम्बन्ध में शर्त बदने तक को तैयार हो जाती। पर, उसके साथ ही मिलादा की समझ में यह न आता कि चित्रों को देखते समय कैसे और क्या विचार उसके दिमाग में आते हैं, कौन सा चित्र उसके हृदय पर प्रभाव डालता है, और कौन सा उसे बिलकुल अछूता छोड़ देता है...

"जैकी, सुनो, तुम्हें यह मूर्ति पसन्द है? लेकिन, देखो, इतनी कृपा करना कि इसकी क़ीमत मुझसे न पूछना!" नताशा ने कहा और मुस्करा दी।

जैकी ने उसी तरह हँसते हुए उत्तर दिया : "यही सवाल न पूछने की कोशिश तो मैं इतनी देर से कर रहा हूँ, पर जानती हो, सवाल है कि रह-रहकर होठों पर आ ही जाता है..."

"ओह!" नताशा ने जैसे अपनी ग़लती समझकर, हाथ बजाते हुए कहा : "मैंने आपका परिचय नहीं कराया। यह जैकी ग्लीन है। कल खेलकूद-समारोह के समय इनसे मेरी भेंट हुई ... और जैकी, यह है डॉक्टर मिलादा त्रान्तीनोवा। बेर्नार्तोव से आई है।"

"कैसी हैं आप?" जैकी ने खुशी से खिलते हुए मिलादा की ओर देखा। मिलादा के मन को जो प्रश्न इतनी देर से मथ रहा था, वह उसने दूसरे ही क्षण शब्दों में बाँध दिया : "क्षमा कीजिएगा, आप करते क्या हैं?"

"मैं फ़ौजी रहा हूँ", जैकी ने शान्त भाव से उत्तर दिया। मिलादा के बदन में कँपकँपी दौड़ गई। शब्द ऐसे लगे जैसे कि प्रकाश और शान्ति से भरे उस हॉल में किसी ने गोली दाग दी हो।

मिलादा हाँफते हुए इस तरह जहाँ की तहाँ जड़ी रह गई जैसे कि आसपास की हवा सहसा ही किसी ने उससे छीन ली हो। जैकी खड़ा होकर उसकी ओर कुतूहल से देखने लगा। उसकी समझ में न आया कि कला के विषय में इतना कुछ जाननेवाली इस भली, बुजुर्ग महिला को अचानक ही यह हुआ क्या?

अपनी दक्षिणी, खिंची आवाज़ में उसने सहज भाव से बात दोहरायी : ''जब तक लड़ाई चली, तब तक मैं फौजी रहा। मैं स्कूल छोड़ते ही सीधे फौज में शामिल हो गया और मैंने कोई दूसरा पेशा या धन्धा नहीं अपनाया। मैं एलबा के मैदान में लड़ा और वहीं घायल हुआ। इस समय मैं न्यूयार्क के एक छोटे थिएटर में काम करता हूँ। वैसे तो दक्षिण का हूँ, पर पिछले दो वर्षों से न्यूयार्क में रहता हूँ।''

''अच्छा, तो लड़ाई खतम होने के बाद आप अभिनेता बन गए?'' मिलादा ने धीरे-धीरे, नए सिरे से आपे में आते हुए पूछा।

जैकी कहता गया : ''हमारा थिएटर छोटा सा है। हम सब कार्यकर्ताओं की गिनती 26 है और इस गिनती में रंगमंच-कार्यकर्ता, डाइरेक्टर और बाक्स आफिस-क्लर्क भी शामिल हैं।''

''आपके थिएटर के खेलों की सूची में कौन-कौन से नाटक हैं?'' मिलादा ने पूछा।

जैकी हँसा।

''मेरे इस सवाल में हँसने की ऐसी बात क्या है?'' मिलादा ने थोड़ा खीझते हुए पूछा। इस बीच वह पूरी तरह प्रकृत हो गई और धूप के चश्मे के शीशों के बीच से जैकी की ओर ध्यान से देखने लगी। जैकी इस भली, बूढ़ी महिला को लेकर फिर उलझ गया। उसका चेहरा लाल हो उठा। बोला : ''क्षमा कीजिए—कोई अमरीकन होता तो पहले मुझसे यह पूछता कि उस थिएटर में सीटें कितनी हैं या मेरी तनख्वाह कितनी है ... यही कारण है कि...''

वह क्षण भर को चुप हो गया। फिर बोला : ''इन दिनों हम आर्थर मिलर का एक नया नाटक प्रस्तुत कर रहे हैं। इसके पहले हमने चेखोव का 'तीन बहनें' नामक नाटक खेला था। स्वयं मुझे चेखोव बड़ा पसन्द है।''

जैकी विचारों में डूबते हुए अपनी ठोढ़ी खुजलाने लगा। कहने लगा : ''आप जानती हैं, हमारा थिएटर आपके थिएटरों जैसा नहीं है। उसकी तुलना आपके छोटे से छोटे थिएटर से भी नहीं की जा सकती। हम छोटी

सी, लोगों से ठसाठस भरी जगह में काम करते हैं। लेकिन इस पर भी हमें इससे कोई परेशानी नहीं होती! मिसाल के तौर पर अगर किसी अभिनेता को रंगमंच छोड़कर एक दरवाज़े से निकलना और दूसरे से अन्दर आना होता है तो उसे दूसरी ओर पहुँचने के लिए सड़क पर आकर इमारत के चारों ओर दौड़ लगानी पड़ती है। सड़क के लोग इसके आदी हो गए हैं और किसी भी अभिनेता को चेहरा रँगे-चोंगे, बनावटी बाल लगाए, अच्छे-बुरे सभी तरह के मौसमों में दरवाज़े-दरवाज़े का चक्कर लगाते देखकर अब उन्हें हँसी नहीं आती। इसमें उन्हें मज़ाकिया जैसा कुछ भी नहीं लगता। हॉल असुविधाजनक है और रंगमंच भी छोटा है... लेकिन लोग हैं कि हमारे खेल देखने आते ही हैं,'' जैकी के चेहरे पर चमक दौड़ गई। ''वे आते हैं क्योंकि हम उन्हें वह दिखलाते हैं जो उन्हें कहीं और देखने को नहीं मिलता। अभिनेता हमारे थिएटर में आते हैं क्योंकि वे अच्छे नाटकों में हिस्सा लेना चाहते हैं। फिर 'बड़े म्याँ' के साथ काम करना... यही अपने आप में काफ़ी बड़ी बात है!''

''यह 'बड़े म्याँ' कौन हैं?''

''एडविन ब्राउटन को हम इसी नाम से पुकारते हैं। वे हमारे थिएटर की बड़ी हस्ती हैं। वे संस्थापक हैं, वे निर्देशक हैं, वे प्रोड्यूसर हैं और वे अभिनेता हैं। बड़े ही प्रतिभाशाली आदमी हैं,'' जैकी ने अधिक से अधिक उत्साह में आते हुए कहा।'' वैसे काम कुछ आसान नहीं है—बहुत कुछ सहना और पचाना पड़ता है। पर हम एक श्रृंखला में जुड़े रहते हैं। बात यह है कि हमारे जैसे थिएटर में एक सूत्र में बँधा न रहा जाए तो काम ही नहीं हो सकता।''

जैकी ने फिर अपनी ठोढ़ी खुजलाई और फिर विचार-विमग्न होते हुए बोला: ''आज का आदमी एकाकीपन से डरता है। वह सदा दूसरों के साथ एक समूह में रहने की कोशिश करता है। लोग कहते हैं कि यह प्रवृत्ति कुछ आर्थिक नियमों आदि-आदि का परिणाम है। लेकिन आप तो जानती ही हैं, इस विषय में स्वयं मेरे लिए अपनी ओर से कुछ कहना कठिन है!'' जैकी ने अपने हाथों से अपनी विवशता प्रकट की: ''राजनीति में मुझे कोई दिलचस्पी नहीं!''

''इस पर भी जैकी को यह पता है कि समूह या समाज बनाकर ही रहना चाहिए,'' नताशा धीरे से बोली। ''थोड़ा समय चाहिए, बस, फिर बाक़ी बातें भी उसकी समझ में क़ायदे से आने लगेंगी...''

''आपके थिएटर के और दूसरे अभिनेता जीवन के किन-किन क्षेत्रों से आए हैं?'' मिलादा ने पूछा।

''कैसे बतलाऊँ मैं आपको? कुछ लोग ऐसे हैं जिन्होंने लड़ाई में हिस्सा लिया है। बाक़ी लोग अपेक्षातया पुरानी पीढ़ी के हैं। खास बात यह है कि वे सभी आज के अधिकांश लोगों की तरह हैं—बेचैन और डगमग। सच तो यह है कि उनमें से एक भी आदमी यह नहीं जानता कि अगर उसका यह थिएटर बन्द हो जाए तो वह करे क्या? वैसे मेरे पास भी इस सवाल का कोई जवाब नहीं है। यह है कि अब तक हम काम करते जा रहे हैं, और अपना थिएटर हमें पसन्द है। यही ऐन ग़नीमत समझिए!''

मिलादा की निगाहें ईर्ज़िन्का को खोजने लगीं। वह स्थिर खड़ी, जैकी को एकटक देखती नज़र आई। उसके गुलाबी होंठ बीच से फटे नज़र आए और उसकी आँखों से, वियोग की अनिवार्यता का अनुभव करनेवाली नारी की उदासी झाँकती लगी।

''हे भगवान!'' मिलादा ने सोचा। ''यह बित्ता बराबर लड़की उस हट्टे-कट्टे दैत्य से आदमी की रक्षा करना चाहती है! वह उसकी सहायता करना चाहती है! संकट के समय उसके दाहिने आने को उत्सुक है!''

''मित्रो!'' मिलादा बोली। ''आइए, कहीं चलकर थोड़ा बैठ लें। सड़क पर आगे बढ़ने पर एक छोटा सा रेस्तराँ है। बड़ी ही अच्छी जगह है। आइए, मैं आपको चेक 'क्नेडलिकी' खिलाऊँगी।''

कुछ क्षणों बाद ही सभी लोग रेस्तराँ में आ जमे।

''तो जे साउद्रूज़्की ज़ सोव्यहत्स्कोहो स्वाज़ू!'' वह मेज़ सजानेवाले मोटे-तगड़े बैरे से बोली। ''हाँ, हाँ, यह सोवियत संघ से आई सखियाँ हैं, और वह तरुण अमरीका का है। उसने हमारी क्नेडलिकी कभी चखी तक नहीं—सोच सकते हो तुम!''

फिर, अपने हाथों से ठोढ़ी सीधे वह दूसरों को देखती रही। मन ही मन सोचा : ''बच्चे हैं यह ... यह वे सयाने बच्चे हैं जो लड़ाई के दौर के बीच से गुज़रे हैं...''

जैकी ने तीसरी बार बीयर से अपना तम्बा भरा। इस बीच वह ज़रा-ज़रा नशे में आ गया। उसकी आँखें चमकने लगीं और गाल तमतमा उठे। मेज़ के नीचे अपने लम्बे पैर फैलाए वह पीछे हटकर बैठा और जैसे उद्घोषणा करते हुए बोला : ''आपको पता है, रूसी मुझे बहुत पसन्द हैं। लड़ाई के ज़माने में कितनों ही से मिलने का मौक़ा मिला। सभी बड़े अच्छे लोग थे। लेकिन वे मुझे यह समझाने की कोशिश क्यों करते हैं कि उनके देश की हर चीज़ हमारे देश से अच्छी है? वे हमेशा अपना प्रचार मुझ पर लादते क्यों हैं? मुझे राजनीति से कोई दिलचस्पी नहीं। मैं एक अभिनेता हूँ, और बस! राजनीति से मुझे कुछ भी लेना-देना नहीं। फौजी सिपाही था तो भी राजनीति से मेरा कोई सम्बन्ध नहीं था, और आज नहीं हूँ तो भी नहीं है। वैसे ही राजनीति को भी मुझसे कुछ निस्बत नहीं!''

उसने अपने तम्बे में थोड़ी बीयर और उँडेली।

''लेकिन कोई चीज़ ऐसी भी होती है जो राजनीतिक दृष्टिकोणों के बावजूद लोगों को एक सूत्र में पिरोती है,'' मिलादा ने गम्भीरता से कहा।

''मेरा सम्बन्ध किसी पार्टी से नहीं,'' जैकी ने उद्दंडता से कहा और बीयर की चुस्की ली। ''मैं अभिनेता हूँ और कुछ नहीं। राजनीति मेरा विषय नहीं है।''

नताशा सहसा ही बहुत गम्भीर हो गई, बोली: ''जैकी सुनो, लड़ाई के दिनों में मैं किसी मोर्चे पर तो नहीं गई, पर स्तालिनग्राद के घेरे में दिन मैंने भी देखे हैं। हमारा परिवार बड़ा था—पिता, माता, दादी और मेरे तीन भाई... पर सब के सब मारे गए और मैं अकेली रह गई...''

नताशा की आवाज़ बदल गई, जैसे कि गला रुँध गया हो—अजीब से, धीमे, भर्राए हुए स्वरों में कहती गई, ''देखा तुमने, इस पर भी लड़ाई ने कोई अन्तर नहीं किया—बूढ़े-सयाने रास्ते में आए तो एक बात और बच्चे बीच में पड़े, तो एक बात! लड़ाई का असर सब पर समान रूप से पड़ा। और, जैकी, जानते हो, अगर दुनिया में फिर लड़ाई छिड़ी तो एटम बम किसी से नहीं पूछेंगे कि तुम कम्युनिस्ट हो या तुम किसी भी पार्टी के सदस्य नहीं हो, तुम नास्तिक हो या परमात्मा में विश्वास करते हो। समझे न!''

“ठीक है,” जैकी ने थोड़ी और बीयर उँडेलते हुए कहा। “मैं इस बात को लेकर कोई बहस करने नहीं जा रहा। मैं फ़ौजी हूँ, पर मैं लड़ाई के खिलाफ़ हूँ। बस, इतनी कृपा करो कि मुझ पर अपना प्रोपैगैंडा मत लादो। पता नहीं क्यों, मुझे यह बिलकुल नहीं भाता... अपनी बीयर तो खत्म करो! ठंडी जगह में बैठकर बीयर की चुस्की लेने में मुझे बड़ा ही रस आता है।” उसने दूसरों की ओर देखा: “आप सब बड़े अच्छे लोग हैं!” अपने स्वरों में थोड़ा अनिश्चय घोलते हुए बोला: “चेक सभी अच्छे होते हैं और इसी तरह रूसी भी। मुझे बड़ी खुशी है कि मैं यहाँ आया। बस, इतना रहम करो कि प्रोपैगैंडे से मेरी जान बचाए रहो!”

उसने ठंडी बीयर के कारण बाहर से नम बोतल उठाई और उसे एकटक देखता रहा।

“अब चलना चाहिए,” उसने उदास स्वरों में कहा और बोतल फिर मेज पर रख दी। “मुझे आज शाम को यूनिवर्सिटी के कान्सर्ट में हिस्सा लेना है—अगर ऐसा न होता तो मैं आप लोगों के साथ यहाँ और बैठता। आप सब बड़े ही अच्छे लोग हैं ... ईश्वर जानता है, सचमुच बड़े ही भले लोग हैं आप सब!”

इस तरह उस दिन मुलाकात समाप्त हुई। इसके बाद भी मिलादा अपनी सोवियत सखियों, ईर्जिन्का और जैकी से कई बार मिली। उसने कान्सर्ट में उनके प्रदर्शन देखे, कार्नीवाल में उनके साथ शामें बिताई और प्राग के ऐसे धराऊ और किनारे पड़े हिस्से उन्हें दिखलाए, जिनकी जानकारी वहाँ के ठेठ रहने-बसनेवाले को ही हो सकती है।

आखिरकार जुदाई का दिन आया। सबसे पहले जैकी के जाने की बात आई। मिलादा उसे विदाई देने स्टेशन गई। पर, वहाँ उसे ढूँढ़ने में उसे काफी कठिनाई हुई। वह एक डिब्बे के दरवाजे पर खड़ा दीख पड़ा। मिलादा पर नज़र पड़ते ही उसके चेहरे पर जैसे चमक दौड़ गई।

“कैसी हैं आप?” वह इतने ज़ोर से चिल्लाया कि आवाज़ सारे प्लैटफाँर्म में गूँज गई। मिलादा को वह फिर नशे में लगा। बोला: “मैं तो बड़ा डर रहा था कि शायद आप नहीं आएँगी!”

“यानी तुम्हें डर था कि मैं नहीं आऊँगी?”

''हाँ, आखिरकार इतना तो आप अब तक कर चुकी हैं मेरे लिए। मैं आपका बड़ा ही आभारी हूँ। आपने प्राग की ऐसी-ऐसी अद्भुत चीज़ें दिखलाई हैं मुझे! आप न होतीं तो इनमें से एक भी शायद मैं न देख पाता। आप बहुत अच्छी हैं। सचमुच आप जानती नहीं कि आप कितनी अच्छी हैं!''

''हे भगवान, अभी कितनी कम उम्र है तुम्हारी। अभी तो बिलकुल बच्चे हो तुम!'' मिलादा बोली।

''आप जानती हैं, आप बिलकुल मेरी माँ जैसी हैं। मैं घर पहुँचता हूँ तो वे खिड़की से चेहरा बाहर निकालकर चीखती हैं, 'जैकी, देखकर आना... दाहिनी तरफ़ एक खड्ड है... कहीं उसमें गिर न पड़ना...' आखिरकार तो मैं लड़ाई में रहा, और लड़ाई न तो कोई सैर-सपाटे का सरंजाम होती है और न ही कोई घुड़दौड़ का मेला। लड़ाई तो लड़ाई ही होती है। सो, वहाँ मैं बुरी तरह घायल हो गया तो मेरी माँ को भी कुछ कम परेशानी नहीं हुई। मुझे छोड़कर और उनके कोई नहीं है। पिता का देहान्त कई वर्ष पहले हो चुका है। श्रीमती त्रान्तीनोवा, मेरा ख्याल है कि आपके कोई बच्चा नहीं है, इसलिए आप अनुभव नहीं कर सकतीं कि किसी फ़ौजी की माँ होने के मानी क्या होते हैं!''

''ठीक कहते हो,'' मिलादा बोली, ''मेरे कोई बच्चा नहीं है।''

''देखा न आपने, मैंने ठीक ही समझा। परन्तु, आप अनूठी हैं। मेरी माँ आपको देखें तो बहुत ही पसन्द करें। वे भी अद्भुत हैं। मैं उनके लिए प्राग से कोई भेंट लेना चाहता था, पर बहुत बुरी बात है कि यहाँ उलझा इतना रहा कि समय ही नहीं मिला।''

''कोई बात नहीं,'' मिलादा ने एक बंडल जैकी की ओर बढ़ाया। ''यह है तुम्हारे और तुम्हारी माँ के लिए।''

''ओह!'' जैकी ने बंडल खोलते हुए प्रसन्नता से कहा। ''यह आपने खुद ही बुना होगा। बड़ी ही कृपा है आपकी! बहुत-बहुत धन्यवाद। पर, इसे लेना मुझे पसन्द नहीं...''

''जैकी, प्यारे बेटे, तुम कुछ अधिक पीने के आदी तो नहीं हो गए?''

जैकी डिब्बे की सीढ़ियों पर बैठ गया : ''काश आप जानतीं कि

कैसा लग रहा है मुझे! मैं पीता रहा हूँ, क्योंकि मेरा चित्त बहुत ही बेचैन है। दुनिया की सबसे प्यारी लड़की से भेंट हो और फिर अलगाव हो जाए, शायद हमेशा-हमेशा के लिए-ज़रा सोचिए तो! आप जानती हैं इसके मानी क्या होते हैं?'' जैकी बुरी तरह अपनी ठोढ़ी रगड़ने लगा : ''लेकिन, आप ठीक कहती हैं। मैं पी बहुत गया हूँ। यह पीना भी मैंने लड़ाई के ज़माने में ही सीखा। वहाँ आदमी पिए नहीं तो काम चलाना मुश्किल हो जाए। सो, काम चलाना आसान इस समय भी नहीं है।''

जैकी कहता गया, ''आपने मेरा मतलब समझा? देखिए न, वह आई नहीं। यही उसने कहा भी था। उसने कहा था कि मैं स्टेशन नहीं आऊँगी। ईर्ज़िन्का बड़ी स्वाभिमानी है। बित्ते भर की तो लड़की है, मगर अभिमान इतना अधिक। अगर मैं उससे कह देता कि आओ, मेरे साथ चलो, तो सब कुछ ठीक हो जाता। कुछ लोग बड़े भाग्यवाले होते हैं। वे अपने मन की लड़की से मिलते हैं, उसे प्यार करते हैं और कहते हैं : 'आओ, मेरे साथ आओ... हम अब जीवन भर एक साथ रहेंगे...' पर, मैं भला क्या कह सकता हूँ? मेरे पास है क्या?''

जैकी सहसा ही उछल पड़ा। ''शायद यह सब मेरे दिमाग की उपज है।''

उसी समय तीनों रूसी लड़कियाँ और ईर्ज़िन्का प्लैटफॉर्म पर झपटती नज़र आईं। ईर्ज़िन्का हाथ में गुलाब का एक गुच्छा लिए दौड़ती और अपना लाल-सुर्ख चेहरा गाड़ी की खिड़की-खिड़की में डालकर झाँकती।

जैकी उसकी ओर लपका। दोनों एक-दूसरे की ओर इस तरह बढ़े जैसे हवा से पूरी तरह फूले पालोंवाली दो डोंगियाँ, जैसे आसमान में एक-दूसरे से मिलनेवाले दो पंछी। वे डिब्बों के पास से गुज़रे, मिलते-बिछड़ते लोगों की बगल से निकले। पर, उन्होंने अपनी राह में कुछ नहीं देखा—उन्हें कोई नज़र नहीं आया।

होते-होते गाड़ी छूटने को केवल कुछ क्षण बाकी रह गए...

गाड़ी चलने लगी। खिड़कियों से आनेवाले संगीत के स्वर बाहर गूँजे। रूमाल हवा में लहराए...

अलविदा, जैकी, अलविदा!...

... मिलादा बस पर सवार हुई, शाम होते-होते बेर्नार्तोव आ गई और बस के अड्डे से घर की ओर इस तरह लपकी जैसे कि कोई वहाँ उसकी राह देख रहा हो।

पानी ग्रबत्सोवा द्वारा दालान की मेज़ पर रक्खी डाक और समाचार-पत्र क़ायदे से लिपटे-लिपटाए नज़र आए।

पत्रों में एक पर सोवियत टिकट लगे दिखे। मिलादा दुलार से भरकर बोली : ''यह पत्र सेर्गेइ का है। बड़ा अच्छा लड़का है। जब-तब ही चिट्ठी डाल देता है।''

पत्र पढ़ना शुरू किया : ''प्यारी माँ मिलादा यानोव्ना, इन दिनों मौसम बड़ा ही शानदार है। हमें बड़ा मज़ा आ रहा है। बगियों में फल पक रहे हैं। फ़सल इस साल अतिरिक्त हुई है। यहाँ तक कि बम से घायल जगह में हमने जो सेब के पेड़ लगाए थे, उनमें भी पहले फल आने लगे हैं। कल मुझे ओल्गा से पत्र मिला है। इस समय वह स्वेर्दलोव्स्क में है।''

''ठीक है ... ठीक है,'' मिलादा पत्र पढ़ते समय होंठों ही होंठों बुदबुदाती रही। साफ़ गोल अक्षरोंवाली लिखावट पढ़ने में उसे किसी तरह की कोई कठिनाई न हुई और वह रह-रहकर सहमति से सिर हिलाती रही। ''हाँ-हाँ!''

पर, सहसा ही वह चैंक सी पड़ी और अपनी आँखों पर विश्वास न करते हुए अन्तिम पंक्तियाँ उसने दोहरा-दोहराकर कई बार पढ़ीं : ''पिछले कुछ दिनों से मेरी तबीयत ठीक नहीं है। मैं डॉक्टर के पास गया तो उन्होंने कहा कि मेरे एक फेफड़े में तपेदिक की प्रक्रिया शुरू हो गई है, और इसका कारण ज़ख्म है। आखिरकार मुझे अस्पताल जाना पड़ा। कल सहसा ही मेरे गले से खून आना शुरू हुआ तो सारी रात आता रहा। निश्चय ही मैं इसके विषय में ओल्गा को न लिखूँगा। आपको लिख रहा हूँ क्योंकि मैंने आपसे कभी कुछ न छिपाने का वायदा किया है। इस समय तो खून बन्द है, पर पता नहीं क्यों, कमजोरी बहुत अनुभव कर रहा हूँ। संक्षेप में यह कि स्थिति चिन्त्य है। डॉक्टर का कहना है कि बीमारी बहुत तेज़ी से बढ़ रही है। ईश्वर ही जानता है कि क्या होगा। लोग कहते हैं कि एक नई दवा ऐसी है जिससे इस बीमारी की बाढ़ फौरन रुक जाती है, पर यह दवा

हमारे यहाँ अभी नहीं बनती। यह केवल अमरीका में मिलती है। मैं नहीं जानता कि बात ठीक है या नहीं, पर ठीक हो तो अमरीका से मँगाना मेरे लिए मुमकिन नहीं, इसलिए इसका सवाल ही नहीं उठता।

मोटे तौर पर यह कि कमज़ोरी के अलावा और मैं ठीक ही हूँ। शाम को तापमान बढ़ जाता है। टेकनिकल स्कूल के साथी हर शाम को देखने आते हैं। अस्पताल अच्छा है। आप मेरे कारण बहुत परेशान न हों, माँ मिलादा..."

"... डॉक्टर कहाँ दौड़ी जा रही है?" पानी ग्रुबत्सोवा ने खिड़की से बाहर देखते हुए अपने पति से कहा : "ऐसी गलन है, शाम का वक्त है और उन्होंने कोट तक बदन पर नहीं डाला है ... हे भगवान, वे तो बस पर सवार हो रही हैं... अभी-अभी तो आई हैं और अभी फिर कहीं चली जा रही हैं!"

मिलादा एक सप्ताह तक बेर्नार्तोव नहीं लौटी। इस बीच वह हर दिन अपना मन प्रबोधती : "मेरे पत्र के न्यूयार्क पहुँचते-पहुँचते और फिर जैकी के जवाब देते-देते समय तो लगेगा ही।"

एक दिन मिलादा अपने काम में व्यस्त रही कि फाटक खुला। उसने मुड़कर देखा तो बूढ़ी डाक बाँटनेवाली आती दिखलाई पड़ी।

पत्र लिया, काँपते हाथों से खोला और पढ़ने लगी : "प्रिय श्रीमती त्रान्तीनोवा, जो घटना जैसे घटी, मैं उसे ठीक उसी क्रम से आपके सामने रख रहा हूँ।

"उस दिन भी मैं सदा की भाँति ही थिएटर गया और हर चीज़ मुझे जैसी की तैसी मिली। हमारी बॉक्स-ऑफ़िस क्लर्क किसी से टेलीफ़ोन पर बातें करती दीख पड़ी। बाद में उसने मुझे आपका पत्र दिया।

"पत्र मैंने एक बार पढ़ा। फिर दुबारा पढ़ा। और रिहर्सल शुरू होने में देरी देख दौड़ा-दौड़ा नुक्कड़ की दवा की दूकान में गया। आपकी लिखी दवा तो वहाँ नहीं मिली पर उसकी क़ीमत लोगों ने ज़रूर बता दी। वापस लौटा तो मैंने 'बड़े म्याँ' को आपे से बाहर पाया। जहाँ तक मेरा सवाल है, सिर्फ़ आपके पत्र की बात दिमाग में चक्कर काटती रही, अतएव, रिहर्सल मैं बिलकुल नहीं कर पाया! 'बड़े म्याँ' बरस पड़े : 'ओ जैकी

के बच्चे, तेरी नींद टूटती है और तेरी आँखें खुलती हैं कि मैं तुझे उठाऊँ और खिड़की से बाहर लोका दूँ!' पर, मैं जहाँ का तहाँ ज़मीन से कीला सा खड़ा यही सोचता रहा कि कब समय मिले और कब मैं कम्पनी के साथियों से आपके पत्र की चर्चा करूँ!

"मैंने अनुभव किया कि सब कुछ निर्भर करता है इन्हीं सब लोगों पर—यानी हमारे 'बड़े म्याँ' पर, चिड़चिड़ी श्रीमती हॉकिन्स पर, कम दिमाग़वाले शराबी जिम पर, रूप की खान ऐन पर, मक्खीचूस पैट्रिक पर, जुआरी हैरी पर, सुशिक्षित ऐलीसन पर, प्रतिभासम्पन्न पर लड़कियों से लजीले डेवी पर और एक पैरवाले माइकेल पर—एक शब्द में उन सभी लोगों पर जिन्हें मैं अच्छी तरह से जानता हूँ।

"बात यह है कि दवा सहायता करने पर उनके राजी होने पर ही खरीदी जा सकती थी। उसके मानी यह कि इसके लिए इनमें से हर एक को किसी न किसी चीज से वंचित होना पड़ता—शायद कोई अपने पोते के लिए कोई तोहफ़ा न खरीद पाता, कोई व्हिस्की की बोतल ख़रीदने से रह जाता, किसी को जम्पर या किसी अच्छी किताब की बात सोचकर ही रह जाना पड़ता, तो शायद किसी का मामला यहाँ तक पहुँचता कि वह चाहने पर भी एक टुकड़ा फ़ालतू गोश्त न मोल ले सकता। अब आप समझ गई होंगी कि मैं रिहर्सल क्यों नहीं कर सका और क्यों लकड़ी का कुन्दा सा रंगमंच पर खड़ा रहा। यों कहूँ कि इन सारे विचारों से मेरा सिर सचमुच चक्कर खाने लगा।

"अचानक ही मैंने कुछ न कहकर केवल आपका पत्र उन्हें ज़ोर से पढ़कर सुना देने की बात सोची। फिर तो जब निश्चय हो गया तो चित्त स्थिर हो उठा।

"रिहर्सल के बाद मैंने उन सबसे एक क्षण को ध्यान देने का आग्रह किया और आपका पत्र ज़ोर से पढ़ने लगा।

"प्यारी श्रीमती त्रान्तीनोवा, मैं यह तो आपसे पहले ही बता चुका हूँ कि हमारे थिएटर में कुल 26 लोग काम करते हैं। सो, 26 में से 25 लोगों ने आपके रूसी बेटे की दवा के लिए चन्दा दिया। केवल एक व्यक्ति ने इनकार किया। और, आप सोच सकती हैं कि कौन था यह आदमी? नहीं,

अपनी कंजूसी के लिए जगजाना पैट्रिक बिलकुल नहीं। सुनने में आपको अजीब लगेगा कि यह आदमी निकला एक टाँगवाला माइकेल। कहने लगा : 'मैं कुछ भी नहीं दूँगा, क्योंकि दवा जिस रूसी लड़के के लिए चाहिए उसके पास तक पहुँचेगी, यह मैं नहीं मानता।' और, तर्क में कुछ 'लौह-आवरण' आदि-आदि के बारे में बुदबुदाने लगा।

"इस पर हमारे 'बड़े-म्याँ' बोले : 'दो दुर्गतियों में से एक चुननी है, यानी या तो आदमी चन्दा दे या इस काठ के उल्लू की बकवास सुने। तो, मैं पहली बात के पक्ष में हूँ और इसकी ओर से भी डॉलर दिए दे रहा हूँ।'

"संक्षेप में यह कि हमने दवा खरीदी और हवाई जहाज से भेज दी। अगर अब मैं यह बताने बैठूँ कि दवा सचमुच भेजी कैसे गई तो दस पन्ने और भर जाएँ।

"खैर, यह कि दवा हवाई जहाज से सोवियत संघ चली गई और जब तक मेरा यह पत्र मिलेगा, तब तक वह अपने ठिकाने पर पहुँच जाएगी।

आशा है कि दवा से आपके रूसी बेटे का कल्याण होगा।

सादर,आपका
जैकी।"

रूस में तुम्हारा परिवार

"सो गए?" कात्या ने फुसफुसाते हुए पूछा। सेर्गेइ तो शान्त पड़ा रहा पर बच्चे की नियमित साँस ज़रूर सुनाई पड़ती रही।

"नहीं," सेर्गेइ ने खाँसी के बीच बुदबुदाते हुए कहा।

"तुम्हारे तमाम समझाने-बुझाने के बावजूद मेरा मन चिन्तित है। मान लो, उन्हें हमारा घर मन के मुआफ़िक़ न लगा तो?"

"पसन्द आएगा ... उन्हें हमारा घर पसन्द आएगा ... चिन्ता की कोई बात नहीं।"

"लेकिन, फिर भी, सोचो तो, हमारा घर कितना छोटा है! फिर, हमारे यहाँ फर्नीचर भी कोई खास नहीं है। वे विदेशी हैं, 15 भाषाएँ जानती हैं और नार्वे की लेखिका से चिट्ठी-पत्री करती हैं। इतना ही क्या कम है? यह तो तुम्हीं कहते हो!"

"तुम उन्हें परदेशी मत समझो। वे एक साधारण सी महिला हैं—उतनी ही सरल-सादी जितनी कि तुम और मैं।"

"खैर", कात्या ने कहा, "मैं जब उनके आने की बात सोचती हूँ तो मुझे लगता है कि वे आएँगी, हमारे बरामदे की सीढ़ियों पर चढ़ेंगी तो सबसे पहले उनकी निगाह हमारे ल्योश्का पर पड़ेगी! मैं ऐसी कोई गर्वीली माँ नहीं, पर, विश्वास करो, हमारे ल्योश्का से अच्छा बच्चा दुनिया में कहीं और नहीं मिलेगा। और, फिर हमारे बरामदे में भी ऐसी क्या खराबी है! कितना खूबसूरत है। ऊपर से हर ओर अंगूर की लतरें झूलती हैं... सेर्गेइ, मैं ठीक कहती हूँ न?" कात्या ने स्वप्नमय सी आवाज़ में कहा और अँधेरे में एक गहरी साँस ली।

"अगर तुमने कहीं ल्योश्का को जगा दिया तो मुसीबत खड़ी हो जाएगी... सारी रात फिर वह सोएगा नहीं। वैसे तुम भी अब सो जाओ—काफ़ी देर हुई... और, मुझे भी सो जाना चाहिए... सुबह उठकर समय से हवाई अड्डे पहुँचना है ... इसलिए, अब सो जाओ, रानी!"

कात्या ने सावधानी से करवट बदली। कुछ क्षणों के बाद ही उसकी साँस भी ल्योश्का की साँस की भाँति ही नियमित होकर गूँजने लगी। केवल सेर्गेइ की ही पलकें न लगीं।

वह पीठ के बल लेटा अन्धकार भेदता रहा। मन में तरह-तरह के विचार आते रहे : "देखने में जाने कैसी लगेंगी मिलादा? अब तो और बूढ़ी हो गई होंगी।"

मिलादा प्रायः जब-तब ही पत्र लिखती रही थीं, पर जाड़ों के आते ही पत्रों की गिनती घटती और उनकी ध्वनि बदलती रही थी... वे और संक्षिप्त होते रहे थे और उनमें जैसे थकान सी घुलती रही थी। पर, वसन्त की गरमी और दिनों की लम्बाई के साथ मिलादा में भी फूलों की भाँति ही नव प्राण-संचार होता रहा था। पत्रों की आत्मा बदलती रही थी। अब यह योजनाओं, समाचारों और विचारों से उमगते रहे थे...

... सेर्गेइ और उसका परिवार घर के जिस हिस्से में रहते थे, उसमें दो कमरे और एक बरामदा था। बरामदे के ऊपर अंगूर की घनी लतरों ने वितान सा तान रक्खा था और गर्मी के दिनों में जब घुटन महसूस होती थी

तो सेर्गेइ इन्हीं लतरों के नीचे सोता था। सेर्गेइ की बड़ी बहन ओल्गा अभी कुछ समय पहले अपनी छुट्टियाँ बिताने यहाँ आई थी।

ओल्गा स्वेर्दलोव्स्क में रहती थी। उसने शादी न की थी। उसका आग्रह था कि तरुण दम्पतियों को सारे नाते-रिश्तेदारों से दूर, आज़ादी से रहना चाहिए। परन्तु, इस पर भी अपनी बहन की आँखों में उदासी और परेशानी देखते ही सेर्गेइ ने निश्चय किया कि अगले साल बहन को हमेशा-हमेशा के लिए दोनबास में आना चाहिए।

... मिलादा स्तेपी में बसे इस छोटे से घर में प्राग से आ रही थी। घर कोयले की खान से कोई बहुत दूर न था।

सेर्गेइ के हवाई अड्डे जाने में कुछ ही घंटे बाकी रहे थे। उसे नींद न आ रही थी और वह लेटा आँखें फाड़े अन्धकार को देख रहा था...

"पता नहीं उन्हें यहाँ अच्छा भी लगेगा या नहीं?" वह कुछ घबराहट से सोचने लगा, और उसे पत्नी को इस विषय में आश्वस्त करने की बात का जैसे ध्यान ही न रहा। "जाने मिलादा कात्या को समझ भी पाएँगी या नहीं?"

उसने आँखें मूँद लीं, पर नींद इस पर भी पलकों से दूर ही दूर रही। ऐसे में पड़े ही पड़े वह इस यात्रा के सिलसिले में मिलादा की सैर का पूरा नक्शा बना गया। जब उसने मिलादा के दौरे की पूरी योजना बना ली तो विचित्र प्रकार की प्रसन्नता का अनुंभव हुआ। कह सकते हैं कि कुछ-कुछ गौरव की भी प्रतीति हुई।

यों उसकी कल्पना में भी यह न आया कि यह उस बेटे की अनुभूति है जो पहले-पहल अपने को सयाना और घर का बड़ा, जिम्मेदार आदमी समझता है।

सेर्गेइ को अपनी माँ का ध्यान भी न था। वे जवानी में ही दिवंगत हो गई थीं, और वह नहीं जानता था कि बेटा कहते किसे हैं। लालन-पालन बहन ओल्गा ने किया था, इसलिए अपने को अनाथ उसने कभी न समझा था। परन्तु, उसके अन्तरतम में कहीं कुछ था जो जड़ पकड़ता जा रहा था और जिसका स्पष्ट अनुभव उसे स्वयं न हो पा रहा था—यह था पुत्र-सुलभ स्नेह को अभिव्यक्ति देने का आग्रह।

सो, एक दूसरे देश से हवाई जहाज से उड़कर उनके नगर में आनेवाली छोटे क़द और सफ़ेद बालोंवाली वृद्ध महिला के लिए इतनी सावधानी से तैयारियाँ करने पर भी, और अपने सीमित साधनों से उन्हें प्रसन्न करने की हर सम्भव योजना बनाने पर भी वह यह नहीं समझ पा रहा था कि उसके अन्तर में गूँजती वाणी पुत्र-सुलभ स्नेह का स्वर है।

बात यह है कि उसकी उम्र भी अभी क्या थी कि वह उस भावना का अनुभव कर सकता। सचमुच उसकी उम्र भी अभी क्या थी कि बेचैनी से तड़के का इन्तज़ार करते समय, इस पहाड़ सी रात में मन में डूबती-उभरती भावनाओं की थाह लगा सकता।

... होते-होते सबेरा होने में एक घंटा रह गया... इधर सेर्गेइ और उसका परिवार गहरी नींद में डूबे रहे और उधर मिलादा का हवाई जहाज मास्को से उनके नगर की ओर बढ़ता रहा।

जहाज के अन्दर की बत्तियाँ धीमी कर दी गईं और अपनी गहरी, आरामदेह सीटों पर बैठे ही बैठे मुसाफिर औंघाने लगे। जागती रह गई केवल मिलादा और उसकी बगल में बैठी मास्को के एक इंजीनियर की जवान पत्नी। इंजीनियर की पत्नी को बच्चा होने को था, और इसलिए वह दोनेत्सबेसिन में रहनेवाली अपनी माँ के पास जा रही थी। इस बीच समय निकालकर उसने मिलादा को सभी कुछ बतला दिया था। यह उसका पहला बच्चा था और इसीलिए उसका मन बड़ा घबरा रहा था।

''यही कारण है कि मैं माँ के पास जा रही हूँ,'' उसने कँपकँपाते होंठों से मिलादा से कहा। ''मुझे लगता है कि मैं बचूँगी नहीं ... आप जानती हैं, मेरी हड्डियाँ बहुत सँकरी हैं... डॉक्टर ऐसा कहते हैं...''

''बेकार की बकवास है!'' मिलादा ने कन्धा झटकते हुए कहा। ''तुम्हारी हड्डियाँ अभी तो जवान हैं... चाहोगी तो खुल जाएँगी तुम्हारी यह हड्डियाँ।''

हवाई सफ़र के कारण औरत का जी मिचलाने लगा तो मिलादा को जहाज़ के अन्दर भी अपने लिए काम मिल गया। उसने अपनी पड़ोसिन को थोड़ी-बहुत दवा दी, उसे सीट पर और आराम से बैठाला और पंखा करने लगी।

अचानक ही मिलादा को परिवर्तन का बोध हुआ। बादलों के सिरों पर पहले धुआँ चढ़ा और फिर उनमें प्रकाश और उष्णता का संचार हो उठा। उदासी से भरी, बेजान हवा में एक नया ही जीवन और रंग घुलने लगा। जहाज के अन्दर की हर चीज़ की भी रंगत बदलने लगी। खिड़कियाँ चमचमाने लगीं और सन्तरे का कालीन पर पड़ा टुकड़ा चमकदार पीले रंग का लगने लगा। सोते हुए मुसाफिरों के चेहरों पर गुलाब से खिलने लगे।

प्रकाश से भरपूर हवाई जहाज़ उगते हुए सूर्य को भेंटने के लिए उड़ता लगा। पहली शक्तिशाली किरणें पंखों से इस ज़ोर से टकराईं कि मिलादा को प्रकाश की ओर झपटता जहाज़ आघात और दबाव से कँपकँपाता सा मालूम हुआ। देखते-देखते आसमान, बादल, हवा और हर चीज़ एक तरह की चमक से सराबोर हो उठी और जगमगाती धूप के तरल सोने से नहा गई।

सूर्योदय में हर दिन कुछ ऐसा ही जादू होता है। मिलादा को आज यह दृश्य हृदय के सबसे निकट और हर दृष्टि से पूर्ण लगा, जैसे कि प्रकृति अपने पावन क्षण आयुवृद्ध डॉक्टर को चिन्ता से सहेज रही हो।

इसी समय सेर्गेइ हवाई अड्डे की निचली बाड़ के पीछे आ खड़ा हुआ। उसने बड़े, उजले जहाज को आकर एक जगह स्थिर होते देखा। फिर मुसाफ़िरों का नीचे उतरना शुरू हुआ और एक-एक कर सभी बाहर निकल आए। सेर्गेइ ने जहाज के दरवाज़े की ओर नज़र दौड़ाई तो लगा कि वहाँ अब कोई नहीं है।

पर, मिलादा कहीं न दिखीं।

इस बीच सामान उतारा जाने लगा। पोर्टर बड़े-बड़े सूटकेस यों उठाता दिखा जैसे कि उनमें कोई वज़न ही न हो। सभी कुछ उसने ट्रक पर लादा, खुद पिछले हिस्से से उचककर सवार हुआ और गाड़ी हवाई अड्डे की इमारत की ओर बढ़ चली। सामान के ऊपर नज़र आया भूरे रंग का, धुँधले लेबिलों से भरा पोर्टमैटो। सेर्गेइ ने यह पोर्टमैटो मिलादा के घर में सीढ़ी के नीचे रक्खा देखा था।

लेकिन, मिलादा इस पर भी न आई।

सहसा ही कोई जहाज की खिड़की पर झलका और एक छोटा सा हाथ शीशा थपथपाता नज़र आया। सेर्गेइ को लगा कि मिलादा ने उसे देख लिया। एक क्षण बाद वह दरवाज़े पर नज़र आई।

सेर्गेइ के दिल की धड़कन क्षण भर को रुक गई और फिर पसलियों पर हथौड़े से पड़ने लगे।

वही प्यारी-प्यारी सी मिलादा-चेहरे पर सदा की परेशानी की रेखा और कानों तक खिंची हुई बैरे-टोपी। एक हाथ से भारी थैला घसीटती हुई-थैले में जूते के डिब्बे और दूसरे बंडल। दूसरा हाथ एक लम्बी, मोटी-तगड़ी औरत को सहारा देता हुआ। औरत मिलादा पर बुरी तरह झुक गई और आगे क़दम बढ़ाना कठिन लगा। इस बीच हवाई अड्डे की नर्स ने उसे सम्हाल लिया, तो मिलादा सेर्गेइ से मिलने के लिए दौड़ी।

"बड़ा ही अच्छा किया कि मुझे लेने आ गए!" मिलादा ने प्रसन्नता से खिलकर कहा तो चेहरे पर मुस्कान की रेखाएँ खिंच गईं। "हमें इस जवान औरत की सहायता करनी होगी कि यह अपनी माँ के यहाँ तक पहुँच सके। कोई कार मिल जाएगी यहाँ? मिल जाए तो बुला लो!"

सेर्गेइ को चारों ओर के वातावरण का बोध पीछे हुआ, पहले उस औरत के सूटकेस उसके हाथों में सधे। उसने टैक्सी खोजी, मिलादा के हाथ का थैला औरत के पैरों के पास रक्खा और मिलादा के लिए इस औरत का पता और टेलीफोन-नम्बर लिखने लगा।

... कात्या बरामदे में मेहमान की प्रतीक्षा करती रही। नम बाल कढ़े और पीछे की ओर उलटे रहे, गाल अभी-अभी नहाकर उठे बच्चे की तरह चमकते रहे और होंठों पर खिली मुस्कान में एक तरह की विचित्रता सी लहरें लेती रही।

"तो, यह है कात्या!" मिलादा ने प्रसन्नता भरे स्वरों में कहा। "इसे तो मैं कहीं भी पहचान लेती! छोटा सा घर कैसा मनोहर है! कात्या, तुम देखने-सुनने में बहुत कुछ मेरे भाई की बेटी हुस्तिन्का की तरह हो। और, बच्चा कहाँ है... सेर्गेइ, मेरा थैला ले देना मुझे ... तुम्हें बोझ लग रहा होगा ... बहुत भारी है..."

वह दौड़ती हुई बरामदे की सीढ़ियों पर चढ़ी और सीधे वहाँ जा पहुँची जहाँ ऊँची कुर्सी पर बैठा ल्योश्का चम्मच से तश्तरी बजा रहा था। वह जल्दी ही हिल जाने और हर एक का दोस्त बन जानेवाला बच्चा था, अतएव तुरन्त ही मिलादा की गोद में आ गया। बच्चे के बदन पर सफेद कमीज और नीला जाँघिया था। उसके मुलायम बाल क़ायदे से सँवरे हुए थे, और उसका चेहरा नए शिलिंग की तरह चमक रहा था।

मिलादा ने डॉक्टरोंवाली पेशेवर आँखों से एक निगाह में ही बच्चे के पूरे स्वास्थ्य का अनुमान लगा लिया। उसने उसके हाथ देखे, सीधे पैर देखे और 'सब कुछ ठीक' का प्रमाण-पत्र देती हुई सी बोली : "नन्हा-मुन्ना लिसिचान्स्की प्यारा और स्वस्थ है। कात्या तुम इसे विटामिन 'डी' देती हो?"

"देखो, कात्या, मैंने तुमसे क्या कहा था!" सेर्गेइ ने अपनी पत्नी की ओर देखते हुए जैसे कहना चाहा। कात्या विभ्रम से मुस्करा दी और शर्माते हुए बोली : "अन्दर आ आइए... शायद आप हाथ-मुँह धोना चाहेंगी।"

"जहाँ कहो, चलूँ!" स्फूर्ति से भरी मिलादा ने जवाब दिया। "मैं जरा भी नहीं थकी... मुझे तो यह भी पता नहीं चला कि प्राग से यहाँ तक का समय बीत कैसे गया!"

अब मिलादा मुँह-हाथ धोने लगी तो धुला तौलिया लेकर कात्या पास ही खड़ी हो गई। इस प्रकार उसे अवसर मिला और उसने मिलादा के अनदेखे उसे भर आँख देखा।

"कात्या कैसी प्यारी लड़की है!" अपने तमतमाये हुए चेहरे पर पानी डालते हुए मिलादा ने सोचा। "अभी तक जैसे बिलकुल बच्ची है। शायद मुझे उससे कायदे से बात करना आता नहीं। कदम-कदम पर न चूकना आखिर मैं कब सीखूँगी?"

...खाने की मेज़ कभी की सज गई। मिट्टी के वार्निशदार एक कटोरे में चमकदार, लाल गोल-गोल टमाटर रख दिए गए तो दूसरे में भाप छोड़ते गरम-गरम आलू। इनके बीच एक तश्तरी में रुपहली, नमकीन हेरिंग सजा दी गई। उसके आश्चर्य से फैले मुँह से बसन्त के प्याज की हरी टहनियाँ झाँकने लगीं। इसके बाद कात्या उबले हुए गोश्त की तश्तरी

लाई तो उससे एक साथ मधुरिका-लता, लहसुन, हरी मिर्चों, सुअर के गोश्त और किसी और चीज़ की बास उड़ी। लगा कि इसे देखने भर से पेट भूख से कुलकुलाने लगेगा। अब कात्या, अल्पवयस्का, लजीली, विनई पर स्वाभिमानिनी गृहिणी की भाँति सब कुछ परोसने लगी।

खाने के बीच सेर्गेइ को कई बार टेलीफोन सुनने के लिए जाना पड़ा। जाते समय उसने दरवाजा इस तरह सावधानी से बन्द कर दिया कि दो-चार इधर-उधर के शब्दों और ऊँची आवाज़ के अलावा कमरे में और कुछ भी सुनाई न पड़ा। मिलादा को सेर्गेइ की आवाज़ के नए उतार-चढ़ाव बड़े दिलचस्प लगे। वह कभी बात पर जोर देता तो कभी समझाने की कोशिश करता...

''आज इनका खाली दिन है,'' कात्या ने आँखें नीची करते हुए कहा।

''और आप देखती हैं कि...'' सेर्गेइ मुस्कराता हुआ वापस आ गया और सिर झटकाते हुए बोला : ''कैसे लोग हैं वे! सचमुच कैसे लोग हैं! माँ मिलादा, मैं क्षण भर को बाहर जा रहा हूँ... बस, केवल क्षण भर को ... दौड़कर जाता हूँ और देखता हूँ कि यह जवान शैतान आखिर चाहते क्या हैं! मैं अभी आया। तब तक आप बैठिए और कात्या से बातें कीजिए। कात्या, बर्तन साफ़ करने की चिन्ता न करना... मैं लौटकर इस काम में हाथ बँटाऊँगा और फिर हम सब लोग पार्क चलेंगे...''

और, सर्गेइ इसी दम ही उड़नछू हो गया।

''कात्या, तुम्हारा गरम पानी कहाँ है?'' मिलादा ने चारों ओर देखते हुए पूछा।

कात्या ने ज़रा देर तक परेशानी से धीरे से कहा : ''वह मैं खुद कर लूँगी। उसके लिए आप परेशान न हों।''

पर वह मिलादा को कहाँ जानती थी! एक क्षण बाद ही तसला भर गरम पानी मेज़ पर आ गया। अब कात्या तश्तरियाँ धोने लगी तो मिलादा उन्हें ऐसी फुर्ती से, जल्दी-जल्दी पोंछने लगीं जैसे गौरैयों की तरह उनके भी उड़ जाने का डर हो!

मिलादा ने सोचा कि बातचीत कात्या शुरू करेगी, पर कात्या ने मुँह ही नहीं खोला।

''तुम कहाँ काम करती हो, कात्या?'' अब भी तश्तरियाँ रगड़ते और कात्या के सुघड़ नाक-नक़्शे की गहराई में डूबते हुए आखिरकार मिलादा ने पूछा।

''गैरेज में... डिस्पैचर हूँ मैं,'' कात्या ने उत्तर दिया।

''काम अच्छा लगता है?''

''मुझे पसन्द है... बड़ी जान रहती है... हर समय ढेर के ढेर लोग आते-जाते रहते हैं।''

''लेकिन घर में भी तो ल्योश्का के कारण बहुत काम रहता होगा... तुम थक नहीं जाती?''

''मैं एक दिन छोड़कर काम करती हूँ... ल्योश्का शिशुगृह में रहता है।''

फिर सन्नाटा छा गया।

कात्या ने मन ही मन सोचा : ''मिलादा बहुत ही अच्छी है। वे इस तरह तश्तरियाँ साफ कर रही हैं, जैसे कि हम सालोंसाल से साथ रहते चले आ रहे हों... सेर्गेइ ठीक कहता है, इनके साथ काम चलाना ज़रा भी मुश्किल नहीं। अजब है, आखिर मैं इतनी शर्मीली क्यों हूँ? मेरा ख्याल है कि यह शर्म जल्दी ही खत्म हो जाएगी। उस बार उनके प्रश्न करते ही मैं उनसे धड़क खोलकर बातें करूँगी।''

''तुम पहले कैसे रहती थी, कात्या, सेर्गेइ से मिलने के पहले?'' बातचीत चालू रखने के लिए मिलादा ने कहा।

''हर आम आदमी की तरह। मुझे खास तौर पर कभी कुछ नहीं हुआ,'' कात्या उसकी तरफ देखकर मुस्कराई। ''अच्छा हो कि आप जरा लेट लें। थोड़ा आराम मिल जाएगा। इतना लम्बा सफर तय कर आई हैं आप।''

कात्या ने हाथ कसे तो पानी बूँदबूँद कर सीने पर गिरने लगा। उसने अपनी बड़ी आँखों से मिलादा की ओर देखा। ''बाकी बर्तन मैं खुद ही धो-पोंछ लूँगी।''

इस बीच ल्योश्का जाग गया और आसमान सिर पर उठाने लगा तो कात्या सारा कुछ छोड़-छाड़कर उसकी ओर लपकी।

मिलादा सब कुछ ग़ौर से देखती रही। कात्या ने बच्चा पालने से उठाया और कपड़े पहनाने लगी। इसके बाद उसके रोने के लिए मुँह खोलने से पहले ही उसका मुँह धोया, ऊँची कुर्सी पर बैठाला और उससे बातें करते हुए चम्मच-चम्मच कर उसे खाना खिलाने लगी।

यानी, इधर कात्या ल्योश्का में उलझी रही कि उधर सेर्गेइ घर वापस आ गया।

''तुमने सारी सफाई में बड़ी जल्दी कर डाली'', सेर्गेइ ने अपराधी की भाँति कहा। ''आओ तो फिर अब कहीं चलकर टहल-घूम आएँ। क्यों न सब लोग पार्क चलें और ल्योश्का को भी साथ ही ले चलें!''

''ल्योश्का के साथ भला घूमना-टहलना भी क्या होगा,'' कात्या बोली। ''मैं तो अपने ल्योश्का को जानती हूँ न! जाओ, तुम मेरे बिना ही घूम-फिर आओ! देखो न, अभी तक तो तुम्हें इनसे बातें करने तक का मौका नहीं मिला। जाओ, सेर्गेइ, जाओ, और बेकार का मुँह न बनाओ... समझे न!''

...मिलादा और सेर्गेइ कुछ देर तक स्तेपी के पक्के रास्ते पर टहलते रहे।

दिन गरम था। टेलीग्राफ़ के तार झनझना रहे थे और सूखी घास ऐसे सरसरा रही थी, जैसे कि कोई चूहा बीच से दौड़ा जा रहा हो, या हवा का कोई लहरा पत्तियों से छेड़छाड़ कर रहा हो। उस पर यह सारी आवाज़ें घुल-मिलकर एक हो रही और अनन्त, उदास नाद में बदल रही थीं। सामने खनन का युवा नगर नज़र आ रहा था, पर चारों ओर की स्तेपी आग उगल रही, और ग्रामीण-जीवन के सौरभ से इस तरह महमह कर रही थी, जैसे कि सामने का नगर किसी और, दूर के प्रदेश का हो।

ऐसे में आखिरकार सेर्गेइ ने मौन तोड़ा। बोला : ''हाँ तो, माँ मिलादा, कात्या से आपने बातचीत की?'' इस पर मिलादा को लगा कि सेर्गेइ भी सारे समय उसी बात के बारे में सोचता रहा है, जिस बात के बारे में कि वह स्वयं।

मिलादा मुस्कराते हुए बोली : ''तुम्हें कुंजी छोड़ देनी चाहिए थी मेरे पास... तुम्हारी उस कात्या की नस पकड़ना मेरे लिए आसान नहीं।''

सेर्गेइ सिर हिलाते हुए बोला : "मैं नहीं सोचता कि कात्या ने अपने बारे में कुछ बतलाया होगा आपको! आप जानती हैं, उसकी जिन्दगी बड़ी ही दिलचस्प रही है। उस पर बचपन तो उपन्यास के एक खंड की तरह बीता है। पाँचवे दर्जे में पढ़ती थी तो फ्रोस्या नाम की एक लड़की के साथ बैठती थी। उनके बीच ऐसी कोई दोस्ती न थी। बस, यह कि दोनों पड़ोसिनें थीं। इस फ्रोस्या ने एक दिन स्तेपी की एक खाई में कोई चमकदार चीज चमचमाती देखी। लड़की ने चीज़ उठाई, खोलने की कोशिश की और फिर तोड़ने के लिए एक पत्थर उठाया। फिर तो यह कि पत्थर की पहली चोट पड़ते ही चीज़ धड़ाके के साथ फूट गई। क्षण भर में हँसती-खेलती, नन्हीं सी बच्ची अन्धी हो गई और धरती पर बिछकर ज्योतिहीन, खून से भरी आँखों से एकटक आसमान की ओर घूरने लगी..."

सेर्गेइ ठिठका। फिर बोला : "अब मेरी कात्या फ्रोस्या की पथ-प्रदर्शिका, शिक्षिका, नेत्र, स्मरण शक्ति आदि सभी कुछ बन गई। वह उसे हर दिन स्कूल ले जाती, और स्कूल की पढ़ाई के बाद उसके साथ बेठकर दर्जे का काम करवाती, जब फ्रोस्या का धीरज छूट जाता और वह लिखाई-पढ़ाई खत्म करना चाहती तो वह उसे हौसला बँधाती। फ्रोस्या उसके साथ ज़्यादती करती तो कात्या अपना मुँह सिए रहती। यही नहीं, वह उससे आराम करने को कहती तो भी कात्या कभी आराम न करती। फिर यह कि यह स्थिति दो-चार दिन नहीं, बल्कि लगभग छह वर्षों तक बराबर चलती रही। यानी, तब तक जब तक कि अन्धी लड़की ने स्कूल की पढ़ाई पूरी नहीं कर ली, उसे स्वर्ण-पदक नहीं मिल गया और उसके पिता का तबादला दूसरे शहर में नहीं हो गया। इसके बाद ही कात्या गैरेज में काम करने आई और हमारी भेंट एक-दूसरे से हुई।"

बातें करते-करते मिलादा और सेर्गेइ स्तेपी पार कर गरमी से काली और मुलायम अस्फाल्ट पर आ निकले।

वास्तव में यह एक खास सड़क का आरम्भ था। आगे चलने पर इसे बीच से एक बुलवार काटता था और इस बुलवार के दोनों ओर के पेड़ कुछ ही समय पहले लगाए गए थे।

सो, शीशे की छतवाली एक नीली बस ने नुक्कड़ काटा। स्तेपी के मध्य में बसे नए नगर की नागरिक स्वर गूँजने लगे। और ऐसे में मिलादा और सेर्गेई एक दूसरे का हाथ हाथ में लिए, बच्चों की तरह उस नगर में दाखिल हुए।

नव-परिचित

खनकों का काम का दिन समाप्त हुआ और पाली के लोग खान से जल्दी-जल्दी अपने घरों के लिए रवाना हुए। मिलादा और सेर्गेइ शहर के बीच घूमते रहे कि उनकी भेंट खनकों के दलों और चौड़े कन्धोवाले, सम्भवत: काम सीखते किशोरों से हुई। सभी के बाल पाली के बाद नहाने के कारण गीले थे। खनकों की आँखों के चारों ओर कोयले की धूल के हलके-हलके से घेरे थे।

इन लोगों में से किसी ने सेर्गेइ का नाम लेकर पुकारा तो कोई अभिवादन के दो शब्द कहने के लिए साथ-साथ चलने लगा। मिलादा ने मातृ-सुलभ गौरव से सोचा कि मेरे सेर्गेइ को तो सारा नगर जानता है। सेर्गेइ बहुत गम्भीरता से उसका हाथ अपने हाथ में लिए आगे बढ़ता और किसी के पुकारने पर बड़े अनमने भाव से रुकता। परन्तु, मिलादा को लगा कि उसका लक्ष्य करना उसे बड़ा भला लग रहा है और वह अपनी लोकप्रियता की ओर मिलादा का ध्यान आकर्षित भी करना चाहता है।

अपने-अपने घर जानेवाले खनकों का रेला बढ़ता गया। विश्राम की ज़रा भी आवश्यकता न होने पर भी मिलादा बोली : "सेर्गेइ, थोड़ी थकान सी लग रही है ... मैं थोड़ी देर यहाँ बेंच पर बैठकर सुस्ताती हूँ, इस बीच तुम जाकर लोगों से बातें कर आओ।"

सेर्गेइ मिलादा को एक बेंच के पास लाया और वहाँ उसने उसे इस तरह साधकर बैठाला जैसे कि वह चीनी मिट्टी की बनी हो। फिर वह लोगों की ओर बढ़ा और दो-चार क़दम चलने के बाद ही मैदान पार करती भीड़ के प्रवाह में जैसे बह गया।

मिलादा बेंच पर बैठी बगल से निकलनेवाले लोगों का अध्ययन करती रही।

वह पहली बार उन लोगों से मिल रही थी जिन्हें वह दिल से प्यार करने लगी थी। उसे लगा कि जैसी यातना इन्होंने सही है वैसी धरती के कम ही लोगों ने सही होगी। साथ ही उसने यह भी अनुभव किया कि भविष्य में और लोगों को यह मालूम भी न होगा कि इन शान्त और ममताभरे चेहरोंवाले लोगों ने कितनी-कितनी कठिनाइयों का सामना किया है। इनमें हर व्यक्ति ऐसा था जो अपने कन्धों पर अधिक से अधिक बोझ उठाने और साधने के बाद, वक्त-ज़रूरत पर अपने भाई या मित्र की ओर सहायता का हाथ बढ़ाने को हर क्षण तैयार था।

सेर्गेइ आया, हाँफता हुआ मिलादा की बगल में बैठा और भौंहों का पसीना पोंछते हुए बोला : "आइए, थोड़ा पार्क में टहलें।"

मिलादा बोली : "मैं यहाँ ज़रा देर और बैठूँगी ... तुम जाओ, तुम्हें तमाम काम देखने हैं... मैं अभी यहाँ रहूँगी ... यहाँ बैठना मुझे बड़ा अच्छा लगता है।"

"तो, मैं आपको यहाँ अकेला छोड़कर कहीं नहीं जाऊँगा," सेर्गेइ ने संकल्प से कहा, परन्तु इसी क्षण एक लम्बे-चौड़े कन्धोवाले जवान ने उसे आवाज़ दी। जवान के चेहरे से खीझ और असन्तोष टपकता रहा। बोला : "क्षमा करना, एक क्षण को तुमसे बात कर सकता हूँ? मैं तुमसे पढ़ाई के बारे में कुछ जानना चाहता हूँ। अगर पढ़ाई होनी है तो क़ायदे से हो। हमें किताबें चाहिए और साथ ही साथ ढंग की जगह भी। और, तुम हो कि इसके लिए कुछ भी नहीं करते।"

ज़रा देर रुककर सेर्गेइ बोला : "कुलागिन, सुनो... तुम यह बात खुद जानते हो कि हमारे साथी तुम्हें अपनी टीम में नहीं लेना चाहते ... जानते हो न?"

"क्यों नहीं लेना चाहते?" कुलागिन ने त्योरी चढ़ाते हुए अविश्वास से भरकर पूछा।

"तुम्हारा ख्याल है कि मैं उतना अच्छा कामगार नहीं हूँ जितने कि तुम?"

"हो सकता है कि काम करने में तुम मुझसे भी बेहतर हो। लेकिन, तुम चाहते हो कि हर आदमी तुम्हारे लिएं खपता फिरे जब कि तुम सिवाय

अपने किसी के लिए अपनी जगह से हिलो तक नहीं। तुम्हारा ख्याल है कि तुम मात्र अपने लिए जीते हो ... नहीं, मेरे भाई, नहीं, ऐसा तुम नहीं कर सकते।''

''बहुत-बहुत शुक्रिया,'' कुलागिन ने बिना अधिक बल दिए कहा। ''तुम समाचार-पत्र पढ़ते रहे हो न? सो, समाचार-पत्र मैं भी पढ़ सकता हूँ। अगर तुम मुझे अपनी टीम में रखना नहीं चाहते तो अपना ही बुरा करते हो, मेरा कुछ नहीं बिगड़ता। मैं अपने कोटे का तीन गुना काम करता हूँ। यह कोई हँसी-ठट्ठे की बात नहीं है। पीछे हाथ मलोगे।''

जवान की ओर ज़रा दिलचस्पी से देखते हुए सेर्गेइ ने कहा : ''सुनो, कुलागिन, तुमारा ख्याल है कि अगर तुम अपने कोटे का तीन गुना काम करते हो तो तुमसे किसी और बात की आशा नहीं की जा सकती? यही न?''

''मुझे पढ़ाने की कोशिश न करो,'' बात पर यक़ीन न करते हुए कुलागिन बोला।

''ज़रा देखो कि उपदेशक बनना कौन चाहता है, और कौन दूसरों से ज्यादा माँगें करता है।''

सेर्गेइ ने कोई जवाब नहीं दिया। कुलागिन ने अपना गला साफ़ किया और एक सिगरेट सुलगाई, जैसे कि बातचीत जारी रखने में उसे कोई दिलचस्पी न हो। परन्तु, वह वहाँ से गया नहीं।

''मिलादा-माँ, आइए चलें,'' सेर्गेइ बोला।

मिलादा को लगा कि जाना यहाँ से यह भी नहीं चाहता।

एक ओर सरपत की तरह लम्बा, दुबला-पतला सेर्गेइ खड़ा रहा तो दूसरी ओर चौड़े कन्धोवाला जवान, जैसे कि दोनों किसी सूत्र में बँधे हों, और एक-दूसरे से दूर होने में असमर्थ हों। सेर्गेइ ने उसकी ओर पीठ तक कर ली, पर क़दम दोनों में से किसी ने भी न बढ़ाया।

आखिरकार पहले मौन कुलागिन ने तोड़ा। बोला : ''सेर्गेइ, सुनो... सुनो, सेर्गेइ...''

दोनों टहलते-टहलते फ़ौवारे की ओर गए। फिर वे बोलने और एक-दूसरे की बातें काटने लगे। आखिरकार दोनों चुप हो रहे, और कई क्षणों तक बिखरे-बिखरे से, एक दूसरे की ओर देखते हुए इस तरह लम्बी-लम्बी साँसें

लेते रहे, जैसे कि कोई लम्बी दौड़ दौड़कर आए हों। फिर कुलागिन ने विदा ली, परेशानी से दूसरी ओर देखने लगा और अन्त में वहाँ से चल दिया।

सेर्गेइ फ़ौवारे के पास ही खड़ा रहा। दोनों के सारे क्रियाकलाप देखकर मिलादा ने अपने मन में सोचा : "यह सौभाग्य ही है कि मैं सेर्गेइ के साथ यहाँ चली आई ... आसपास की सारी गतिविधि मेरी समझ में नहीं आती और यह अपने आप में स्वाभाविक भी है ... जीवन यहाँ बड़ा उलझा हुआ है, और रफ्तार बहुत तेज़ है।"

मिलादा बराबर विचारों में डूबी रही और सोचती रही : "कितनी ही बार मैंने सोचा कि इतने-इतने वर्षों से सेर्गेइ जाने क्या कर रहा है। सच तो यह है कि बहुत बार तो मेरा मन बड़ी निराशा से भरा कि यह भी कोई काम है जो सेर्गेइ कर रहा है ... मैंने तो सपने सँजोये कि सेर्गेइ मास्को जाएगा, किसी इन्स्टीट्यूट की पढ़ाई खत्म करेगा और रूपांक-इंजीनियर बनेगा ... पर, वह यहीं इस छोटी, कुछ नहीं सी जगह में बना रहा ... जगह ऐसी है कि नक्शे में भी इसका नाम तक नहीं ... पर, कैसे दिलचस्पी वह लोगों में लेता है! दूसरों की चिन्ता-फ़िक्रों और दूसरों की ज़िन्दगियों में उसका कितना बड़ा हिस्सा है!..."

मिलादा ने गहरी साँस ली। वह पीठ टेके आराम करती रही और डूबते हुए सूरज की किरनें उसके चेहरे पर दमकीं तो उसने धीरे-धीरे अपना धूप का चश्मा लगा लिया। उसके आसपास की सारी दुनिया ऐसी कोमल-कोमल और हरी हो उठी, जैसे कि वह उसे बँधे हुए पानी के बीच से देख रही हो।

फिर सन्नाटा छा गया।

मिलादा फ़ौवारे के पानी की कल-कल सुनती रही। पानी की छूट हलकी और पतली होने पर भी पत्थर के थाले पर पड़ी तो रोबिन चिड़िया की चहक सी लगी। सहसा ही हवा के झोंके के दबाव से बौछार मिलादा के गालों पर पड़ी। उसने बड़ी तरी सी महसूस की और उसे अचानक ही अपने बेर्नार्तोव की याद हो आई।

सब कुछ जैसे उसकी आँखों के आगे साकार हो उठा—लम्बी सड़क, चैराहे, सड़क से गुज़रती मोटरें, स्कूल के पास का मैदान, यिउ के पेड़ों और नेस्टर्शियम की लताओं की गमक, फ़ौवारा और हवा में झुकती-लचती पानी

की धारें। पानी की छूट अपना प्राचीन गीत गुनगुनाती थी... गीत भी क्या था, जैसे अमर, शाश्वत, प्राणमय जल के प्रवाह की स्तुति थी। फ़ौवारे के पास ही खड़े एक ऊँचे स्तूप पर लड़ाई में वीर-गति को प्राप्त लोगों के नाम खुदे हुए थे। इनमें मिलादा के अपने पति, बेटे और बेटी के भी नाम थे।

... सो, इस मैदान के फ़ौवारे के पानी की छूट भी कलकल करती हवा में झुकी। शाम का पहला सितारा अपनी सुनहरी बरौनियाँ फड़फड़ाता, सकुचते-सकुचते पीले आसमान में उगा। रात ने धरती पर उतरना शुरू किया तो फूलों की नम क्यारी के पौधों ने बसी हुई तेज़ महक के खज़ाने लुटाने शुरू किए, जैसे कि अब तक उन्होंने अपनी पूरी शक्ति जुटा ली हो।

मिलादा अपने-आप से बोली : "नहीं ... नहीं... उन बातों की याद अब मुझे नहीं करनी चाहिए..."

सेर्गेइ वापस आया, मिलादा की बगल में बैठा, अपराधी की भाँति खाँसा, और फिर दो टूक बात करनेवाले स्वरों में, इस तरह बोलने लगा, जैसे कि पल भर को भी कभी उसके पास से न टला हो : "मिलादा-माँ, कैसा रहे अगर पार्क हम लोग कल चलें? आपको याद है कि कात्या ने कहा था कि देर न करना!"

"देर न करना!" मिलादा ने प्रसन्नता से खिलते हुए कहा। "हे भगवान, बेटे, जैसे कि देर हुई नहीं, और अभी कुछ जल्दी है!"

... मिलादा और सेर्गेइ घर पहुँचे तो कात्या सोती मिली। वह छोटा, नीला घर का कोट पहने पलँग के सिरहाने पड़ी थी और एक नंगा पैर नीचे मुड़ा हुआ था। स्पष्टत: इन्तज़ार करते-करते इसे नींद आ गई थी। ल्योश्का भी सो रहा था। उसका एक गुलाबी पैर, कम्बल के नीचे से झाँक रहा था।

सेर्गेइ और मिलादा ने जूते उतारे और दबे पाँवहं बावर्चीखाने में जा पहुँचे।

यहाँ वे खाने की मेज़ के पास के स्टूलों पर बैठे और खट्टी क्री से गरम ताज़े आलू खाये और मुरब्बा मिलाकर चाय पी... एक ज़माने से मिलादा ने ऐसी निश्चिन्तता का अनुभव न किया था।

फिर बात ओल्गा की चलने लगी।

मिलादा बोली : "तुम्हें जल्दी से जल्दी अपनी बहन को यहाँ बुला लेना चाहिए।"

"हाँ, बुला तो लेना चाहिए, पर आप जानती हैं कि ओल्गा का स्वभाव कैसा है। अपने आप में एक मुसीबत है!" सेर्गेइ ने आह भरी। "अगर वह यहाँ आई तो मुझे नहीं पता कि उसकी और कात्या की एक साथ पटेगी कैसे! इसके साथ ही यह भी है कि मैं उसे अकेले छोड़ना भी नहीं चाहता।" वह क्षण भर को रुका। "यह है ज़िन्दगी, मिलादा-माँ! एक ओर काम है, अच्छी किताबें हैं, कात्या का प्यार है, तो दूसरी ओर ल्योश्का की काली खाँसी है, ओल्गा का बीहड़ स्वभाव है, इन्स्टीट्यूट के दाखिले की चिन्ता है और हज़ार दूसरी परेशानियाँ हैं..."

उसने अपनी पतली भौंहें सिकोड़ीं और उसकी शक्ल हू-ब-हू ल्योश्का की सी लगने लगी।

मिलादा ने उसकी ओर देखते हुए सोचा : "देखने में बहुत अच्छा लगता है। फेफड़े ठीक हो गए हैं। बात समझ में आती है, क्योंकि सोवियत संघ में अब जाने कितने ज़ोरदार ऐंटी-बायोटिक्स मिलते हैं ... फिर, हर साल क्रीमिया जाने के मुफ्त टिकिट की सुविधा अलग से है ... मुझे अब इसकी चिन्ता करने की ज़रूरत नहीं।"

सहसा ही सेर्गेइ ने पूछा : "जैकी कैसा है? कब से उसका कोई पत्र आपको नहीं मिला?"

मिलादा का चेहरा बदल गया : "आने के ज़रा पहले एक पत्र मिला था। तुम जानते हो, आखिरकार उसका थिएटर बन्द हो गया। 'बड़े म्याँ' फिलाडेलफिया चले गए और जैकी बेरोज़गार रह गया। वह भी फिलाडेलफ़िया जाने की सोच रहा है। यह आस लगाए हुए है कि 'बड़े म्याँ' कोई दूसरी कम्पनी बनाएँगे और फिर दूसरा थिएटर खोलेंगे"

"माँ, सुनो, मैं उसके लिए कुछ कर सकता हूँ, क्या?" सेर्गेइ मिलादा की ओर गम्भीर भाव से देखने लगा। "लेकिन, क्या कर सकता हूँ मैं उसके लिए ... आखिर क्या?"

मिलादा ने सिर हिलाया : "तुम ल्योश्का के साथवाला अपना एक चित्र उसके पास भेज दो। ऐसे वक्त आदमी को यह सोचना बड़ा अच्छा लगता है कि दुनिया में उसके दोस्त कहीं हैं।"

आखिरकार मिलादा दबे पैरों अपने छोटे से सोने के कमरे में आ गई। उसका भूरा, मोटा बैग अपना मुँह खोले पड़ा था। पलँग के सिरहाने की मेज़ पर गुलदस्ते में जंगली फूल रक्खे नज़र आए। फूल कात्या ने रक्खे थे।

मिलादा ने धीरे से दरवाज़ा खोला और बरामदे में आ गई। कजरारे आसमान की मेहराब में जगमगाते सितारे मुस्कराते रहे। वह सीढ़ियाँ पार कर खुले में निकल आई।

पिछवाड़े का छोटा सा मकान शान्त था। स्पष्टत: सभी लोग सो गए थे। मिलादा आसमान पर दृष्टि गड़ाए कुछ देर तक स्थिर खड़ी रही।

उसने एक लम्बी साँस ली ओर बरामदे में लौट आई। यहाँ ऊपर की सीढ़ी पर कात्या बैठी मिली। कात्या ने अब भी वही नीले रंग का घर का कोट पहन रक्खा था और उसके घने बाल नींद के कारण बिखरे हुए थे और हाथों ने घुटने बाँध रक्खे थे।

"मिलादा-माँ," उसने विश्वास भरे ढंग से कहा और इस सम्बोधन पर दोनों में से किसी को भी आश्चर्य नहीं हुआ। "आप सोच नहीं सकतीं कि आपके आने से मुझे कितनी खुशी हुई है!"

"मेरी नन्हीं-मुन्नी विन्नी," मिलादा बोली। "मेरी प्यारी दुलारी, मैं बूढ़ी हूँ और ज़िन्दगी का थोड़ा-बहुत अनुभव है। मानो कि कुछ चीज़ें ऐसी हैं जिनका मैं अनुमान लगा सकती हूँ।"

वह नीचेवाली सीढ़ी पर खड़ी होकर कात्या की ओर देखती रही। उसे यह कल्पना दुस्तर लगी कि उसकी बेटी, नन्हीं द्रगोमीला सयानी औरत हो गई है। बात यह है कि मृतकों की उम्रों में वर्ष नहीं जुड़ते। अपनों के लिए उनकी आयु अन्तिम भेंट के समय की ही सदा-सदा बनी रहती है। इस पर भी मिलादा ने पहली बार अनुभव किया कि उसकी बेटी जीवित होती तो आज कात्या की उम्र की होती। उसने दृष्टि दौड़ाई कात्या के पतले कन्धों पर, छोटी-छोटी, भूरी, धूप सीझी मुट्ठियों पर और हलके भूरे बालों पर... प्रश्न है कि इस क्षण कात्या भला क्या सोच रही थी?

"तुम सोई क्यों नहीं?" कात्या की बग़ल में बैठते हुए मिलादा ने ज़रा सा तुनुकते हुए कहा।

"मैं तो आपकी राह देख रही थी ... आइए, थोड़ी देर यहीं बैठें... अगर बहुत थकी न हों यानी..."

"मैं ज़रा भी नहीं थकी... थकने को ऐसा मैंने किया क्या?"

"मिलादा-माँ," कात्या कहती गई और मिलादा को लगा कि इसके दिमाग में अब भी वही बात चक्कर काट रही है, जो मिलादा के आने के पहले चक्कर काट रही थी : "शायद आपने सेर्गेइ की पत्नी की बिलकुल दूसरी ही कल्पना की होगी... मुझसे बहुत अलग की, है न?"

"कात्या, कल्पना करो तो असली आदमी किसी और रूप में तो सामने आता ही है, पर ऐसा है कि तुम्हें यों भी देखती तो पहली बार में पहचान लेती कि तुम मेरे सेर्गेइ की पत्नी हो।"

"सचमुच?" कात्या बोली। "मैं बहुत खुश हूँ!" उसने ज़रा सावधानी से अपना शरीर मिलादा के कन्धे से टिका लिया। धीमे स्वरों में बोली : "काश कि आप समझ सकतीं कि मैं सेर्गेइ को कितना प्यार करती हूँ। मैं दुनिया में उसे हर चीज़ से अधिक प्यार करती हूँ। मैं उसी के साँचे में ढलना चाहती हूँ! मैं चाहती हूँ कि मैं भी बिलकुल वही हो जाऊँ! पर, मुझे लगता है कि उसमें कुछ ऐसा है जिसकी बराबरी मैं कर नहीं सकती। यहीं मुझे लगता है कि वह मुझसे उम्र में जाने कितना बड़ा है। कभी-कभी वह मेरे साथ ऐसा व्यवहार करता है, जैसे कि मैं छोटी सी बच्ची हूँ।" कात्या ज़रा हिचकी। "आपकी नज़र इस बात पर गई है, मिलादा-माँ?"

"उफ़ कात्या," मिलादा ने अपना हाथ उसके हाथ पर रक्खा। "अगर मैं ईर्ष्या कर सकती तो तुम्हारी हर चीज़ से डाह करती—क्या तुम्हारा सीधापन, क्या तुम्हारा प्यार, क्या तुम्हारी चिन्ता-फ़िक्रें और क्या तुम्हारे सन्देह-सम्भ्रम तक! फिर, इससे भी बड़ी बात है कि तुम दोनों जवान हो, और इसमें भी महत्त्व इस बात का है कि तुम दोनों ज़िन्दा हो!"

वह सहसा ही रुक गई और उसके मन के भाव समझते हुए उसकी ओर देखा। उसे अपनी तरुणाई की याद हो आई, जैसे कि यह अभी कल की बात हो, जीवन में कैसे हर चीज़ की पुनरावृत्ति होती है! हर चीज़ कैसी एक सी होती है!

मिलादा ने कात्या को बाँहों में कस लिया और उसके बालों पर हाथ फेरते हुए जो कुछ कहा उसके शब्द कहाँ से आए, यह कोई उससे पूछता तो शायद खुद भी न बता पाती। सहानुभूति से भरा, मातृ-सुलभ विवेक अपनी पूरी शक्ति से इस तरह कहीं से लौट आया, जैसे कि कटु राख की परत के नीचे कभी दबा ही न रहा हो।

कात्या का पूरा व्यक्तित्व मिलादा-माँ के स्नेह और विवेक की ओर सहज रूप से आकृष्ट हो उठा क्योंकि सान्त्वना के इन शब्दों की ही तो उसे आशा और खोज थी।

दोनों बहुत देर तक अगल-बगल बैठी रहीं... दो नारियाँ ... एक आयुवृद्ध तो एक अल्पवयस्क, जवान...

और, इस बीच दीवार के उस पार दो पुरुष गहरी नींद में सोते रहे ... दो पुरुष ... एक बड़ा तो एक नन्हाँ-मुन्ना, छोटा सा! सेर्गेइ चैन से, शान्त मन से नींद में डूबा रहा, पर ल्योश्का सोते-सोते किसी बात पर चिढ़ उठा। उसके पैर इस तरह मुड़े रहे जैसे कि दौड़ लगाते-लगाते सो गया हो।

... आखिरकार मिलादा फिर अपने कमरे में अकेली रह गई। अब उसने बत्ती बुझाई और पलँग पर लेट रही।

पलँग के धुले कपड़ों की गमक, सन्नाटे की गहराई और बन्द झिलमिलियों से अन्दर आनेवाली स्तेपी की ठंडी हवा से मिलादा को कुछ ऐसा आराम मिला कि उसने एक गहरी साँस ली और आँखें मूँद लीं।

उसने चिकने, कलफ़ किए तकिए के गिलाफ़ पर गाल सटाया और दूसरे ही क्षण सो गई, जैसे कि एक अनन्त, स्निग्ध अन्धकार से दूसरे में पहुँच गई हो।

"चेस्त प्रसी!"

मिलादा की आँख सुबह तड़के खुली तो उन्हें घर खाली मिला। सेर्गेइ और कात्या काम पर चले गए थे। ल्योश्का शिशु-सदन में चला गया था।

मिलादा को बावर्चीखाने की मेज़ पर गिलास भर दूध, मीठे क्रीम के साथ घर का पनीर और एक कटोरे में टमाटर रखे मिले। साथ ही

ऊपर एक चिट रक्खी मिली : "हम जल्दी ही वापस आएँगे। अगर आप टहलने जाएँ, तो चाभी दरवाजे के पास की चटाई के नीचे रख दें। चुम्बन। कात्या।"

और मिलादा टहलने को निकल पड़ी और अब उन्हें हर चीज़ पहले से कहीं भिन्न लगी—क्या स्तेपी आर-पार का रास्ता, क्या आसमान में दूर के धुएँ की रेखियाँ और क्या जहाँ-तहाँ फटी धरती से उठती चिरायते की गमक।

अनुभवी यात्री होने के नाते मिलादा यह बात अच्छी तरह जानती थी कि अगर किसी नए नगर से सही परिचय प्राप्त करना हो, तो उसकी सड़कों पर एक सिरे से दूसरे सिरे तक अकेले घूमना चाहिए। आपके चारों ओर की हर चीज़ नई होती है, अजीब होती है, आपको कोई नहीं जानता। खोज के उन पहले क्षणों में लोगों के पहले परिचयों में बड़ा रोमांच होता है। आपको लगता है कि आप आधुनिक कोलम्बस हैं और चैक पर चैक, चैराहे पर चैराहा और लैम्प पर लैम्प जीतते चले जा रहे हैं ...

"नमस्कार!" सहसा ही पीछे किसी ने चिल्लाकर कहा।

मिलादा ने मुड़कर देखा। पीछे नीले रंग के छींटदार फ्राक और लाल सैंडल पहने एक लड़की खड़ी थी। धूप खा जाने के कारण उसकी नाक पर से पपड़ी उतर रही थी : उसकी चोटियाँ ऐसी कसकर बँधी हुई थीं और वे इस तरह तनी हुई थीं, जैसे कि उनमें तार मिलाए गए हों। उम्र उसकी कोई ऐसे ही दस बरस की होगी।

"नमस्कार!" अपनी बड़ी-बड़ी भूरी आँखों से मिलादा की ओर देखते हुए उसने शब्द दोहराया।

"तुम मुझे जा़नती हो?" मिलादा ने आश्चर्य से पूछा।

"जी हाँ," लड़की ने अपने एक पैर से दूसरा पैर खुजलाया। उसके घुटनों पर मच्छरों के काटने के निशान थे। बोली : "आप सेर्गेइ चाचा की मेहमान हैं... हम बिलकुल बग़लवाले घर में रहते हैं ... हमारा नाम कोवार्लेको है।"

"अगर तुम बिलकुल बगल में रहती हो, तो मैं तुम्हें जानती क्यों नहीं?"

''आप मुझे क्यों जानेंगी?... मैं तो छोटी सी बच्ची हूँ और मुझमें ऐसी कोई खास बात भी नहीं है ... चाची, यह ठीक है कि आप विदेश में रहती हैं?''

''हाँ, मेरा घर चेकोस्लोवाकिया में है।''

''आप रूसी बहुत अच्छी बोलती हैं,'' लड़की ने सराहना के स्वरों में कहा। ''आप फ्रान्सीसियों से भी बातें कर सकती हैं?''

''सोचती हूँ कि हाँ, कर सकती हूँ!''

''और अँग्रेजों से भी?''

''अरे, अमरींकियों से भी,'' मिलादा हँसी।

''अच्छा, तो ठीक,'' लड़की बोली। ''आप मेरे साथ हमारे संस्कृति-प्रासाद में चलना पसन्द करेंगी? मैं वहाँ की तईसा बोरीसोब्ना को जानती हूँ। लेकिन आप हँस क्यों रही हैं?''

''अरे, नहीं, बिलकुल कोई बात नहीं... आओ, चलें।''

''लेकिन आज कोई फ़िल्म वहाँ नहीं दिखाई जाएगी,'' लड़की ने जैसे स्वीकार किया। ''आप बुरा मानेंगी, अगर कोई फिल्म वहाँ आज न होगी?''

''नहीं, इसमें बुरा मानने की क्या बात! ... अच्छा, यह बतलाओ कि तुम्हारा नाम क्या है?''

''जिनाइदा,'' लड़की ने स्वाभिमान भरे स्वरों में उत्तर दिया।

और वे दोनों सड़क पार करने लगीं कि मिलादा की निगाह पीछे-पीछे आते कोई आठ साल के एक लड़के पर पड़ी। लड़का कुछ दूर था। धूप से उसका बदन सँवला गया था और सुनहरे बाल भूरे हो उठे थे। उसके बदन पर मात्र एक जैकेट और नीचे एक जाँघिया था।

उन्होंने सड़क पार की। मिलादा ने उलटकर देखा। लड़का कहीं नज़र नहीं आया। पर वे जब खम्भोवाली, संस्कृति-प्रासाद की विशाल इमारत के पास पहुँचीं, तो वह किनारे के प्रवेशद्वार के पास खड़ा मिला।

''कहो, ज़ीन्का?'' उसने दर्दभरे स्वरों में पूछा।

''सारी सुबह आज यह मेरे पीछे-पीछे लटका फिरता रहा है,'' जीन्का बोली। ''जब से आप सोकर उठी हैं, तब से, चाची। मैं नहीं चाहती कि

वह हमारे साथ चले। बड़ा ही कमीना है!'' और लड़की ने उस आठ साल के लड़के पर ऐसी नजर डाली, जैसे कि वह उसे निगल जाएगी।

लड़के ने नाक सुड़की।

''सुनो'', मिलादा ने समझौते का बन्धान बाँधते हुए कहा। ''मान लो कि हम उसे भी साथ ले ही लें? ... चलो, आओ, तुम भी साथ चलो।''

''पेत्का, याद रखना, यह आखिरी बार है!'' लड़की ने धमकाते हुए कहा।

लड़का आगे बढ़ा, फाटक में धँसा और सैंडल बजाते, हवा की रफ्तार से सीढ़ियों पर चढ़ने लगा। वह आगे की ओर झुका, जैसे कि किसी पहाड़ पर चढ़ रहा हो, और देखते-देखते आँखों से ओझल हो गया।

संस्कृति-प्रासाद खाली और शान्त मिला। डेवढ़ी पर सुनहरे चैखटों में सजे चित्र नज़र आए, जो खनकों द्वारा बनाए गए थे। जिनाइदा मिलादा को एक कोने के दरवाजे की ओर ले चली। दरवाजे पर अंकित मिला : 'पुस्तकालय।'

मिलादा ज़ीन्का सहित अन्दर पहुँची, तो पेत्का वहाँ पहले से लाइब्रेरियन की मेज के पास खड़ा मिला। परन्तु उनके वहाँ पहुँचते ही वह पुस्तकों के प्रदर्शन के एक स्टैंड के पास खिसक गया। लड़का जितना ही तटस्थ लगा, उतना ही खोया-खोया सा।

लाइब्रेरियन तईसा बोरीसोब्ना मिलादा का स्वागत करने को उठी।

तईसा के गाल गुलाबी थे। आँखों पर चश्मा था। पैरों में खेलोंवाले जूते और बदन पर सफ़ेद कालरवाला, ऊँचा सा फ्रॉक था। उम्र देखने में कोई 17 वर्ष लगती थी।

उसके चेहरे पर संकोच की विशेष लाली दौड़ गई। उसने हकलाते हुए ''चेस्त प्रसी!'' (''श्रम की जय हो!''—चेक अभिवादन) कहकर अभिवादन किया और कुछ हड़बड़ाते हुए फिर अपनी कुर्सी पर बैठ गई।

ज़ीन्का यह शब्द सुनकर जैसे जहाँ खड़ी थी, वहीं जमकर बर्फ़ हो गई। आँखें डबडबा आईं। बोली : ''देखती हैं, चाची, कितना कमीना है पेत्का! लाई मैं आपको यहाँ और आपका सारा क़िस्सा सुना दिया पहले से ही उसने!''

फिर, धमकी भरी नज़र डालते हुए, वह पेत्का की ओर बढ़ी। दूसरे ही क्षण दोनों अलमारियों के पीछे ग़ायब हो गए और वहाँ से झगड़े के तेज़ स्वर इस तरह कानों में आते रहे, जैसे कि दो बिल्लियाँ गुर्रा और आपस में लड़ रही हों।

"आप हमारा पुस्तकालय देखना पसन्द करेंगी?" तईसा बोरीसोब्ना ने अपनी ओर से पूछा, अपनी जगह से उठी और मिलादा की बगल में आकर खड़ी हो गई। प्रकट रूप में वह उन्हें अपना अधिकार-क्षेत्र दिलाने को उत्सुक लगी।

मिलादा ने लाइब्रेरियन के गोल गालों और चश्मे के पीछे की झलाझल, शिशु-सुलभ आँखों पर निगाह डाली। बोली : "मेरा ख्याल है कि आपने स्कूल की पढ़ाई अभी-अभी खत्म की है?"

"जी...जी..."

तईसा फिर संकोच में पड़ गई। उसने अपना चश्मा उतारा, शीशे पोंछे और फिर लगा लिया।

"मैं विश्वविद्यालय की ग्रेजुएट हूँ," धीमे स्वरों में बोली और उसके गालों पर फिर निखरे हुए गुलाब खिल गए।

"आप विश्वविद्यालय की ग्रेजुएट हैं?"

"जी हाँ! बात यह है कि मैं हूँ इतनी छोटी सी कि कोई भी मुझे अठारह वर्ष से अधिक की नहीं मानता। मैं लेनिनग्राद विश्वविद्यालय के भाषाविज्ञान विभाग की स्नातिका हूँ।

"पढ़ाई खत्म कर मैं यहाँ आई और मैंने खान में काम की तलाश की," तईसा ने लम्बी साँस ली। "आप जानती हैं, मैं आरम्भ में खान में काम करना चाहती थी, क्योंकि पुस्तकों और समाचार-पत्रों के माध्यम से जानने के बजाय मैं खनकों को सीधे-सीधे जानना चाहती थी, स्वयं उनके जीवन को देखना-समझना चाहती थी। परन्तु भूमिगत कार्यों के लिए लड़कियों को लिया नहीं जाता, अतएव थोड़े समय के लिए मैं यहाँ चली आई। मैं दोनेत्स बेसिन छोड़कर जाना नहीं चाहती।"

किताबों की अलमारियों के पीछे से झगड़े और गुर्राहट के स्वर फिर उभरे।

"प्राग के दृश्यों की तस्वीरोंवाला रूमाल किसे चाहिए? मिलादा ने चिल्लाकर कहा। और साथ ही डाक-टिकट भी..."

तकरार फौरन् बन्द हो गई बच्चे अलमारियों के पीछे से निकल आए और मिलादा की बगल में आकर कायदे से खड़े हो गए। इस बीच उनके चेहरे तमतमाये और बाल बिखरे रहे।

तईसा बोली : "आज शाम को यहाँ एक भाषण होगा। भाषण का विषय है—'संगीत सुनने की कला'। इसके बाद सिम्फनी-कन्सर्ट होगा। आप आएँगी?"

मिलादा ने आने का वचन दिया और संस्कृति-प्रासाद से बाहर निकल आईं। ज़ीन्का और पेत्का अतिथि को अपना नगर दिखलाने लगे।

मिलादा और बच्चे कोने पर के सिनेमा वाले चैराहे पर आए। यहाँ पेत्का और ज़ीन्का तख्तों पर लगी तस्वीरें ऐसी ललचाई आँखों से देखने लगे कि मिलादा ने उन्हें फ़िल्म दिखलाने का निश्चय किया।

दिन का समय था और सिनेमा बच्चों और पेन्शनभोगियों से भरा हुआ था। मिलादा ने अन्तिम तीन टिकट खरीद लिए। सीटें पहली पांत में निकली। उनके अपनी-अपनी जगहों पर बैठते ही बत्तियाँ बुझ गईं। सहसा ही पीछे से किसी के स्वर कानों में पड़े : "चाची, फ़र्श पर बैठ आइए... मुझे कुछ भी नज़र नहीं आता!"

मिलादा ने अँधेरे में नज़र गड़ाई तो सफ़ेद टोपी लगाए एक नन्हीं-मुन्नी लड़की पीछे बैठी नज़र आई।

"आओ, तुम यहाँ आकर मेरी गोद में बैठ जाओ!" मिलादा ने फुसफुसाते हुए कहा : "आ जाओ ... जल्दी से आ जाओ!"

लड़की अपने पड़ोसियों के पैरों से लड़खड़ाती, रेंगती सी आई और बड़े इतमीनान सें मिलादा की गोद में बैठ गई।

फ़िल्म का नाम था 'डाकू' और उसमें एक वफ़ादार, बहादुर कुत्ते का चित्रण किया गया था। ज़ीन्का और पेत्का इसे चौथी बार देख रहे थे, अतएव वे रह-रहकर आनेवाली घटनाएँ मिलादा को बतलाते और एक-दूसरे की बात काटते।

सिनेमा ख़त्म हुआ, तो सड़क लोगों से भरी मिली। नई पाली के लोग अपने-अपने काम पर जा रहे थे। वे सधे और जमे हुए क़दमों से खान की ओर बढ़ रहे थे—ऐसे, जैसे कि समुद्र में ज्वार आ रहा हो।

"तुम्हारे पापा आ रहे हैं, जीन्का," पेत्का बोला। "अभी तुम्हारे कान गरम होंगे।"

सेर्गेइ का पड़ोसी कोवालेन्को उनकी ओर बढ़ता आया। वह पहले दिन अपने बाग में खोदाई कर रहा था, जब मिलादा की भेंट उससे हुई थी।

"नमस्कार!" कोवालेन्को सम्मान से मिलादा के सम्मुख झुका। "हमारे शहर की सैर कर रही हैं आप? बहुत ही अच्छी बात है!" फिर उसकी निगाह ज़ीन्का पर पड़ी तो भौंहें चढ़ाते हुए बोला : "तुम यहाँ क्या कर रही हो? घर में माँ बावर्चीखाने की पोताई कर रही है—समझ नहीं पा रही है कि कहाँ से शुरू करे—और तुम हो कि यहाँ से वहाँ नाचती फिर रही हो... तुम्हारे दिमाग में भी नहीं आता कि उसका हाथ बँटाओ... चलो, भागो, घर जाओ!.."

दूसरे ही क्षण ज़ीन्का और पेत्का इस तरह गायब हो गए, जैसे कि हवा का कोई झोंका उन्हें उड़ा ले गया हो। कोवालेन्को क्षमा-याचना के ढंग से खाँसा और उसकी गहरी, चमकती हुई आँखें मिलादा को मित्र-सुलभ स्नेह से निहारने लगीं।

"अब आप काम करने जा रहे हैं खान में?" मिलादा ने पूछा।

सहसा ही, प्रेरणा की तरह, एक विचार मिलादा के मस्तिष्क में कौंधा, और वह कोवालेन्को से बोली : "मेरे एक भतीजा है। उसका नाम यूलेक है।" उनका चेहरा उत्साह से चमकने लगा। "वह मेरे भाई वात्स्लाव का बेटा है। यूलेक ओस्त्रावा में काम करता है। वह मुझसे आपकी इन खानों के बारे में निश्चय ही पूछेगा। पर मैं उसे कुछ भी नहीं बतला पाऊँगी! तो क्यों न आपके साथ मैं भी खान में चलूँ?"

"खान के अन्दर चलेंगी?" कोवालेन्को ने आश्चर्य से पूछा। "लेकिन यह तो मुमकिन नहीं है। आपको जाने कौन देगा?"

पर कोवालेन्को मिलादा के संकल्प में कोई बल न ला सका। वह गईं और जाकर चीफ़ इंजीनियर से मिलीं। वह भी उन्हें निरुत्साहित करने में असफल रहा।

मिलादा ने .... तमतमाए हुए चेहरे पर हाथ से पंखा झलते और खिलकर मुस्कराते हुए चीफ इंजीनियर से फिर एक बार अपने भाई वात्स्लाव, ओस्त्रावा में रहनेवाले उसके बेटे यूलेक की चर्चा की और कहा कि "अगर मैं दोनेत्स बेसिन में आकर भी खाने नहीं देख पाऊँगी, तो मैं कौन सा मुँह लेकर ओस्त्रावा वापस जाऊँगी?"

अगर आप चीफ़ इंजीनियर से पूछें, तो शायद वह भी आपको बतला न पाए कि सब कुछ आखिर हुआ कैसे! पर जो भी हो, आधे घंटे बाद खनकों का भारी टोप, किरमिच का ओवरआल और रबड़ के जूते पहने और विशेष लैम्प हाथ में साधे मिलादा चीफ़ इंजीनियर के साथ पिंजड़े की ओर बढ़ती नज़र आईं।

पिंजड़ा एक्सप्रेस-लिफ्ट की रफ्तार से नीचे उतरा। मिलादा के कान सनसनाने लगे और सिर थोड़ा-थोड़ा चक्कर खाने लगा। खान के अगले हिस्से से कोयले के स्थान तक पहुँचने के लिए एक लम्बे गलियारे के किनारे-किनारे, कंकरीट के खम्भों के बीच से गुजरना पड़ा। पहले तो जगह खुश्क लगी, पर ज्यों-ज्यों रास्ता कोयले के भंडार की ओर बढ़ा, त्यों-त्यों पैरों के नीचे पानी का अनुभव हुआ।

मिलादा ने इस समय-यानी मजबूत, शान्त, अपने धन्धे के अभिमानी लोगों के बीच खान के अनन्त गलियारों के किनारे-किनारे क़दम बढ़ाते समय-अद्‌भुत आत्मिक शान्ति का अनुभव किया।

... एक बार फिर धूप से उनकी आँखें चुँधियाने लगीं। कोयले की गर्द साफ़ करने और कपड़े बदलने के बाद वह फिर बाहर निकलकर सड़क पर आई। खान के फाटक पर ज़ीन्का और पेत्का उन्हें धैर्य से राह देखते मिले।

मिलादा बच्चों के साथ रवाना हुई, तो सड़कें दक्षिणी धूप से तपती मिलीं और नए पेड़ पटरियों पर अपनी छाँहों के तरह-तरह के नमूने बनाते दीखे।

मिलादा को वह अद्‌भुत, धूप से धुला दिन उस लम्बी सड़क सा ही अनन्त लगा। यह सड़क स्नेह-सने नगर के बीच से गुज़रती थी और प्राणी को प्राणी और अन्तर को अन्तर से जोड़ती थी। उसी चमकदार, सूरज के

सोने से मढ़ी सड़क के किनारे-किनारे एक बच्चे का नन्हा सा हाथ अपने हाथ में लिए वह बढ़ी चली जा रही थीं।

मिलादा संस्कृति-प्रासाद के पास पहुँचीं, तो सूरज डूब रहा था और खनक भी और लोगों के साथ-साथ जहाँ-तहाँ नज़र आ रहे थे। मिलादा ने इन सबको ज़मीन के नीचे देखा था, पर इस समय भारी टोपों और रबड़ के जूतों के बजाय उन्होंने अच्छे से अच्छे कपड़े पहन रक्खे थे, दाढ़ी बना रक्खी थी और अपनी फ़ुर्सत के समय की हँसी-खुशी, आमोद-प्रमोद के लिए अपने मन साध रक्खे थे। उनके क़दमों से क़दम मिलाकर उनकी पत्नियाँ चल रही थीं। दक्षिण के सूर्य ने इनकी त्वचा पर अपनी कान्ति का सोना चढ़ा रक्खा था।

मिलादा हॉल में गई और दूसरे लोगों के साथ बैठ गई।

वक्ता ने श्रोताओं को एक महान स्वरकार के जीवन का परिचय दिया। बाद में संगीत आरम्भ हुआ, तो मिलादा का मन उत्साह और आस्था से भर उठा, जैसे कि वायलिनों का हर तार और हॉल में बैठा हर व्यक्ति उन्हें सुख, आनन्द और धरती के लिए चिरन्तन शान्ति का आश्वासन और वचन दे रहा हो।

मिलादा हॉल से बाहर आई, तो काफ़ी देरी हो चुकी थी और सेर्गेइ पास के एक लैम्प-पोस्ट के पास खड़ा था। वह उनकी तलाश में सारे शहर की खाक छान चुका था और अन्त में हारकर संस्कृति-प्रासाद में आया था।

मिलादा ने उसके चेहरे पर नज़र डालते ही उसे अपने कारण परेशान देखा और सफाई देनी शुरू की। पर सेर्गेइ ने बात करते हुए "ईश्वर को धन्यवाद है कि आप बिलकुल ठीक और सही-सलामत हैं।"

मिलादा ने दिन की सारी बातें उसे बताई। फिर सड़क पार कर वे दोनों घर की ओर चल दिए।

अन्त में दो शब्द

यह सब मुझे सुनाया मेरी सखी मिलादा त्रान्तीनोवा ने। यानी मैं बेर्नार्तोव में उनके यहाँ गई, तो उन्होंने पूरी कहानी मुझे सुनाई।

मैं मिलादा से अपने प्रथम परिचय की चर्चा भी आपसे करना चाहती हूँ। बात यों है कि अपने लम्बे सफ़र से लौटते समय वह मास्को में ठहरीं कि मेरी भेंट उनसे हुई। सेर्गेइ की योजना के अनुसार ही वह दोनेत्स बेसिन से क्रीमिया गईं और वहाँ से ताजिकिस्तान गईं। वहाँ उन्होंने पेन्दिन्स्की अलसर के इलाज पर व्याख्यान दियह। अनुभव अपने-आप में बड़ा ही दिलचस्प रहा, और शायद उसकी चर्चा भी मैं आपसे किसी न किसी दिन करूँगी। सो, ताजिकिस्तान के बाद वह लेनिनग्राद गईं और फिर मास्को लौट आईं। इस बार हमने कुछ समय साथ-साथ व्यतीत किया। वास्तव में यही है हमारे स्नेह की सच्ची जन्म-तिथि!

और उनके मास्को से जाने की घटना मुझे इस तरह याद है, जैसे कि अभी कल की ही बात हो।

सारे दिन हम उनके चेकोस्लोवाकिया ले जाने के लिए भेटें खरीदती रही। इस सिलसिले में वह मनाए न मानीं और इष्ट-मित्र और हर सगे-सम्बम्धी के लिए मास्को की कोई-न-कोई यादगार खरीदने के बाद ही चैन की साँस ले सकीं। हम होटल वापस पहुँचे, तो वह थकान से निढाल होकर सोफ़े पर ढह पड़ीं और मैं हवाई अड्डे के लिए टैक्सी की खोज में निकली...

आखिरकार सामान की समस्या हल हुई। टोकरियाँ, मास्को की मिट्टी समेत पौधे, पौधों की क़लमें और क्रीमिया के समुद्र-तट के पत्थर हवाई जहाज पर रक्खे गए।

मैं मिलादा के पास आ खड़ी हुई, और हवाई अड्डे की इमारत की चौड़ी खिड़की से हम हवाई जहाज़ की सड़क की पट्टी पर नज़रें दौड़ाने लगीं। वहाँ हिम-धवल 'तू-104' खड़ा रहा। एक गम्भीर स्वीडनवासी, बो टाई लगाए, पास की आरामकुर्सी पर बैठा ऊँघता रहा। खुशी से खिले जवानों की एक टोली एक नीग्रो जवान को विदा देती रही। एक महिला, फूलों का बड़ा गुलदस्ता हाथों में लिए, न्यूयार्क को जाते प्रसि' पिआनो-वादक को हसरत भरी निगाहों से देखती रही।

हवाई जहाज के उड़ने के ज़रा पहले हवाई अड्डे के वातावरण में एक अद्भुत सी उत्तेजना और एक अजीब सा उन्माद घुल उठता है। और यह उत्तेजना और यह उन्माद मुझे साधारणतया बहुत ही प्रिय लगता है।

पर इस समय मिलादा के अतिरिक्त किसी और की ओर मेरा ध्यान ही नहीं गया, जैसे कि उनके अतिरिक्त किसी और को मैंने देखा ही नहीं।

मिलादा—छोटा क़द, सफ़ेद बाल, कानों तक खिंची भूरी बेरे टोपी और गोली के निशान को ढँकने के लिए गले में पड़ा काला मखमली रिबन। मैं उनका चेहरा, बाल और छोटे-छोटे फुर्तीले हाथ देखती रही।

इस क्षण मुझे अपनी माँ में और उनमें बड़ा तादात्म्य लगा, और मेरा हृदय सहज ही भर उठा। मेरी इस भावना की गहराई आपकी समझ में केवल तब आएगी, जब आप किसी अजनबी स्त्री से मिलें और अचानक ही उसका चेहरा आपको अपनी माँ से मिलता-जुलता लगे...

अन्ततः विदाई का क्षण आया, और मिलादा हवाई जहाज की सीढ़ी पर चढ़ने लगीं। फिर, जहाज में दाखिल होने के पहले, उन्होंने अपनी बेरे टोपी उतारी और मेरी ओर देखकर हवा में लहराई।

मुझे लगा कि मिलादा इस क्षण न केवल मुझसे विदा ले रही है, बल्कि वह विदा ले रही है व्नूकोवह हवाई अड्डे की हवा की लहरियों से, आसमान में धीरे-धीरे लहराते गरमी के बादलों से, रूस के असीम और अनन्त आकाश से और हमारी प्यार-दुलार से भरी मिट्टी के कण-कण से।

उनका चित्र आज भी मेरे सामने सुस्पष्ट है—छोटा क़द, उत्तेजित... हवाई जहाज की छोटी-छोटी सीढ़ियों पर खड़ी हैं... सिर खुला हुआ है ... दूधिया बाल हवा में उड़ रहे हैं।

मिलादा माँ है।

मिलादा उनकी माँ हैं, जो मर चुके हैं।

मिलादा उनकी माँ हैं, जो आज जी रहे हैं।

☼